P分署捜査班

寒波

マウリツィオ・デ・ジョバンニ

。P分署にはいった通報が、アパートの一室で起きた二重殺人を知らせる。被害者は部屋で同居していた兄妹。化学者の兄とモデルの妹、仲の良いふたりを誰がなぜ殺したのか。ロヤコーノ警部とディ・ナルド巡査長補は即時捜査を開始する。いっぽう、署を訪れた中学校教師に受け持ちの女子生徒が家族に虐待されているという疑念を打ち明けられ、ロマーノとアラゴーナは確認のため学校に赴くのだが……。ナポリの街で発生する事件を解決するため、型破りな刑事たちは悩み、怒り、走る！

21世紀の〈87分署〉シリーズ最新刊。

登場人物

ルイージ・パルマ……………ピッツォファルコーネ署長
ジョルジョ・ピザネッリ………同副署長
ジュゼッペ・ロヤコーノ………警部
オッタヴィア・カラブレーゼ……副巡査部長
フランチェスコ・ロマーノ………巡査長
アレッサンドラ（アレックス）・
ディ・ナルド……………巡査長補
マルコ・アラゴーナ……………一等巡査
ジョバンニ・グイーダ…………巡査
ラウラ・ピラース………………検事補
ビアージョ・ヴァリッキオ………生化学の研究者
グラツィア・ヴァリッキオ………ビアージョの妹、モデル
コジモ・ヴァリッキオ……………兄妹の父

レナート・フォルジョーネ……ビアージョの同僚
アンティモ・フォルジョーネ……レナートの父、大学教授
ドメニコ・フォーティ……グラツィアの恋人
ヴィニー・アモルーゾ……
パコ・マンデュリーノ……
} 兄妹の隣人
カルロ・カヴァ……モデル事務所の社長
マルティナ・パリーゼ……女子中学生
アントネッラ・パリーゼ……マルティナの母
セルジョ・パリーゼ……マルティナの父
エミリア・マッキアローリ……中学校の教師
ティツィアーナ・トラーニ……中学校の校長
ロザリア・マルトーネ……広域科学捜査研究所の管理官
レティツィア……トラットリア店主
マリネッラ・ロヤコーノ……ロヤコーノの娘、十五歳
ジョルジャ……ロマーノの妻
レオナルド・カリージ……神父、副署長の友人

P分署捜査班

寒　波

マウリツィオ・デ・ジョバンニ
直　良　和　美　訳

創元推理文庫

GELO

by

Maurizio de Giovanni

P分署捜査班

寒波

カテリーナ、エミリアーノ、デリア、ルドヴィーカ
素晴らしい未来に瞳を輝かせ、心を躍らせる者たちへ。

謝辞

〝ろくでなし刑事たち〟は重要不可欠な素晴らしい人々の助力で成長した。
市の天使にしてわたしの守護者であるファビオラ・マンコーネ、ヴァレリア・モッファ、ジジ・ボナグーラ、パオロ・コルティス
検視官に関するすべてをアドバイスしてくれ、死と生にまつわる会話を交わしたジュリオ・ディ・ミツィオ
無知な者に根気よく教義を指導してくれたトレンタトレ修道院のシスター・ローザ
ミステリアスなバイオテクノロジーの手ほどきをしてくれたロベルト・デ・ジョバンニ
執筆中ともにいてくれたジョバンニ・デ・ジョバンニ
細やかな心遣いで作品と作品とをつないでくれた、ステファニア・ネグロ
すべての作品中に存在するイ・コルピ・フレッディの面々
この作品及び他の作品全部が作者よりも彼らに属するとも言えるヴァレンティナ・パッタヴィーナ、ロゼッラ・ポストリーノ
献身的に支えてくれたマリア・クリスティーナ・ゲラ
この道を進むためになくてはならない存在だった故ジジ・グイドーニ

そして、わたしに書く力を与え、自由に歩ませ、川の流れが止まったとき笑顔で待っていて
くれる愛しいパオラに再びの感謝を

第一章

突然、寒さを感じた。

まるでガツンと一発殴られたかのように。

まだ彼女に覆いかぶさって、ほんの数センチ先の光を失った瞳を見つめていたときに。

寒い。むき出しの肌に襲いかかる寒さは、これまで経験したことがないほど荒々しく、激しかった。

五感のすべてが寒さをとらえた。口から立ち上る白い息に、激しく喘ぐ声に、鼻腔を通る冷気に、乾いた舌にある苦味に。そして自分に触れている彼女の体に。

びくっとして跳ね起きた。自分がいまどこにいるのか、なにをしたのかをいまさらのように自覚した。うろたえてきょろきょろした。激しい怒りが消えていって理性がよみがえるとともに、頭のなかの声が大きくなった――急げ、急げ。

慌てて行動を開始した。いまさら無意味かもしれないが。外では物音ひとつしない。寒いときは、こんなものだ。誰もが暖かい家にこもり、ぼんやりテレビを見るか、コンピューターを前にして見ず知らずの他人と埒もない話をしているのだろう。とにかく寒い。こんなに寒いのは初めてだ。おまけに、もっと寒くなるというから、夏までベッドに潜り込んでいよう。バカだ。あいつらはバカだった。そして、ほかの人間も同じくらいバカだと思った。大間違いだ。見くびりやがって。

最後にもう一度、あたりを見まわした。彼女の部屋。彼女のわずかばかりの所持品。いくつかのぬいぐるみ、Tシャツに下着。乱雑に散らばっている。自分がここにいた痕跡はない。よし。あとずさりして部屋を出た。玄関ホール、キッチンのドア。右手側に大きいほうの寝室。ここからは、あいつは見えない。口から白く立ち上っていた呼気を止めて、数センチ首を伸ばした。一瞬、アメリカのB級映画みたいにあいつが長いナイフを振りかざして、ドアのうしろで待ち伏せしている気がした。

だが、あいつは元の場所にいた。指先とレポート用紙、ノートパソコンの画面がかろうじて見える。それに、手にしているペンも。

思わず足を止めた。ゆっくり手を動かして書き始めるだろうか。それとも、咳をするかため息をついて生きていることを示すだろうか。天井に吊るされた裸電球が頼りない光を投げている。つけっぱなしの小さな電気ストーブは、あいつがしょっちゅうけつまずくからだろう、いくつものへこんだ箇所に絶縁テープが貼ってあった。あいつはいつも、うわの空だ。うわの空だった。

また、頭のなかで声がした――さっさとしろ、一刻一秒を争うときだ。急げ、急げ。

深呼吸をしてなかに入った。だらりと腕を垂らしてデスクに突っ伏している彼を正視することができなかった。

急に渇きを覚えて、なにか飲みたくなった。酒がいい。ワインだ。いや、もっと強い酒が欲しい。喉を焼き、胃を熱くし、頭をくらくらさせる酒。ここに酒は置いてあるだろうか。酒でも飲まなければやってられなかっただろう。成功を夢見て街にしがみついていた、誰にも望まれない貧乏で哀れなあいつらだ。

あいつらは飢えていた。だから、死んだ。

とにかく、死んだ。

室内なのに、外より寒い。氷室か死体安置所みたいだ。震える手を額に当てた。熱があるみたいだ。これは、いつ目が覚めるんだろうと思いながら見る類の悪夢だろうか。あと少しして目を開けると自分が毛布にくるまっていることがわかって、笑うのかもしれない。よかった、終わった、と。

終わった。

また、あの声がした――急げ。よく見ろ。素性をばらすものはないか？　ここにいたことを示すものはないか？

あいつの頭を起点にして、なにをしたか、どう動いたか、ひとつ残らず思い出さなくては。

あいつとあいつの頭。

いまいましい頭はうなじのすぐ上が奇妙にへこんで赤黒く濡れていた。はは、笑える。シャツの襟も赤黒く染まってら。

電気ストーブの赤い照り返しが、地獄の業火を思わせた。

床に落とした視線が、見るべきものをついに見た。小さなブロンズ像だ。腰を屈めて拾った。

その重さに驚いた。ふつふつとたぎる怒りに任せてあれほど軽々と振りまわしたのに、六〇年代の音楽をバックにナンパ目的の男がたむろする夏の夜のしけたフェスティバルの賞品だったリボンをたすき掛けにした無表情な女のブロンズ像は、いまは一トンもあるかと思うくらいにずっしり重い。初めて見るかのように、まじまじと見た。

あいつの頭、彼女の顔、どちらもシンボルだ。

ついさっき打ち砕いたあいつの頭には数多のアイデア、研究と発見を追求する強固な意志が詰まっていた。その頭に怒りをぶつけた。一度で事足りたのに、木の実が割れるときと同じ湿った音を聞きながら、二度、三度、五度と彫像を振り下ろした。

彼女の顔——完璧な鼻、期待を持たせるふっくらしたバラ色の唇——は恐ろしい力の前に腫れあがり、美しさは微塵もなく失われた。生命も。

シンボル。

まさにそのとおり、とブロンズ像をジャンパーのポケットに入れながら思った。あいつらが生まれついた悲惨な環境から脱出するための唯一の手段だったシンボルは、どちらも無残に壊された。脱出しようとしなければよかったのに。あいつの頭、彼女の顔。計画してはいなかったが、選択の余地はなかった。あいつらにはあれしか頼るものがなかった。よりよい人生へのパスポートだった。

いや、地獄へのパスポートと言うべきか。

急に怖くなった。逃げなくては。

玄関ホールに戻った。もう頭はすっきりして夜明けのように明るく、外気と同じように冷たく冴え渡っていた。ドアは閉めなかった。誰かが聞きつけて顔を出したら、絶体絶命だ。どの階から来たのか悟られないよう、エレベーターを避けて階段を使った。壁に貼りつくようにして、闇に紛れて進む。もっとも、目撃される恐れはほとんどない。夜更けで、しかもこの寒さだ。誰が出てくるものか。

足音を忍ばせて急いで階段を下りていると、何軒かのアパートメントからテレビの音が聞こえてきた。

共同玄関、そして外。

身を切るような風が吹きつけてきた。人通りはないが、ジャンパーの襟を立てて顔を隠した。なにかを飲んで、体を温めたかった。死体から、死の充満したあの部屋から遠ざかる一歩一歩が素晴らしかった。手も足もいまだ震えが止まらない。緊張していたために背中が痛かった。ポケットのブロンズ像の重さを意識するたびに、あれでよかったのだ、と思った。

一軒のバールの看板が灯っていた。どんな時間でも、金さえ出せば飲み食いして煙草を吸うことのできる店があるのが、この街の長所だ。

バールに入った。片隅にビデオポーカーで遊ぶ数人。テーブルに男三人、女ひとりの若者グループ。淀んだ空気と体臭がこもっていたが、少なくとも暖かい。

腰を下ろしてジャンパーを脱ぎ、ブロンズ像の重さから解放された。小さなテーブルに両手をついて、震えが治まるのを待った。

目立つのを避けるために、飲み物とつまみを注文した。

もっとも、ひょろっと長身の眠たげなウェイターは顔を向けもしなかったので、無用な心配だった。

スピーカーが方言の歌を大音量で流す。ビデオポーカーの遊び手は、画面に目が釘づけだ。テーブル席の若者四人が大声で笑う。

ついにふつうの世界に戻った。誰の目にも留まらない。万事、うまくいった。もう安心だ。

ひと口、またひと口と飲む。

だが、寒さはなくならなかった。

第二章

マルコ・アラゴーナ一等巡査は、バレエダンサーのように飛び跳ねて刑事部屋に入ってきた。

「おはよう、みんな。外を見てごらんよ。なんて素晴らしい朝だろう」

その言葉はあきらめきった沈黙に迎えられた。ロヤコーノ警部はファイルから目を上げて、若い巡査をじろりと睨んだ。年配のピザネッリ副署長が頭をひと振りして、ため息をつく。

アラゴーナはふくれっ面をして、声を高くした。

「なんだよ、いったい……みんなそろって、どうしたんだい？　おはようって言ったのに、返事もしないで失礼じゃないか」

オッタヴィア・カラブレーゼがコンピューターの陰から顔を覗かせた。

「悪かったわ、アラゴーナ。おはよう。正直なところ、ちっとも素晴らしい朝とは思えない。ゆうべは氷点下だったし、今朝、犬を外に出したら、歩道がカチカチに凍っていた」

アラゴーナは両手をこすり合わせて、にやにやした。

「おふくろさん《マンミーナ》、きーんと冷えた冬の朝のどこが悪い？　おれの生まれ故郷では毎年雪が降るけど、みんな上機嫌にしているよ」

デスクを囲うように新聞を広げて読んでいた、がっちりした体格の猪首の男が太い声でぶつくさ言った。

「雪が降ってクソ寒くても、なんで上機嫌なんだか教えてもらいたいもんだ。スリップした車が頭から壁に突っ込むわ、足を滑らせた年寄りが転んで怪我をするわ、外にいれば凍えるわで、さんざんなんだぞ」

アラゴーナはフランチェスコ・ロマーノに向かって、両腕を広げた。

「なあ、ハルク、そんなにこぼすなよ。この数ヶ月、笑うのはおろか、にこりともしないじゃないか。たまには、コップに水が半分しかない、じゃなくて、半分も入ってるって考えてみろよ。寒ければ動きたくなって、エネルギーが湧いてくる。精出して働こうって気になるかもしれない。ここじゃ、めったにないことだけど」

刑事部屋の一番奥のデスクでアレッサンドラ・ディ・ナルドが銃を磨く手を止めて、からかい半分でたしなめた。

「暑くても寒くても、最後に出勤してくるのはいつもあなたでしょ。つまり、精出して働く気がない。ちなみに、どういうつもり、その恰好？　なんなの、そのセーター？」

アラゴーナは口をとがらせて、ジャケットの下に着ている赤紫色のタートルネックセーターを撫でた。

「ああ、情けない。この老人ホームでただひとりの若い娘が、寒い季節にアクセントを添える最新流行の色の美しさを理解しないとは。そもそもこのセーターは――」

ロヤコーノとオッタヴィアが完璧に声をそろえて、締めくくった。

「――全員の服を合わせたよりも高い」

「そのとおり！　みんなみたいに古臭いタイプの警官じゃ、無理もない。七〇年代の警察映画そのままじゃないか。時代に合わせて進化しなきゃいけないってことがわかっていないんだよな。だから――」

今度はアレックスとロマーノが声をそろえて続けた。

「――真っ先に昇進して、肥溜めみたいなピッツォファルコーネ署を――」

アラゴーナは指揮者を気取って腕を振って拍子を取り、締めくくった。

「出ていくぞう！」

その背後でドアが開き、パルマ署長が顔を覗かせた。誰もが手元の仕事に視線を戻すなか、アラゴーナひとりはなにも気づかずに署長に背を向けたまま、深々と腰を折った。

パルマが皮肉を込めて、パチパチとゆっくり拍手する。

「ブラボー！　見事な朝礼だ、アラゴーナ。さて、この幼稚園のきょうの予定を話し合わせてもらってもかまわないかな」

アラゴーナはひょいと一歩脇に寄り、額に載せていた青いサングラスをかけると、エルヴィス風に立てた前髪――頭頂部に広がりつつある禿を隠すだけでなく、身長を数センチ嵩上げする役割も兼ねている――をかき上げて席についた。

パルマは心の支えを求めるかのように、手にした書類を見つめた。無精ひげとゆるんだネクタイ、まくり上げたシャツの袖が相まって、朝早いこの時刻でもいつもと変わらずくたびれた態《てい》だ。おまけに髪がくしゃくしゃに乱れているものだから、働きすぎて精魂尽きた印象を与える。

「さてと」と、顔を上げた。「きょうの仕事だが――ピザネッリ副署長の指示に従って、未解決事件をことごとく検討して捜査の余地のある件を拾い出し、あとは簡単な報告書をつけて迷宮入りとして処理してもらいたい」

ロマーノは新聞を畳んで、ぶつくさ言った。

「書類仕事か。いつだって、書類仕事だ。こんなことなら、登記所に就職すればよかった」

オッタヴィアが心配そうに尋ねる。

「署長、これは本部からの要請ですか？　なにか意味があるんですか？」

ロヤコーノは淡々と言った。

「最初の計画どおりに分署を閉鎖する案が、また浮上したんだろう」

ピザネッリが口を挟む。

「また？　優秀な刑事ぞろいだって、十分証明してみせたじゃないか。汚名を永久に背負わなくてはいけないのかね」

汚名とは、この地方の警察官全員の記憶に刻み込まれている〝ピッツォファルコーネ署のろくでなし刑事たち〟が押収した違法薬物を密売した、悪名高き事件のことだ。大スキャンダルを巻き起こし、小規模だが歴史あるこの分署は閉鎖の危機に立たされた。しかし、上層部は協議の末、一定期間の猶予を与えて組織の立て直しを図ることを決めた。ジョルジョ・ピザネッリはオッタヴィア・カラブレーゼとともに、汚職刑事たちの逮捕と引責による早期退職を生き延びたわずかな署員のひとりだった。そこで、事件とはまるきり無関係な署員や同僚が常に責任を感じさせられるのは不当だ、と神経をとがらせている。

アラゴーナはあくまでも楽観的だ。

「古い書類が邪魔くさいから、片づけたいだけだよ、きっと。閉鎖したりするもんか。おれたち、新しいピッツォファルコーネ署のろくでなしがいなかったら、けなす相手がいなくなって、ほかの分署の連中の楽しみがなくなるもの」

ピザネッリが顔を振り向けた。ふだんはおだやかにたしなめるのだが、〝ろくでなし〟には我慢がならなかったらしく、叱りつけた。

「アラゴーナ、何度も言っただろうが。きみはなにもわかっていない。彼らは過ちを犯して償い、今後も償い続けるだろう。だが、管区の罪もない人々は、公共の秩序を保つわたしたちがいなくなったら、どうなる？　分署を存続させ、汚名をすすがなければいけないんだよ。わたしたちはそれができるし、それに――」

ロマーノは苦々しげに話をさえぎった。

「汚名をすすぐ？　けっこうなこった。だけど、分署にとどめを刺すつもりで、おれたちを配属したのかもしれないぞ。おれたち全員、なんらかの汚点を持っているじゃないか。つまり、またドジを踏む可能性が高い。放っておけば、勝手にこけるって算段だ」

パルマが割って入った。

「余計な心配をする必要はない。古い事件をあらためて整理するだけだ。むろん、なにか起きたら作業は中断する。ジョルジョ、アラゴーナとロマーノに古い書類のファイルを持ってこさせて――」

電話が鳴った。いつものようにオッタヴィアが受話器を取り、二、三言葉を交わしたあとに受話器を置いて言った。

「本部の交換台でした。セコンド・エジツィアカ通り三二番で事件が発生したとの通報あり。

重大事件の模様。このすぐ近くです」

ロヤコーノは早くも立ち上がってコートを手にしていた。

「おれが行く」

パルマはうなずいた。

「よし。ディ・ナルド、きみも行け。銃に外の空気を吸わせてやるといい」

第三章

ロヤコーノとディ・ナルドが捜査に向かい、パルマが署長室に戻るや否や、ロマーノはデスクを殴りつけた。

「くそっ。警官らしい仕事はいつもあのふたりで、こっちは書類整理かよ！」

突然の大きな音に、オッタヴィアは飛び上がった。

「署長はえこひいきしているわけじゃないのよ、フランチェスコ――」

アラゴーナが口を挟む。

「おふくろさんはいつだって署長殿の肩を持つけどさ、ハルクの言うとおりだぜ。署長は大きな事件が起きると中国人《チネーゼ》を送り出し、カラミティ・ジェーンをお供につける。売り出し中のふたりに代わって、百年前の未解決事件の調書を調べ直していたんじゃ、いつまで経ってもキャリアは築けない」

　ピザネッリは険しい顔でアラゴーナを睨んだ。

「アラゴーナ、この作業の責任者として、十年間一度も開かれたことのない、埃だらけのファイルをきみに担当させることもできるんだぞ。どうする？」

　場を和ませようと、オッタヴィアは努めた。

「署長はえこひいきをするような人じゃないわ。ロヤコーノ警部が一番経験を積んでいるからなのよ。サン・ガエターノ署時代の『クロコダイル事件』や、公証人の妻が殺された事件で手腕を発揮した。公証人の妻の事件では、署長はあなたをロヤコーノと組ませたでしょ、マルコ。だから――」

　ロマーノは言い募った。

「だけど、ロヤコーノがいつもこうやって経験を積んでいくいっぽうで、おれたちに出番は与えられない。よし、パルマに直談判して――」

　ふいに咳払いの音がして、みな口をつぐんでドアのほうを向いた。身なりのよい中年女性が戸口にたたずんでいる。

「どうぞ、こちらへ。どんなご用でしょう？」

　オッタヴィアに促された女性は、遠慮がちに刑事部屋に入ってきた。ハンドバッグを持つ手にインクのしみがついている。ピザネッリは、おそらく教師だろうと当たりをつけた。小太りでローヒールの靴を履き、全体に地味な印象だ。

「あの、ええ……告発をしたくて。いえ、告発というよりは……ええと報告。そう、報告しておこうかと思って」

ロマーノは立ち上がった。埃臭い書類相手の仕事を逃れるチャンスを今度こそ逃してはならない。

「フランチェスコ・ロマーノ巡査長です。なにがあったんですか?」

女性が強張った笑みを浮かべると、少し若返ったように見えた。

「よろしく。わたしはエミリア・マッキアローリと申しまして、この近くのセルジョ・コラッツィーニ中学の教師です。あの……ここで話すんですか?」

「ええ、心配無用ですよ、先生。みんな同僚ですから」

教師は周囲を見まわし、不安そうに唇を舐めた。

「あの、こんなことしてよかったのか、自信がなくて。報告すべき事態だと思ったのだけれど……いえ、報告ってほどではなくて……母親を説得しようとしたんですが……なにか事情があるのか承知してくれなくて。珍しいことではないんですよ。どんな母親にも信じがたいことですし、ひとり娘とあっては、ご承知のようになおさら難しいですからね。でも、ほんとうだったら困るし。低俗なテレビ番組には実際、虚言癖のある人が出てきますけど、百にひとつくらいは真実の場合がありますからね。それに『狼が来た、狼が来た』と何度も嘘をついていたら、実際に狼が来たときに信じてもらえなかった少年の例もありますでしょ。わたしはふだん容易に騒ぎ立てたりしませんが、見過ごすわけにはいかなくて。そうじゃありませんこと?」

アラゴーナはぽかんと口を開けて教師を見つめ、ピザネッリは調書で顔を隠し、オッタヴィアはひたすらコンピューターの画面に視線を据えていた。返答を期待されているのだろうか、とロマーノは訝った。どうやらそうらしいので、当たり障りのない返事をした。

「ええ、そうでしょうとも。それで、結局どんな問題なんです?」

「あら、性的虐待に決まってるじゃありませんか。わたしは文学の授業を受け持っています。最近は別の呼び方をしますが、わたしどものように古い教育を受けた者は伝統を捨てられなくて。無理もありません。つまり刷り込まれているんです。若いときに使っていた言葉に慣れているものですから、致し方ないと――」

アラゴーナがしびれを切らした。

「先生、本題から逸れないでくださいよ。なんの話だかさっぱりわからない。わからなければ、力を貸したくたってできやしない」

話の腰を折られてびっくりしたのだろう、マッキアローリは目をぱちくりさせた。

「いま説明しているところじゃありませんか。いいですか、くどいようですが、わたしは文学を教えていて、必然的にクラスの担任教師でもある。生徒に特定のテーマや自由題で感想や意見、レポートを書かせて、それを読むのも仕事のひとつです。大部分の生徒は、自分の知識や学んだことを披露します。文学や歴史、あるいは自然の――」

アラゴーナは立ち上がった。

「先生、教室でもそんな説明の仕方をしてるなら、この国の教育レベルがガタ落ちになるのも当然だ。頼むから、なんでここに来たのか、さっさと話してくださいよ」

ロマーノは殺気のこもった視線をアラゴーナに投げておいて、失地回復を試みた。

「先生、要するになにか犯罪を告発したいんですか？」

「いいえ、告発はしません。告発というのは、犯罪が起きていることが確実な場合にするものでしょう。確実ではないんです。でも、生徒が性的虐待を受けている疑いがあるので、良心に従ってお話ししようと決めたんです」

室内は静まり返った。会話を漏れ聞いて好奇心を起こしたパルマが、署長室から顔を出した。

「その生徒は何歳ですか？　誰が虐待を？」

マッキアローリは署長に顔を向けて、青い澄んだ瞳でひたと見つめた。

「十二歳です。マルティナ・パリーゼ、二年B組。虐待をしているのは、父親です」

第四章

セコンド・エジツィアカ通りは、実際すぐ近所だった。吹きつける寒風にコートの襟を立て、目を半分閉じて白い息を吐きながら塀際を歩いて、ロヤコーノとアレッサンドラ・ディ・ナルドは三分足らずで現場に到着した。

アレックスは大きく息をついて言った。

「警部は、寒いのは好きですか？　わたしは大好き。寒くても少し体を動かせば温まるけれど、暑いのはどうにもならない。服を脱いだところで暑いことに変わりはないし、エアコンのある部屋に閉じこもっているわけにもいかない。どのみち、エアコンは体によくないですしね」

「耳がちぎれそうなほどの寒さのどこがいい？　からかっているのか、ディ・ナルド？　おれにとっての寒さは、きみにとっての暑さと同じだ。今朝なんか、ラップランドにいるのかと思った。ベッドを出るのがつらかったよ。あ、ここだ」

ドアの前に回転灯を点滅させたパトカーが停まっていたので、番地をたしかめるまでもなかった。若い制服警官が横でぴょんぴょん飛び跳ねて、寒さをしのいでいる。

ロヤコーノは歩み寄った。

「ピッツォファルコーネ署の者だ」

制服警官は両手に息を吹きかけながら、頭を傾けて階段を示した。

「やあ、やっと来てくれた。本部所属のチッコレッティです。現場は三階で、被害者は若い男と女。ちなみに、管理人はいないから探しても無駄ですよ。上で同僚が待っています。科学捜査班も呼んどきました」

無礼なやつだ。ロヤコーノは腹が立った。〝ピッツォファルコーネ署のろくでなし〟の悪評はどこまでもついてまわる。警官を睨みつけて叱責した。

「チッコレッティ、それが警部に対する態度か？　殴られたくなければ、両手を下ろして気をつけの姿勢を取れ」

「申し訳ありません、警部。やたら寒いし、風は吹きつけるしで、つい。通報を受けてすぐに来て、警部たちの到着を待って――」

ロヤコーノはさっさと背を向けて、玄関を入った。アレックスは同情と非難を込めた一瞥を制服警官にくれて、そのあとを追った。

三二番の建物は界隈のほとんどと同様、古色蒼然としていた。厳格な区画規制の対象となっている古い建物のため、デカダンス趣味のファサードに手は加えられておらず、内部も悪しき近代化の被害を受けていない。ふたりは階段で三階を目指した。壁は漆喰が剝がれ落ち、色の異なる新旧のタイルが入り混じって貼ってあるところもあれば、ひび割れにモルタルを塗りつけただけの箇所もある。各アパートメントの木製ドアはひとつとして同じ色がなく、そこにちらほら交じっているアルミニウム製ドアには複数の呼び鈴が取りつけられ、元の広大なアパートメントを分割して使用していることが窺われた。ふたりが目指した三階のアパートメントにもこのタイプのドアがついており、そのすぐ内側が一種の玄関ホールになっていて戸口が二ヶ所設けられている。いまはどちらのドアも開け放たれていた。

三階の踊り場でも制服警官が待っていた。外にいた警官よりも年長で、そのせいもあるのだろう、対応は礼儀正しかった。制帽のひさしに手を当てて敬礼する。

「おはようございます。スタンチョーネであります。ピッツォファルコーネ署のかたですね？無線連絡がありました」

アレックスはうなずいた。

「ええ。ロヤコーノ警部とディ・ナルド巡査長補です。現場の様子は？」

スタンチョーネは向きを変えて、ロヤコーノに直接話しかけた。階級を考えれば当然だ。でも、それだけではなく、警部が男だからだと、アレックスは唇を噛んだ。

「事件現場は右側の戸口から入ったアパートメントで、被害者は若い男と女の二名です。女はベッドの上、男は別室のデスクの前に座った状態で発見されました」

アレックスは素っ気なく質問を放った。

「誰が発見したの？」

スタンチョーネはためらったものの、またもロヤコーノに向かって返答した。アレックスが腹話術師の警部に操《あやつ》られている人形であるかのように。

「殺された男の同僚で、かなり動転しているため、もうひとつのアパートメントに住んでいるふたりの、その――とにかくそこでコーヒーを飲ませてもらっています」

ロヤコーノはコートのポケットに両手を突っ込んだまま、踊り場に面したアルミニウム製の玄関ドアを最初に、それから制服警官が指さしているドアを観察した。こじ開けた痕跡のないことを確認して、右手側のドアを入る。部屋の窓から日が射し、天井の裸電球が光を投げていた。

アレックスがロヤコーノの先を越して、質問する。

「あなたが明かりを点けたの？」

「まさか。なんにも触っていませんよ。一歩入って様子を見て、すぐに出た。新米じゃないからね」

ディ・ナルドがとげとげしい口調になるのも無理はない、とロヤコーノは苦笑を押し殺した。今度は自ら質問した。

「到着したとき、両方のドアはどうなっていた？　開いていたのかね。それとも隙間を残して閉じていた？　完全に閉まっていたのか」

「開いていました、警部。両方とも。それに、もうひとつのアパートメントのドアも」

アレックスは裸電球の灯っている、手前の部屋に入った。続いてロヤコーノが入ると、アレックスは部屋のほとんどを占領しているベッドの前に立っていた。

ベッドの上で若い女が足を広げて仰向けになっていた。ジャンパーの前がはだけ、ブラウスが裂けて肌が覗いている。ブラジャーはつけていない。左の膝にごく小さなパンティが絡みついていた。床にジーンズ。

青ざめた無残な有様であっても、彼女は美しかった。

ロヤコーノは顔を近づけて子細に観察した。鼻と口の周囲が腫れ、首に赤みがかった細い線が数本ついている。ロヤコーノが振り返ると、アレックスは壁の一点をしげしげと眺めていた。大きく引き伸ばしたスナップ写真には、紺碧の海を背に太陽を浴びて晴れやかに微笑む被害者が写っていた。無機質な写真には生命があふれ、血と肉を持った肉体は生命を失っている。なんと皮肉で悲しい取り合わせだろう。

立ち尽くしているアレックスを置いて、ロヤコーノは部屋を出た。

狭い廊下の先のもうひとつのドアはもっと広い部屋に通じ、その中央に置かれたデスクの前に二つ目の遺体があった。椅子に座って、ペンを握った手と頭をデスクに載せて突っ伏し、もう片方の腕をだらりと垂らしている。

ロヤコーノは足の置き場に注意しながら、近づいた。遺体のうなじが露《あらわ》になっていた。シャツの襟が赤黒く染まり、首の付け根が深くへこんでいる。着衣に吸収されたのだろう、床に血痕はない。

被害者の正面にまわって顔を見た。若い男で二十歳を少し過ぎた程度、二十五くらいか。上の歯を少し見せ、引きつった笑みを浮かべているように見える。半開きの目を虚空に据えていた。不意打ちを食らったらしく、争った形跡はない。

玄関ホールに行くと、アレックスがしゃがんで小さなサイドテーブルの下を覗いていた。指さして、ロヤコーノに訊く。

「なんだと思います?」

ロヤコーノもしゃがんだ。

「イヤフォンのついた携帯電話みたいだな。よく見えない」

ロヤコーノはアレックスが伸ばした手をつかんだ。

「このままにしておこう。科学捜査班がもうすぐ来るから、回収して調べてもらう。さて、第一発見者に話を聞くとするか」

第五章

パルマ署長はマッキアローリの変化を感じ取った。事情を話しているうちに、自分のしたことは正しかった、警察に来てよかった、と自信を持ったのだろう。虐待の有無を調べましょう、極秘に行うのでご心配なく、ご苦労さま、とパルマが言ったのに対し、マッキアローリはハンドバッグの持ち手を握り締めて、落ち着き払って答えた。

「ご心配には及びません、署長。わたしは自分の責任を十分承知していますから、生徒の不安を感じ取ったことを知られたところで、かまいませんよ。ただ、情報を集めたいのなら、極秘にしたほうがいいでしょうね。若い子たちは見知らぬ人の前では、たいてい固く口をつぐんでなにもしゃべらない。押しても引いても、なにも聞き出せなかったことは、以前もありました。でも、わたしはいつも学校にいますので、必要な場合は声をかけてください」

刑事部屋の意見は各人各様だった。アラゴーナは自説を自信たっぷりに披露した。

「くだらないメロドラマを見た生徒が作文に出まかせを書いたら、真に受けた教師があたふたと駆け込んできたんだよ」

ロマーノはうなずいた。

「あり得るな。空想と現実の区別がつかないんだ。すぐに変態扱いされるんじゃ、うっかり自分の娘を撫でることもできやしない」

ピザネッリは未解決事件のファイルをめくって言った。

「さあ、どうかな。あの先生は新米ではなく、ベテランだ。感情に流されたり早とちりしたりするタイプには見えないし、これまで大勢の少女を扱ってきた。ピンと来るものがあったから、報告に来たんだろう」

アラゴーナはせせら笑った。

「なんと麗しき老人連合。経験豊富な老いぼれ警官は、経験豊富な老いぼれ教師を信じて疑わない。あのさ、大統領《プレジデンテ》が頭のなかで自殺者を主人公にした奇抜な映画を作っているのと同じで、彼女も頭のなかで変態の父親を主人公にした映画を作っているんだ。いや、もしかして心的置換ってやつで、女教師は誰かに犯されたい願望、副署長は自殺したい願望があって、ふたりともそれを他人に投影しているんじゃないか」

誰もが罪のない妄想とみなしていたピザネッリの仮説について、アラゴーナがとんでもない指摘をしたので、みな黙りこくった。老副署長はここ何年かのあいだに管内で起きた一連の自殺を他殺と確信して、データや証言、写真を収集して執拗に調べている。調査は勤務時間外に限られ、誰にも迷惑をかけていないので、同僚たちは暗黙の了解のもとに見て見ぬふりをし、本人の前でそれについて話さないよう気を使っていた。

オッタヴィアが気まずい沈黙を破った。

「アラゴーナ！　なんてことを言うの！　ここから蹴り出してやりたい。副署長を批判するのは、百年早いわ。あなたなんか、副署長の年になっても役立たずのままに決まっている」

ロマーノは教師の報告を無視することには賛成だったが、言葉を荒らげて反論した。

「どこまでバカなんだ、アラゴーナ。まったく始末に負えない。なんにもわかっていないくせに、なにが心的云々だ」

アラゴーナは腕を大きく広げた。

「おれ、なにか気に障ることを言った？　批判なんかしてないじゃないか。怒ってないだろ、大統領？　あれは冗談だよ」

ピザネッリは苦笑した。

「まあ、いいさ、マルコ。安心してくれ。わたしに自殺願望はないよ。自殺偽装の件は遅かれ早かれ、わたしが正しかったと証明される。妄想だ、時間の無駄だと思っているのだろう？　だが、仕事の手を抜いたことはないし、今後も抜かない。それに、わたしなりの理由があって調べているんだ。さて、先生の件だが、ある種の問題は軽く見てはいけないということだ。見かけはなんでもなくても、実際は――」

ロマーノが口を挟む。

「同僚は二重殺人事件の捜査、おれたちは中年女の妄想のお付き合い？　署長はロヤコーノを学校に行かせればいいんだ」

「署長はえこひいきなんかしていないって、さっき言ったでしょ、フランチェスコ」オッタヴィアが言い返す。「それに子どもが虐待を受けている疑いが少しでもあれば――」

パルマが署長室から出てきた。

「ほかに緊急の用がないなら、この虐待について調べてくれないか。一応、念のために。ロマーノとアラゴーナに任せる」

アラゴーナは抵抗を試みた。

「あの教師は頭がおかしいんだ、署長。少なくとも、告発するまで待ちましょうよ。それよりもっとだいじな仕事があると思うけど」

「あるとも、アラゴーナ。さっき話したように、古い未解決事件がごまんとある。全部きみに任せるから、片端から調書を書き写してくれ。終わるまで、少なくとも半年はデスクに縛りつけられているだろう。どうだね？」

アラゴーナはすでに席を立って、コートを手にしていた。ロマーノも口のなかでなにやらぶつくさ言って立ち上がる。

パルマは表情をあらためた。

「そうくさるな、ふたりとも。どんな報告にも等しく注意を向けるのが、警官の本分だ。対処の仕方が悪い、と本部に苦情を持ち込まれてはまずい。自分たちの落ち度でここが閉鎖されるのはまっぴらだ。いいな？」

アラゴーナは踵を打ち鳴らして気をつけの姿勢を取り、海兵隊員の真似をして二本の指を額に当てた。

「承知しました、署長。心配ご無用。学校で最善を尽くし、いい点を取ってまいります」

「きみにはお手上げだよ、アラゴーナ」

第六章

犯行現場と隣り合わせのアパートメントに入るなり、ロヤコーノはスタンチョーネが隣人について言葉を濁した理由が腑に落ちた。

こちらは、隣とはまるで違っていた。ドアのすぐ内側の部屋は広々として、バルコニーのフランス窓から光がふんだんに射している。赤の張地にレースの縁取りをした椅子、あちらこちらに置かれた動物のぬいぐるみ、細い支柱の上で揺れているランプなど、インテリアはいささかけばけばしかった。

ステンレスとガラスを組み合わせたテーブルの前で、眼鏡をかけた痩せた青年が乱れた前髪をひっきりなしに撫でつけていた。激しい感情に襲われているのだろう、唇を震わせ、頰を赤くしていた。

その横に立っている青年は妙な風体だった。ふくらはぎまで届く派手な幾何学模様のチュニックの一種。うしろでひとつに束ねた長髪に素足、薄化粧を施した茶色の目。

その隣にもうひとり、やはり素足の小柄な青年が、困惑した様子で立っていた。こちらは黒の服、耳と鼻に大きなピアス。

ディ・ナルドとロヤコーノを案内してきたスタンチョーネが言った。

「こちらが遺体を発見して通報した青年です、警部」

巡査は三人のうちの誰かは、示さなかった。ロヤコーノはしばらく待って、アレックスに話しかけた。

「ディ・ナルド、もっと正確に話す必要があることをこの巡査に説明してやってくれ。それとも、おれはここには青年が三人いることを図に書いて示さなければいけないんだろうか」

テーブルの前にいる青年が、おっかなびっくり手を挙げた。まるで、答えはわかっているが口にする勇気がない生徒みたいだ。

「ぼくです。ぼくが……ふたりを……警察に、電話して……」

動転していることは明らかだった。か細い声が裏返り、幾度か咳払いをする。ロヤコーノは青年を注意深く観察し、少し落ち着いたところで尋ねた。

「きみ、名前は？」

チュニックの青年が口を挟んだ。低くて太い声で、プーリア地方の強い訛りがある。

「レナート、答えるな。弁護士を呼べ。おまえを罠にかけようとしているんだ。わからないのか？　この男は、名乗りもしないじゃないか」

スタンチョーネ巡査は怒鳴りつけた。

「この野郎、ふざけるな。けったいな恰好しやがって、刑務所にぶち込むぞ。口を慎め！」

「脅かしても無駄だよ。怖くもなんともない。そっちこそ、令状もないのに人の家に入り込んでいるじゃないか。おとなしく入れてやったのに、感謝するどころか、こっちの気持ちを思いやりもしないとくる」

スタンチョーネは怒りを爆発させた。顔を真っ赤にしてわめきながら、一歩詰め寄った。

「オカマ野郎！　化粧なんかしやがって、その面に一発かまして――」

アレックスは見かけによらない力で、スタンチョーネの手首をつかんだ。

「やめなさい。バカね。彼はあなたに対して苦情を申し立てることができるし、理由には事欠かないのよ」

ロヤコーノは和平交渉よろしく両手を挙げて、スタンチョーネとチュニックの青年のあいだに体を割り込ませた。

「申し訳ない。こうした状況だからね、誰でも平常心を失ってしまう。いつまで経っても、慣れないものなんだよ。ピッツォファルコーネ署のジュゼッペ・ロヤコーノ警部だ。彼女はアレッサンドラ・ディ・ナルド巡査長補。もうひとりは帰すから、紹介する必要はない。下で同僚に合流して鑑識を待つんだろう？」

従ったほうが得策だと判断して、スタンチョーネはひと睨みして去っていった。緊張がいくらかやわらいだ。

チュニックの青年は唇をすぼめて前髪をふっと吹き上げ、名乗った。「よろしく。ぼくはヴィニー・アモルーゾ。友人のパコ・マンデュリーノとここに住んでいる」

指さされた黒服の青年はうなずいた。

ロヤコーノは遺体の発見者に話しかけた。

「それで、きみは？　名前は？　なぜ、隣のアパートメントに行った？」

青年はいったん口を開けて閉じ、深いため息をついてから言った。

「レナート・フォルジョーネです。ビアージョの……同僚で友人です。きのうの午後いっぱい研究室で待っていたけど、ビアージョは来なかった。電源を切っていたのか、電話をかけても出ないので今朝……あ、また吐き気が……」

助けを求めるかのように、やさしく背中をさすっているヴィニーを見上げた。顔をこすって、再び語り始めた。

「ビアージョとはいつも連絡を取り合って、一緒に勉強や研究をしていた。心配になって――黙っていなくなるようなやつじゃない――なかったから、おかしいと思った。それで、ここに来てみたんです。ドアが少し開いていたのでなかに入ったら……そこに……そこに……すみません……」

立ち上がって洗面所に駆け込んだ。

ロヤコーノはアモルーゾに尋ねた。

「きみは殺されたふたりを知っていた？」

アモルーゾは髪をほどいて、髪留めを弄《もてあそ》んだ。

「まだ信じられないよ、警部さん。誰があんなことをしたんだろう。あのふたりは兄妹でビアージョ・ヴァリッキオとグラツィア。カラブリアのクロトーネの近くの出身だ。ビアージョはレナートの同僚で優秀な研究者だ。たしか生化学で学位を取っている。それとも生物科学だったかな。とにかく、そんな感じ。この手のことは詳しくなくて。ここにはけっこう長く住んでいて、ぼくたちが来る前からいた。ねえ、ここに来てどのくらいになるっけ？　二年？」

これまでひと言もしゃべらなかった黒服の青年が、正確に答えた。

「二年と十ヶ月だよ、ヴィニー」

アモルーゾはさも驚いたように、気取って手を口に当てた。

「ええーっ、もうそんなに？　ぼくとパコは法学を専攻している。正直なところ、勉強のほうはのんびりしすぎているきらいがあるけど、自分たちの権利を守る術《すべ》は学んでいる」

「ビアージョはここにけっこう長くいたが、妹のほうは？」

ヴィニーは小首を傾げて考えた末に言った。

「ほんの数ヶ月前だったな、彼女が来たのは」

パコが再び正確な答えを言った。

「七ヶ月前だよ」

ヴィニーはうんざりした顔でパコを素早く睨んでおいて、警部に視線を戻した。

「パコがそう言うんなら、七ヶ月なんだろう」

フォルジョーネが真っ青な顔で、げっそりして戻ってきた。アレックスはその機をとらえ、ロヤコーノに先んじて質問を放った。

「さっき、ドアが少し開いていたと話したわね。それは踊り場に面したドア？　それともアパートメントに入るドア？」

「ビアージョのアパートメントのドアです。踊り場のほうは、ヴィニーに開けてもらった」

アレックスはヴィニーに訊いた。

「あなたたちは、ドアが開いていることに気づかなかったの？　物音や悲鳴を聞かなかった？」

ヴィニーは躊躇なく答えた。

「聞いたよ。でも、きのうの夜じゃなくて、夕方だ。言い争っていたな。ひとりはビアージョで、もうひとりは方言で話していてそれまで聞いたことのない声だった。それから誰かが出ていったので、パコが玄関ホールを覗いてみたけど、ドアは閉まっていた」

「間違いない？」

ロヤコーノはパコに確認した。

パコはうなずいた。

「うん」

「出ていった人物を見たかね？」

「いや、もういなかった」

言い争いがあったと聞くと、レナートは目を見張って再び唇を震わせた。アレックスはロヤコーノと顔を見合わせて、質問した。

「言い争っていた人物に心当たりはない？　ビアージョからなにか聞かなかった？」

レナートは答えなかった。

ロヤコーノは違う方向から訊いてみた。「来客の予定があるようなことを、ビアージョは話していたかな」

レナートは質問が聞こえなかったかのように、ヴィニーを見つめている。しかたがない、もう一度ヴィニーに訊くか。

「方言で話していたんだね？　方言で言い争っていたのか？」

ヴィニーはうなずいた。

「ひと言もわからなかった。聞き耳を立てていたわけじゃないけど、大声で怒鳴り合っていたからね。でも、グラツィアはいなかったみたいだ。いたんだとしても、止める声はしなかった」

レナートはのろのろと、ふたりの警官に顔を向けた。「じつは、ある人が訪ねてくると、ビアージョは数日前に話していた。そして、怖がっていた」

ロヤコーノの声に熱がこもった。

「誰が来ることになっていたんだ？」

「父親です。父親が故郷から訪ねてくるって」

アレックスが訊いた。

「怖がっていた、と言ったわね。どうして？」

レナートはうつむいてガラスの天板を撫でていたが、しばらくして顔を上げた。その顔にたとえようもない悲しみをたたえて、答えた。

「ビアージョは父親に十七年近く会っていなかった。父親なんか、人生から消してしまいたかったんだ。会うのをすごく怖がっていた」

室内はしんと静まり返った。パコとヴィニーは、どうやって友人を慰めたものかと、考えあぐねている様子だ。ロヤコーノが沈黙を破った。

「なぜそんなに長いこと会っていなかったんだね？　仲違いしたのか？　なんらかの事情で別居でも？　それとも金の問題？」

「いいえ。父親は十六年間、刑務所に入っていたんです。出所したのは、一年ほど前かな」

「どんな罪で服役したの？」と、アレックスが尋ねた。

レナートはアレックスの顔を見て、消え入るような声で答えた。

「殺人罪」

第七章

セルジョ・コラッツィーニ中学は、どっちつかずのいわば境界地にあった。近隣一帯が境界地だな、とアラゴーナと連れ立って中学校に向かいながら、ロマーノは思った。ぎざぎざの境界線がまるきり異なる二つの世界を数メートルの差で隔て、常に興奮のるつぼとなっている。

小さな青空市場の陳列台が歩道を侵略している。ロマーノはじろりと睨んだ。歩行者がやむなく車道に追いやられ、遠慮会釈なく飛ばすスクーターに撥ねられる危険を冒して歩いている。厳しい寒さでも、ふだんの活気は失われていなかった。いくら寒くても食べないわけにはいかない。もっとも、商店主たちは厚いオーバーに耳まで下ろした毛糸の帽子というい で立ちで、アパートの玄関ホールに引っ込んで客を待ち構えていた。

境界地。

ひったくりがどこからともなく徒歩や、スクーターの違法二人乗りで現れて、弱者やぼんくらからなんでもかまわず奪い取り、勝手を知った迷路のような路地に逃げ込んで行方をくらます。

境界地。

ジャケットにネクタイやテイラードスーツ姿の男女が大きな銀行のなかを行き交い、深刻な面持ちで国外や国内での巨額取引にいそしむ。ヘッドセットや顎で挟んだ携帯電話で身振りよろしく話をする輩《やから》が、ちょっとのあいだだからと、他人の迷惑を顧みず、歩道に前輪を乗り上げて障碍者用スペースに駐車する。

境界地。

無許可の数十、数百人の物売りが道端に敷いた毛布に商品を並べて売っている。黒人は偽のブランドバッグ、木彫りの動物。東洋人はラジオ、携帯電話用のバッテリー・チャージャーやケース、カメラ用光度計に三脚。スラブ人は骨董品。故郷から持ってきたのか、深夜にゴミ箱から拾って修理をしたのか、出どころは定かでない。イタリア人は生花やソックス、靴、方言をプリントしたTシャツ、青のペナントにスカーフ。いずれも通行人にまとわりついて袖を引いてはしつこくせがみ、蚊のごとくに厚かましくうっとうしい。それなのにこいつらは、とロマーノは腹が立った。一銭も稼いでいないような顔をして補助金目当てに役所の外に群がり、「仕事を！　仕事を！」の大合唱だ。大工、配管修理工、アンテナの据付修理工も同じだ。まけてやるからと顧客に持ちかけて、領収書なしの現金取引で稼いでいても素知らぬ顔をしてデモをする。

境界地。

おびただしい数の弁護士が難解な書類の詰まった革鞄を小脇に抱え、ネクタイをゆるめ、あるいはピンヒールを打ち鳴らし、早期の判決を求めて裁判所の階段を駆け上がり、駆け下りる。だが、判決は幾度も延期され、報酬はいつまで経っても手に入らない。長年の猛勉強、十を超えるインターンシップ、会議、あほくさい広報活動、学士号に数々の資格。あげくのはてが、食うや食わずの生活だ。議員さま、わたしはあなたの友人のいとこです、どうか憐れみを。

境界地。

判事はどこでどうつながっているのかわからないコネを恐れて疑心暗鬼になっている。公証人は、不動産市場が停滞していてこれまでの生活レベルは保てそうもない、大口の顧客がしょっちゅう持ちかける怪しげな取引を無事に切り抜けることができるだろうか、と心労が絶えない。企業家は金を求めて、サメのごとくに回遊する。明日までに入金しないと、不渡りを出して倒産だ。どこかに金はないか。金貸しも、以前のように安穏としていられない。最近は、借金を踏み倒す輩が増えた。ぶん殴っても足の骨を折っても、やつらは金の工面ができない。かといって逃げる勇気もなく、どうなってもかまわない、好きなようにしてください、と開き直る。投機家は実在しない金を国から国へ、ファンドからファンドへ移動させるのに忙しい。

境界地。

誰もが見えない十字架を背負い、名のない運命に押しつぶされ、心に独自の境界線を持っている——橋も渡し舟もない島が寄り集まった、群島だ。家で寝ていたい、毛布にくるまってぬくぬくしていたいのは山々だが、厳しい寒さの外に出て、ぴょんぴょん飛び跳ね、手をこすり合わせ、耳を帽子で覆って、都会のジャングルで闘っている。

少なくともきょう一日は、心のなかの境界線を越えることなく眠りにつきたいと、誰もが願っている。

アラゴーナはひっきりなしにしゃべっていた。故郷の冬は寒いけどさ、こんなに湿っぽくないからずっとしのぎやすいんだ……。それに対してロマーノがひと言、二言ぼそぼそと返事をしているうちに、学校に着いた。

玄関ホールの小さな電気ストーブにくっつくようにして待っていると、用務員からふたりの到着を知らされたマッキアローリ教師がやってきた。体育の授業でバレーボールの試合に興じている生徒たちの歓声と笑い声が中庭から聞こえてくる。

「ご苦労さま。ほんとうに調べにきたのね。びっくりしました。無駄足だったと思っていたわ。警察は一般市民のことは気にも留めない、死体が転がっていない限りは電話にも出ない、というのは事実ではなかったのね。頭のおかしい年寄りの妄想だから手間をかけて調べる必要はないって放っておくと思って、あきらめていたんですよ」

まさに、頭のおかしい年寄りの妄想だから手間をかけて調べる必要はない、と思っていたアラゴーナは、薄気味悪くなって、もじもじした。こいつは魔女か、おれの心が読めるのか？

「それに、こんなことを言った人もいたのではないかしら。同僚は――そうね――たとえば二重殺人事件の捜査をしているのに自分たちは中年女の妄想のお付き合いか、なんて」

ロマーノは背筋がぞくっとした。きっと、寒風にさらされたせいだ。さっさとすませて帰ろう。

「そもそも、なぜ虐待を疑ったんです？　生徒から直接聞いたんですか」

マッキアローリは眉をひそめた。

「まさか。そんな簡単にはいきませんよ。だいいち、あの年ごろの子どもは話の内容がころころ変わる。わたしども教師はそれに慣れていて、生徒がなにか打ち明ける場合、とりわけこの種の問題のときは細心の注意を払います。でも、つい漏らしたとなれば、話は違います。両親や友人に仕返しや意地悪をしたいという例は実際にありますけど、そうでないことは明白ですもの」

アラゴーナは露骨にうんざりした顔をしてきょろきょろしていたが、ついに限界を超えたらしい。

「それで、証拠は？　あるなら、見せてもらいたいね」

マッキアローリは咎めるような視線を投げた。

「少し前に署で説明したはずですよ。証拠がないから告発はしないで、報告だけにしておくと。あら、わたしがうかつでしたね。世の中には飲み込みの悪い人がいるのを忘れていたわ。では、職員室へどうぞ」

マッキアローリについて階段を上りながら、ロマーノはアラゴーナをいまいましげに睨んで、耳打ちした。

「つべこべ逆らわずにおとなしく聞いてりゃ、早く帰れるんだ。阿呆な真似をするな。口を閉じてろ」

アラゴーナはうんともすんとも言わない。

「時間の無駄だ。おまえだって、そのくらいわかるだろ。つまらない思い込みなんだよ。大げさに騒いでいるだけなんだ。付き合ってられるか。さっさとすませて、帰ろう」

それが聞こえたかのように、マッキアローリは閉じたドアの前で足を止めて、つっけんどんに言った。

「時間の無駄だと思っているなら、いますぐお帰りなさい。だけど、それならわざわざ足を運ぶ必要はなかったでしょ」

ロマーノはうなずいた。

「そうですね。ひとまず聞かせてもらいます」

マッキアローリはドアを開けて、ついてくるよう、目で促した。教師たちが会議用の細長いテーブルを囲み、ふたりが新聞を読み、あとは生徒の宿題を直したり、メモを取ったりしている。いっせいに目を上げて、何者だろうという顔をしたが、マッキアローリはふたりを紹介しなかった。ロッカーから二つ折りにしたレポート用紙を何枚か取り出して再び目で促し、そそくさと職員室を出ていく。ロマーノとアラゴーナは困惑しながらも、とにかく教師たちに目礼して続いたが、挨拶を返す者はいなかった。

職員室を出るとすぐ、マッキアローリは説明した。

「ほかの教師の前で話すようなことではありませんからね。なんでもなければそれでけっこうですが、万が一、疑いが当たっていれば、由々しき問題です。これから校長のところへお連れします。今朝、分署に伺う前に話してあるので、事情はご存じよ」

教室から教室へ移動する生徒、トイレや自動販売機へ向かう生徒でにぎわう廊下を歩きながら、ロマーノは思った。上司と相談のうえで警察に来ることを決めたのなら、妄想である可能性は少ない。軽視するのは間違いだろう。

デスクから立ち上がって出迎えた校長を目にしたとたん、アラゴーナはしゃきっとした。校長は栗色の長い髪を波打たせ、大きな瞳をきらきらさせた、魅力的な若い女性だったのだ。やわらかなウールのドレスが胸のふくらみを強調しながらほっそりした体を膝まで包み、その下から長くきれいな脚が伸びている。

ロマーノに言わせれば、アラゴーナは常に呆《ほう》けた顔をしているが、いまのにやけた顔はふだんの何十倍も阿呆に見えた。

校長が自己紹介する。

「ティツィアーナ・トラーニです。ご足労、ありがとう。来てもらえると思っていなかったわ」

アラゴーナは握手を交わし、魅力いっぱいと自負するまなざしをこしらえたが、あいにくサングラスに隠されてしまった。

「やだな、校長先生。おれたちは市民からの報告を軽視するような警官じゃありませんよ。自分たちの目でしっかりたしかめる必要があるって、すぐにわかった。マルコ・アラゴーナ一等巡査です。先生みたいな人に会えて、天にも昇る心地だ」

ロマーノは耳を疑った。こいつ、恥というものを知らないのか。

「ロマーノと言います。あまり長く仕事の邪魔をしては申し訳ないので、さっそくですが、事情を説明してもらえますか」

「ええ。どうぞ、かけてください。マッキアローリ先生に詳しく話していただきます」

マッキアローリは先ほどロッカーから出したレポート用紙を広げて、デスクに並べた。どうやら生徒の提出した課題文で、赤線を引いた箇所がいくつかある。それから首からチェーンで吊るした眼鏡をかけた。

「どれもこの一年でマルティナ・パリーゼが提出した課題文です。テーマはそれぞれ違い、最初は街における季節の変化、次が移民と融和、それから数日前に提出された、愛のある世界。最後のテーマは、前の二つで生じた疑いを確認するために選びました。もちろん、校長の了解を得て」

校長はうなずいた。

「マッキアローリ先生は最初の課題文を読むとすぐ、いらっしゃいました。そして話し合った結果、少し様子を見ることにしたのです。読んでごらんなさい」

マッキアローリから受け取ったそれは、丸みを帯びたていねいな字で書かれていた。ロマーノは赤線が引いてある箇所を読んだ。

……だから、暑さ寒さを別にすれば、街では季節の違いはあまりありません。とくに家のなかではそうです。わたしはどんなときでも、天気が悪いときでも外に行きたくなります。なぜなら、家ではいやなことがあるからです。とくにベッドに入るたびに、撫でたりキスをされたりして眠れないのがいやです。

ロマーノは無言で、レポート用紙をアラゴーナにまわした。

間違って婦人用トイレに入ってしまったような気恥ずかしさを覚えていた。

「まあ、これだけではなんとも……。つまり、誰だか特定していないし、キスや撫でるというのは……『ベッドに入るたびに……』とあるのは、おやすみの挨拶かもしれないし……性的虐待について具体的な記述はない。こうした愛情表現がうっとうしいとか、そんなところじゃないですか」

マッキアローリは次のレポート用紙を渡した。

……施設に入れられた子どもたちがなにに不満があるのか、わたしにはわかりません。この子たちは親から離れてひとりになれるのが、どれほどありがたいことなのか、理解していません。父はいつもわたしのそばにいたがって、重苦しい息をしてくっついてくるので、わたしだったら父がいなくなればせいせいします。女の子どうし一緒の部屋に寝て、親との面会は月に一度だけの、こうした施設にずっといたいと思います。

ロマーノは感想を述べなかった。レポート用紙を渡されたアラゴーナは一読して目を剝き、ふっと息を吐いた。

トラーニ校長が口を切った。

「このあとマッキアローリ先生とあらためて話し合い、母親に聞くのは時期尚早かと判断しました。家庭の平和が乱されかねませんし、こちらとしてもそうしたリスクは避けたくて。そうよね、エミリア?」

「はい。わたしどもは教育者として多大な責任を負っていることを忘れてはなりませんからね。どうすればいいかを話し合い、さっき話したように、課題のテーマを絞ってみたのです。書くことに慣れていないために、誤解を招くような文章になったのかもしれない。平穏な家庭であることがはっきりすれば、この件はおしまいにするつもりでした」

「それで?」アラゴーナが訊く。

マッキアローリは返事をしないで、触るのもおぞましいとばかりに最後の一枚を指先でロマーノの前に押しやった。


どうしてなのか、わたしにはわかりません。そばに来たらわたしが離れるから、いやがっているのがわかっているのに、やめません。自分を抑えられないみたいです。わたしは目を閉じて、ほかのことを考えるようにしています。窓から出てずっと上へ、雲まで、そして天まで飛んでいくところを想像します。死んでしまいたい。そうすれば、体じゅうを撫でまわす手から逃げられるから。死んでしまいたい。


ロマーノはいつしか震えていた。血がどくどくと流れる音が頭のなかで響き、キャリアと私生活をぶち壊した、あの制御不可能な怒りの爆発を予感させる感情がむくむくと湧き起こった。心という車を赤の他人に乗っ取られ、助手席に押しやられたみたいな気がする。正気を失ったのではなく、ただ視点が変わっただけなのだ。このまま理性を捨てて、破壊的な衝動に身を任せたい誘惑に駆られた。

必死に感情を抑えてレポート用紙を渡すと、アラゴーナは素早く読んでつぶやいた。

「薄汚い変態親父め」

トラーニ校長はロマーノの葛藤を感じ取ったかのようにじっと見つめていたが、前と同じ冷静な口調で再び語り始めた。

「そこで、生徒を呼び出しました。虐待の可能性だけではなく、自殺願望も疑われましたから」

ロマーノは息が苦しくなった。

「生徒はなんと言ったんですか」

マッキアローリが答える。

「それが、頑固な子でしてね。無口ですが、気が強い。女の子たちのグループのリーダー的存在です。取り巻きは専門職や実業家の裕福な家庭の子ばかりで、この子の家庭はごくふつうの中流階級ですが、それでもリーダー扱いされていて……」

言葉を切って、あとはお願いしますとばかりに校長を見た。校長は待ち構えていたかのように、口を開いた。

「説明を求めたところ、とくにこれといった意味はなく、気の向くままに書いた、想像して書いた、と……でも、言葉を濁しているし、悔やんで怯えているのは明らかでした。そこで、お母さんと話しましょうと提案したら、絶対にいやだ、やめてくださいと頼むんですよ」

アラゴーナが口を挟んだ。

「想像した？　体じゅうを撫でまわすって、はっきり書いてあるじゃないか。想像なんかできるもんか。十二歳なんだよ！」

校長はうなずいた。

「わたしたちも同じことを言いましたが、マッキアローリ先生がおっしゃったとおり、頑固な子なんですよ。自分が虐待を受けたらどうするだろうと想像して書いた、その一点張り。あげくにこう言ったんですよ。悪い点でもかまいません、でも誰にもなにも言わないで。そこで、生徒に知られないよう注意を払って、母親と話をしようとしたのですが、すぐに電話を切られてしまいました。耳を貸さないんです」

ロマーノが訊いた。

「それで？」

エミリア・マッキアローリは眼鏡をはずした。

「それで、こちらへ伺ったのよ」

第八章

アレックスはロヤコーノの指示を受け、分署に電話をかけるために部屋を出ていった。ある程度の情報が集まったので、これをオッタヴィアに伝え、インターネットのほか本部やほかの分署の情報網にも常に接続しているコンピューターを駆使して調査を開始してもらうことになる。捜査を進めるために欠かせない情報にしろ、有益な噂の類にしろ、驚くべき速さで捜査陣が入手できるのは、オッタヴィアがいるからにほかならない。

ロヤコーノはアレックスを待つあいだに、被害者やふたりの隣人、第一発見者について詳しく知ることにした。

ヴィニーから始めた。

「ビアージョとグラッツィア兄妹とはどんな関係だった？　一緒に過ごしたり、遊びに出かけたりは？　共通の友人はいた？」

ヴィニーは肩をすくめた。

「いや、それほど親しくはなかった。ビアージョは内向的で人付き合いをしなかった。遊びに出ることもないし、いつも大学か家で勉強や書き物をしていた。少なくとも、ぼくたちは彼がほかのことをしているのを見たことがない。反対にグラッツィアはしょっちゅう出かけていた。なにをしていたのかは知らないけどね。顔を合わせれば挨拶をする程度だった。共通の友人といったら、レナートくらいかな」

そのレナート・フォルジョーネは次第に頬に赤みが差してきていたが、ドアのほうをちらちらと見ているのは、頭を割られた友人がいまにも入ってくるとでも思っているのだろうか。質問されるのを待たずに、話し始めた。

「知り合ったきっかけは、このアパートメントで――両方がぼくのものというか、家族が所有しているんです。正確には、父です。それで、地方出身の学生のなかから借り手を探すのを、ぼくが任されている」

　ヴィニーが鼻で嗤った。

「借り手だってさ。ぼくとパコは家賃を払っているけど、ビアージョとグラッツィアは払っていなかっただろ。違うか?」

　レナートは赤面した。

「ビアージョとは、大学に入ったときから一緒に勉強していた。あいつは最初、人がごちゃごちゃいる下宿屋で暮らしていたので、勉強するときはうちに来ていた。そのうちこのアパートメントが空いたから、勧めたんだ。それに妹が会いにきたがっているって聞いたし……」

　パコが冷たく言い放った。

「親切に泊めてやったら、高くついたな」

　誰もがあっけに取られた。それまでほとんどしゃべらなかったパコの発言に、ヴィニーが悲鳴に近い声をあげた。

「パコ！　なんてことを言う。頭がおかしくなったのか?」

　ロヤコーノはパコを怯えさせたくなかったが、捨て置くことはできなかった。

「なぜ、そう考えるんだね?」さりげない口調で訊いた。

　パコは、言わなきゃよかったという顔でヴィニーを見たが、いまさら撤回はできない。小さな声で答えた。

「どういうことなのか、察しがつかないのか?　犯人の狙いはビアージョじゃない。きのう言い争っていたのは、グラツィアのことだった。一度なんか、彼女があの男——恋人と共同玄関の前で喧嘩しているところへ通りかかったことがある。妹が肥溜めみたいな故郷でおとなしくしていれば、ビアージョはいまも生きていた。きみたちも同じことを考えなかったとは、言わせないよ」

レナートとヴィニーは否定も肯定もせずに、うつむいていた。ロヤコーノは少し間を置いて、三人全員に尋ねた。

「グラツィアの恋人とは、何者だね？　名前は？」

レナートはのろのろと顔を上げた。

「ビアージョはそいつのことをほとんど話さなかった。そもそも、自分の家族のことだってあまり話さなかったんだ。名前は、たしかニック。歌手志望というのは、聞いている。パブでウエイターのバイトをしていて、たまにそこで歌わせてもらうらしい。どこのパブかは知らない」

パコは黙って、窓の外を見つめていた。ヴィニーはそんなパコを横目で睨みながら、補足した。

「一度か二度、見かけたことがある。パコが正確に覚えているだろうけど。かなり目立つ男で、ライオンのたてがみみたいなドレッドヘアにしている。でも、ハンサムだった。関わると面倒そうなタイプだ」

最後の言葉はパコに向かって投げつけたようだが、当人は知らん顔だった。

アレックスは携帯電話を手にして外に出ると、電波を受信できる場所を探した。先ほどの制服警官ふたりが無駄話をやめて、憎々しげに見つめてきたが、意に介さなかった。偏見に凝り固まった無知な愚か者にはもう慣れた。だが、苛立たしいことに変わりはない。ヴィニーとパコが同性愛者であることは、服や仕草、言葉にことさら注意を払うまでもなく、ふたりのあいだに漂う空気でわかった。そして、ふたりに親しみを覚え、またうらやましくも、誇らしくもあった。最近は、こうした感情を頻繁に持つようになった。自分を偽って人生から目を背けていることへの不満、ほんとうの自分、ほんとうの気持ちを正直にさらけ出す勇気がない悔しさがとみに増していた。

なぜなら、アレックス・ディ・ナルド巡査長補もまた、同性を愛するからだ。レズビアンと呼ぶのよね——分署と電話がつながるのを待ちながら、思った。わたしはレズビアン。

それを意識したのは、思春期に寄宿学校に入っていたときだった。発達段階でもなければ、環境の影響でもなかった。失恋したためでも、性的暴行を受けたためでもない。知ったかぶりの批評家が同性愛を病気であるかのように語っているのをテレビで見るたびに、アレックスは内心で苦笑する。わたしの病気はレズビアンであることではなく、それを公言する勇気がないことだ。

そもそも、あの間抜け面のスタンチョーネがいい例で、同性愛は世間一般に受け入れられているとは言いがたい。嘲笑し、陰口を叩き、露骨に嫌悪感を示す者はあとを絶たない。さらには、変態だ、女として不完全だ、自然に反していると断罪する者さえいる。レズビアンは害悪、背徳の喜びであり、家名を汚す恥ずべき存在だ、と。

父――将軍が真相を知ったら必ずやそう言って、あの恐ろしい沈黙を何日も、ことによっては何ヶ月も続けるに違いない。いや、この場合、沈黙は永久に続くだろう。ショックで死んだとしても、不思議はない。将軍は、完全無欠を自分にも他人にも求める。疑念や不安をいっさい抱かずに国外勤務に携わって数多の勲章を授与された。正確無比な射撃の名手でもあり、ひとり娘のアレックスは父の歓心を買いたいがために幼いころから銃器に興味を持ち、愛するようになった。愛し、尊敬し、崇拝し、同時に憎悪する父のために。

欲望を抑えきれず悪事を行う若者のように、自宅から離れた場所を選んで性交渉を持つとき、いつも瞼の裏に父の顔が浮かぶ。女性が好きだ、と世間に向かって叫びたい衝動に襲われるときも。葬儀場のように重苦しい実家を出て、自活する勇気がないことをあらためて自覚するときも。実家はまるで、全知全能の神に捧げられた神殿のよう。そして、自由意思を奪われた妻という名の女司祭が文句ひとつ言わずに奉仕する。

パパ、あなたのひとり娘はレズビアンなのよ。

母が文句ひとつ言わないのは、将軍そっくりの男の子を生むことに失敗した罪悪感のせいだろう。では真のわたしを知ったら、完全に失敗したのではなかったと、ほろ苦い心の安らぎを得るのだろうか。

オッタヴィアに電話がつながり、被害者ふたりとその父親、隣人、第一発見者について詳報を伝える。オッタヴィアは余計なことを訊かずに、さっさとメモを取っていく。きわめて優秀だが、異性を好み、母性が強く、ロマンチックで繊細とあっては、わたし好みではない。でも、友人としてなら、歓迎できる。

前任署で発砲騒ぎを起こしたのちに飛ばされたいまの署の同僚たちは、いい意味で予想を裏切った。市警の全員から〝ピッツォファルコーネ署のろくでなし〟とさげすまれる、過去に傷を持ち、持て余されていた同僚たちはみな、仕事に精通していた。アレックスも含めて。

それぞれに欠点があることは認める。だが、欠点のない人間はいない。ロマーノは激怒すると理性を失う。ロヤコーノは故郷のシチリアで、マフィアの内通者と糾弾された。アラゴーナはとめどなくしゃべり散らし、うっとうしい。ピザネッリは偽装自殺に執着し、オッタヴィアはどうやら息子に問題があるらしく、しょっちゅう勤務中に帰宅する。小さいにしろ、大きいにしろ、それぞれが十字架を背負い、永遠に消えない悔悟の念を抱えて生きている。ときには仲間のぶんも少し肩代わりして。

分署にまだ戻っていなかったら、電話で知らせるわね。オッタヴィアはそう請け合った。これからただちに、オッタヴィアはインターネットで、ピザネッリは電話にかじりついて数多の友人知人から成る情報網で、アレックスの伝えた氏名を追っていく。刑事部屋を出ることはまれなふたりだが、捜査の中枢として重要な役割を果たしている。

通話を終えると、かじかんだ指先から電話が滑り落ちた。腰を屈めて拾おうとしたところへ、横から伸びてきた手が先んじた。

顔を上げた。数センチ先に、温かい光をたたえた茶色の瞳があった。

「チャオ、ディ・ナルド」

科学捜査研究所の管理官、ロザリア・マルトーネが低い声でささやいた。

アレックスの心をつかんで離さない女《ひと》である。

第九章

しんと静まり返った校長室に、ロマーノの強張った声がやけに大きく響いた。

「賢明な判断でしたね、警察に来たのは」

マルティナ・パリーゼの書いた文の赤線が引かれた箇所を読んだいま、ロマーノは強い罪悪感に襲われていた。分署で話を聞いたとき、真に受けていなかった。念のために調べろ、とパルマ署長に命じられたときも。校則を破った生徒のようにマッキアローリに連れられて、アラゴーナと校長室へ向かうときも。

ところがいまは、マッキアローリと校長は慎重すぎた、もっと早く手を打つべきだったと思えてならない。やむにやまれずああして父親を訴えたのだろう、父親の反応を恐れているのではないかと想像すると、生徒が気の毒でならなかった。よりによって我が子に手を出した男に対して、どす黒く激しい怒りが湧いてきた。

アラゴーナもまた、怒りと嫌悪を感じていた。少し前まで時間の無駄だと思っていた事実は、きれいさっぱり忘れていた。パルマ署長に反論したことは、言うに及ばず。もはや、疲れを知らない熱心な法の庇護者というイメージを作り上げ、校長に——あのすてきな足がデスクに隠れているとは、なんと残念な——好印象を与えることしか頭にない。

トラーニ校長に顔を向けて、テレビ番組の警官を真似たかの有名な手つきで青のサングラスをおもむろに取った。

「やはり母親に話すべきだと思うな。家庭の平和を乱したくないのはわかるけど、そこに書いてあることは、ほかに解釈のしようがないでしょ」

校長は同意しなかった。

「ええ、それは承知していますよ。でも、事実ではない、想像して書いたと主張し続けたら？　わたしども教育者は生徒の指導に専念すべきであって、家庭内の出来事に口出しはできません。だからこそ、良心の問題に直面して、あなたがたエキスパートの力を借りようとしたのですよ」

〝エキスパート〟と聞いてアラゴーナは姿勢を正し、一オクターブばかり声を低くした。

「まさに妙案でしたよ、校長先生。じゃあ、生徒にもう一度、話を聞こうじゃないですか」

トラーニ校長はうれしそうな顔をした。

「そう言ってくれると思っていました。でも、警官であることはマルティナに黙っていてください。さもないと、貝のように固く口を閉じて、ひと言も話しませんよ。教育現場の視学官ということにしては、どうかしら。宿題を読んで興味を持った、と」

ロマーノは慌てふためいた。アラゴーナの野郎、絞め殺してやろうか。

「いや、それは無理ですよ。思春期の子どもから話を引き出すなら、専門家が一番だ。家庭裁判所に連絡して、女性の心理学者を割り当ててもらったらどうです。こっちはそういうことに関しては素人で――」

校長は眉をひそめてマッキアローリと顔を見合わせると、ロマーノの意見をあっさり退けた。

「とんでもない！　そうした専門家にお願いしたことは、以前にもあるんですよ。でも、望ましい結果にはならなくて。生徒がなにも話さないので、専門家はお手上げでしたね。結局、なにもできなくて事態はかえって悪化しました。まあ、こうしたいわば漠然とした状態ではこれ以上調べることができないということでしたら無理にはお願いできないし、こちらとしては想像して書いたというパリーゼの主張がほんとうであることを祈るほかありません」

アラゴーナが咳払いをして、上目遣いにロマーノを見る。

「とにかく、試してみようよ。まずは生徒に会ってから、母親と面談すべきかどうか考えればいいだろ。あれを読んだあとでなにもしないってのは、間違ってる」

ロマーノは包囲網にかかった気がした。少しためらったが、結局折れた。

「しかたない。会いましょう。でもやっぱり、専門家を頼るべきだと思いますよ」

トラーニ校長はほっとして立ち上がった。

「たいした手間はかかりませんよ。真実を引き出すヒントが見つかれば十分です。それに、ほんとうに想像して書いたのかもしれませんし。エミリア、パリーゼを連れてきて」

マッキアローリが出ていくと、校長室はしんとした。とんでもないことになった、とロマーノは不安でならない。決められた手順に従うほうではないが、今回ばかりは従ったほうがいい気がする。とはいえ、書かれていることが事実なら、少女がそのような行為を受けているのを看過したくない。いっぽうアラゴーナは、虐待が実際に行われていると確信していた。罪人を野放しにする無能な役人に頼らずに問題を解決してヒーローになろうと、内心で張り切っていた。


五分も経たないうちに、ドアに軽いノックの音がして、マッキアローリがマルティナ・パリーゼを連れて戻った。

マルティナは、ほっそりしてかわいらしく、その年ごろの平均的な身長だった。セーターとジーンズを上品に着こなしていて、目の肥えたアラゴーナはジーンズが高級ブランドのものであることを瞬時に見抜いた。整った顔立ちで、つややかな栗色の髪を肩まで伸ばしている。校長室に男性がふたりいるのを見ても、それほど驚いた様子はない。ハシバミ色の大きな目が一瞬翳り、下唇を嚙み締めたが、すぐに表情を消した。

最初に校長が話しかけた。

「こんにちは、マルティナ。こちらのおふたりがあなたの宿題を読んで興味を持たれたので、来てもらったのよ。おふたりは……視学官で、教育現場を監督する立場上、優秀な生徒の書いた作品をよく読まれるの」

ロマーノがすかさず続ける。

「そうなんだよ、マルティナ。きみの作文はとてもよく書けていた。それで、きみの家族について触れている部分だが、どういう状況で――」

マルティナは先回りしてはきはきと答えた。

「主人公は想像上の人物です。マッキアローリ先生にも校長先生にも、そう説明しました。わたしの家族ではありません」

きっぱり断言されて、十代の少女の扱いに不慣れなロマーノはうろたえ、言葉に詰まった。思いがけなく、アラゴーナが助け舟を出した。

「そうそう、それを聞きたかったんだ。きみの創り出した語り手の女の子にとても興味を持ってね。テレビのシリーズ物に使えそうだ。どう思う？」

全員があっけに取られて、アラゴーナを見つめた。ロマーノは椅子から飛び上がりそうになった。マルティナは明らかに好奇心をそそられて、再び下唇を噛んだ。

「シリーズ物？　ほんとうですか？」

アラゴーナはうなずいて、おもむろにサングラスをはずした。十二歳の少女が相手でも、恰好をつけずにはいられない性《さが》なのだ。

「もちろん。あの女の子は魅力的で奥行きがある。それに、現代の若者が抱えるさまざまな不安を雄弁に語っている。たとえば家庭――同僚もそれを知りたがっているけど、家庭ではなにが起きているの？　話してもらえるかな」

マルティナはちらっと教師を見て、マッキアローリがうなずいて励ますと語り始めた。

「ええと……その子はわたしと同じ年で、ここみたいな学校に通っています。そして楽しくて幸せなはずなのに……ただ……なんというか……」

すっかり役になりきり、またスタニスラフスキー・システム（ロシアの俳優、演出家のコンスタンチン・スタニスラフスキーの作り上げた俳優の教育法）の信奉者でもあるアラゴーナは畳みかけた。

「具体的に話してごらん。『ただ』、なんなの？　テレビ番組の制作者はドラマ性を重要視するよ。たとえば、主人公が困難を乗り越えていくとか。その子が幸せになるには、なにが不足しているんだい？」

「不足しているのは……お父さん。いいえ、そうではなくて、お父さんはいるんです。いるから、いけないの。その子は、お父さんがいるのがいやなんです。ひどい人だから」

ロマーノはさらに踏み込んだ。

「つまり、お父さんはきみ……その子を愛していないということかい？」

マルティナはロマーノに顔を向けた。その目は大きく見開かれていた。

「いいえ、愛しているわ。愛しすぎているから、いけないの」

「どうして、いけないんだね」

マルティナの目に涙があふれた。ようやく聞き取れるほどの小さな声で言う。

「夜になると、その子のそばに来るんです。そして撫でるのだけど、父親が子どもを撫でるようにではないの。触るんです。そして、自分のことも触らせたがるの」

ロマーノの目に、少女は実際の年齢よりも幼く映った。長い沈黙のあと、アラゴーナが口を開いた。

「その子は、誰かに助けてもらいたがっている？　たとえば、ヒーローがやってきて……こうした状況から助けてくれないかな、って」

マルティナはささやくように言った。

「ええ。ものすごく」

ロマーノはひとつ首を縦に振って、校長と顔を見合わせた。校長はにっこりしてマルティナに話しかけた。

「ありがとう、マルティナ。教室に戻っていいわよ。マッキアローリ先生と一緒に行きなさい」

ふたりが出ていくとアラゴーナは言った。

「これで、はっきりした。さて、どうする？」

ロマーノは空《くう》を見据えて少し考えた末に、トラーニ校長に向き直った。

「母親に会って話をします」

第十章

アレックスは、被害者のアパートメントで作業をする科学捜査班を見守っていた。遺体の周囲を動きまわる彼らは、舞台で踊っているかのようだ。死の舞踏だ。それぞれが定められた軌道上を動き、決して交わらないよう振り付けされている。

マルトーネ管理官のほかに、班員は六名。三名はマルトーネ直属、残り三名は暴力犯罪分析担当で遺体の検分、指紋など痕跡の採取と分析を行う。全員が白の作業着をまとって無言で作業に集中し、慎重に体を動かして移動する。

ロヤコーノ警部が傍らにやってきて、彼もまた、科学捜査班による死の舞踏を目で追った。

「あの三人には、外出しないよう言ってある。チュニックの男は、授業があると言って逆らったけどね。彼は気が強いな」

「そうですね。それに、警部が気づいたかどうかわからないけど、嫉妬深い」

「うん、気がついた。ビアージョではなく妹のほうに嫉妬していたね。妙なことに」

「どうしてですか？　誰に嫉妬しようが、嫉妬に変わりはないじゃないですか。男に対してだろうが、女に対してだろうが。どう違うんです？」

「うん、うん。深い意味はなかったんだ。ただ、ふたりの仲はあまりうまくいってなさそうだと、言いたかっただけだよ。まるで、毛を逆立てている二匹の猫みたいだったじゃないか。むろん、事件にはなんの関係もないが」

アレックスは話題を変えた。

「さっき、ドアについて考えてみました。フォルジョーネの話では、踊り場から共同の玄関広間に入るドアは閉まっていたので、なかから開けてもらった。いっぽう、被害者のアパートメントに通じるほうは、少し開いていた。つまり、被害者のアパートメントには、ヴィニーとパコのアパートメントから入るしかない。理論的には、そうなりますよね」

「誰かが出ていくときに、踊り場側のドアを引いて閉めただけかもしれない。オートロックだから、自動的に鍵がかかる。ひとつたしかなのは、どちらにもこじ開けようとした痕跡がないことだ。犯人は鍵を持っていたか、誰かに入れてもらったかのどっちかだね」

いきなり背後からロザリア・マルトーネに声をかけられて、ふたりともびくっとした。

「お見事、ロヤコーノ警部。わたしたちのお株を奪うつもり？」

ロヤコーノは振り返った。

「やあ、これはこれは。管理官自ら、しがないピッツォファルコーネ署のためにお出ましとは光栄だ」

マルトーネはにっこりした。

「悪いけど、あなたたちのためではないのよ。被害者に招かれたと言えば、いいかしら。こんな街でも二重殺人はめったに起きない。いわば、趣味と実益を兼ねて来たの」

アレックスをちらっと見て、締めくくった。アレックスは熱くなった頬を意識しながら、ベッドの上の殺された女のほうを向いた。

「レイプされたんでしょう？　そうですよね。レイプされて抵抗した。違いますか？」

マルトーネはアレックスの視線を追い、日焼けした顔に浮かべていた皮肉な表情を消して、しんみりと言った。

「いまのところ、なんとも言えないわね。夏だったら肌の露出が多いので防御創が目立つけれど、こう寒いときは重ね着をしているでしょう。だから、わかりにくいのよ。破けたブラウスと足の位置を考えると、レイプの可能性があるけど……現場の様相から間違いないと判断した場合でも、真相と違っているときがある。たとえば、被害者を殺してから弄《もてあそ》ぶ性的倒錯者もいるわ」

「では、解剖してみないとわからないということか？」

「いいえ、そうは言っていないわ、警部。あそこでいま使っているランプのついた道具は、クライム・スコープといって、異なる波長の光を照射して指紋や繊維、毛髪、それから精液などの生体物質の鑑識に使うの」

「着衣は？　これも研究所で特別な分析をするんでしょう？」

「ええ、でも順光とサイド光で現場写真を撮ってここの捜査を終えないと。あと少しよ。それから精液の痕跡はないという報告が入ってる。衣類は持ち帰って、あなたの言った特別な分析をするわ」

アレックスは被害者が抵抗した可能性にこだわった。

「犯人を引っかいたかもしれない。だから、たとえば爪のなかやあるいは……」

ロザリアは微笑んで、声をいっそう低くした。

「そうね、あり得るわ。同意のもとだったということになるかもしれないけど。女が暴力的なセックスを求め、男がつい行きすぎてしまった、などね。まあ、とにかく二件の殺しがどう行われたのかを解明しないと」

ロヤコーノは相槌を打った。

「そう、まずそれだな。ところで、彼女はまだジャンパーを着ている。ということは、帰宅したばかりだった、あるいは出かけるところだったのか……」

アレックスが推理の先を続けた。

「兄はデスクの前、妹は別室のベッドの上で発見された。つまり、ひとり目が殺されたとき、二番目に殺された人はそれに気づかなかったか、家にいなかった。互いに殺し合ったのでないことはたしかだわ」

ロザリアは遺体の頬に手の甲をそっと当てた。

「ものすごい美人ね。体型も完璧。それに、壁の写真を見たでしょう。輝くような笑顔だった。この容姿なら、男を狂わせそう。もっと些細なことでも人殺しは起きるもの。わたしだったら、彼女の男関係を調べるわ。大勢いたのではないかしら」

「もちろん、そのつもりです、管理官。あなたみたいなエキスパートからの助言は大歓迎です」

ロヤコーノは唖然としてアレックスを振り返った。いつも物静かで、なにか訊かれたときしか答えない彼女が、こうした皮肉を込めた物言いをするのは異例だ。

だが、マルトーネは意に介すふうもなく、親しげに言った。

「ねえ、その堅苦しい話し方をやめたらどう、ディ・ナルド？　女どうし、警官どうしは、もっとざっくばらんにならなくちゃ」

アレックスは赤面し、ふと思い出したかのように言った。

「そういえば、さっき警部と一緒に、玄関ホールのサイドテーブルの下でなにか見つけました。イヤフォンがついているので、たぶん携帯電話かデジタルオーディオプレーヤーだと思うんですけど、見つかったかしら」

「聞いてくるわ」

マルトーネはすぐに透明なビニール袋を持って戻った。

「これでしょ？　かわいいデザインね」

ディスプレイの割れた携帯電話だった。赤いプラスチックケースの先端がウサギの耳の形に作られていて、イヤフォンのコードがついていた。

第十一章

校長は、マルティナ・パリーゼの母親となかなか連絡を取ることができなかった。

待つあいだにマッキアローリがマルティナについて説明したが、例によってまわりくどい個人的見解がついていた。

「裕福でないことはたしかですけど、貧しくもありませんよ。ごくふつうの中流家庭と言っていいでしょう。少し前でしたら、ゆとりのある家庭とみなされていたでしょうね。逆説的だと思いませんか？　経済危機の前なら、サラリーマンひとりの給料で難なく家族を養っていけたのにね。いまでは、子どもがひとりいる家庭では、共稼ぎをしてもやりくりに苦労する。もっとも、個人で単発的な仕事をするのでは立ち行かなくなっているのだから、定収入があるだけでもありがたいと思わなくてはね」

そろそろアラゴーナがいらいらしてため息をつくぞ、とロマーノは思った。

実際、そうなった。

「ねえ、先生、ミクロ経済の分析はまた今度にしてくれないかな。結局、父親はどんな仕事をしているんです？」

マッキアローリは露骨にいやな顔をした。

「それをいま、話していたんじゃありませんか、巡査。銀行員ですよ。中心部にあるあまり大きくない支店の。以前、面談の際に母親がひとりで来て、支店長が許可をくれないので主人は来られない、と話していたから平行員でしょうね」

「母親は？」と、ロマーノが訊いた。

「丘の上の地区にある、婦人用ブティックに勤めています。これも面談で話したのだけど、家賃の支払いが大変なうえに、夫の給料はほとんどが食費に消えてしまう。そこで収入が欲しくて、秘書の資格は持っているのだけれど、ひとまずブティックに就職した。要するに、店員ね」

アラゴーナは、ふふんと嗤った。

「ブティックの店員と言えばすむのに、ご大層な説明だ。しかし、面白いもんだな。面談ってのは生徒の学校での様子を話し合うんじゃなくて、自分のことばかりしゃべるんだ。どうりで、学校の前にはいつも車がずらっと停まって、渋滞を起こしているわけだ」

ロマーノは聞こえなかったふりをして、話を進めた。

「銀行の支店とブティックの住所を教えてください。それにもちろん自宅も。まずは、いろいろな角度から漏れなく調べてみましょう。なにかあったら、連絡を」

校長が眉を曇らせて受話器を戻した。

「あいにく、電話に出ませんね。仕事中なんでしょう。エミリア、刑事さんに必要なものをお渡しして。ここまで話した以上、調査を進めていただくほかないわ」


ロマーノとアラゴーナはケーブルカーで、マルティナの母親が勤めているブティックへ向かった。いったん分署に戻って署の車で行ったほうが便利だが、ふたりともパルマ署長とあまり顔を合わせたくなかった。会ったら、認めなければならない。署長が正しかった、調べるべき案件だった、自分たちが間違っていた、と。

それに、母親にどう話を持っていったものか、決めかねていた。ラッシュアワーで混雑する車内で揺られながら、ロマーノは同僚に相談を持ちかけた。

「どうする？　警官と名乗ったうえでこう話すのか？　奥さん、あんたが夜眠っているあいだに、どうやら家のなかではこれこれで……真に受けるもんか。警官だなんて嘘だろう、誰に聞いた、なんの権利があってそんなことを言うって突っぱねるに決まっている。苦情を申し立てるかもしれない」

　アラゴーナは、この寒いのに大汗をかいて支柱につかまっている縦横ともに巨大な女の腋の下から逃れようと苦心していた。鼻に皺を寄せて、ぶっきらぼうに答える。

「だったら、どうすりゃいい？　署に戻ってパルマに頭を下げるのか？　署長、家庭裁判所に連絡してください。いまはトレセッテ（カードゲーム）のトーナメントに夢中になっているけど、二ヶ月もすればテーブルを片づけるだろうから、一回の鑑定で五百ユーロもふんだくる心理学者のうちひとりくらいはあの子と話をする気になるかもしれない。それまでは、あの子をクソ親父の思うままにしておくほかありませんね――」

　声を潜めようという気遣いは微塵もない。大女が目を見張って、好奇心をむき出しにした。

「あらまあ！　父親はその子にどんなことをするの？」

　アラゴーナは人ごみに押しつぶされそうになりながら無理やり顔を突き出して険しい視線を浴びせ、声を絞り出した。

「これは警察の事案なんだよ、おばさん。余計な心配をする暇があったら、シャワーを浴びろよ。そうやって腕を上げてたら、臭くてみんな死んじまう。つかまらなくても大丈夫だよ。それだけ重たければ、たったひとりで乗っていたって転びやしないって」

その高級ブティックは大通りに面し、四つのショウウィンドウに陳列された服はどれも高価だった。店内には十人ほどの客と四人の店員、それに店主らしき男。

少し空くまで待つことにしたが、十分経っても誰も出てこない。そこで、目立つのを避けるためにアラゴーナひとりが店に入り、ロマーノは目と鼻の先にあるカフェで待機することにした。戸外に長くいると凍死しかねない。

店内は外とは大違いで、暑いくらいだった。だから客が長居しているんだ、とアラゴーナは納得した。四人の店員を見比べて、マルティナの母親を探した。栗色の髪で大きなこげ茶の目をしたほっそりした店員が、どことなくマルティナに似ている気がしたので、列に並んで彼女の手が空くのを待った。

番が来て、話しかけた。

「パリーゼさん?」

「いいえ、違いますよ。おあいにくさま。わたしではだめかしら」

アラゴーナは気をよくしてサングラスをはずした。

「また、いつかね。きょうは、パリーゼさんに用があるんだ。どの人だろう」

店員はさもがっかりしたように、愛らしくため息をついた。

「それではしかたありませんね……アントネッラ! こちらのかたが、あなたにご用ですって」

振り向いた店員を見て、アラゴーナは驚いた。娘とはまるきり似ていない。赤毛をひとつにまとめ、緑色の瞳。スタイルのよい長身を、温かみのある茶の服が包んでいる。せいぜい二十代半ばだろう。訝しげな顔をしてやってきた。

「どういうご用件でしょう」

「話を聞きたいんだけど個人的なことなので、ちょっと外に出てもらえないかな」

「でも……仕事中ですから。こちらのお客さまのご用を――」

アラゴーナは彼女の言葉をさえぎった。

「マルティナのことなんだ」

アントネッラは目を丸くした。不安と苦悩、悲しみの入り混じったなんとも形容しがたい表情を浮かべている。その目は苦労の絶えない母親のそれだった。

「外で待っていて」

同僚に顧客の相手を頼んでレジスターのところへ行き、一分の隙もない身なりをした五十絡みの男に小声で話しかけた。男は仏頂面で耳を傾け、不愛想にうなずいた。アントネッラはコートを取って、そそくさと店を出た。

ロマーノは奥のテーブル席で待っていた。立ち上がってふたりを迎え、握手する。

「わざわざ、すみませんね。フランチェスコ・ロマーノです。同僚はマルコ・アラゴーナ。こいつのことだから、まだ名乗っていないでしょう。かけてください。なにか飲みませんか？」

アントネッラはぎこちなく腰を下ろした。

「では、コーヒーを。ありがとう。どんな話かしら？」と、心配そうに訊く。

娘に似ていないな、とロマーノも思った。なるたけ威圧感を与えないように話しかけた。

「きょう学校で、娘さんのマルティナにたまたま会ったんですよ。あんなに大きな子がいるようには見えませんね」

一瞬、怯えたような目をしたが笑顔を作り、細く長い指を髪に滑らせる。

「わたし……若いときにあの子を産んだから。十七歳だったわ。いまは二十九」

「ほんとうに？　もっと、若いと思った」

ウェイターがコーヒーを運んできた。

「じらさないで。マルティナは、なにをしたの？　なにを話したの？」

ロマーノはその機を逃さなかった。

「おや、なにか心当たりがあるんですか」

母親は腰を浮かせた。

「あなたたち、誰なの？　いますぐ教えないと、帰らせてもらうわよ」

どうしようか、とアラゴーナと目顔で尋ね合ってから、ロマーノは言った。

「まあ、そんなに身構えないで。好ましくないことが起きるのを防ぎたい、いま起きているなら止めたい、と願っているだけなんだから。ふたりともピッツォファルコーネ署の刑事ですが、これは非公式です。校長と文学担当の先生がマルティナのことを心配して、署に相談したんですよ。先生たちが心配していることは知っていますよね」

アントネッラは怒るでもなければ、気がかりな様子を見せるでもなかった。ふっと息をついて、答えを探すかのようにコーヒーカップをじっと見つめた。

「そうなんですか。大事《おおごと》になってしまったのね。警察まで巻き込んで」

アラゴーナが静かに言った。

「先生たちのことを怒っちゃいけない。あの人たちも母親だし、心配するのが当たり前だ。娘さんの作文を読んで……率直に訊いたほうがいいと判断したんだ」

アントネッラはうつむいたまま、答えなかった。

ロマーノが口添えする。

「子どもは、往々にしてとんでもない空想をするもんです。マルティナも、寂しかったなどの理由で、別の人生を頭のなかで作り上げたのかもしれない。もしかして、例のことについてあなたにはなにも話してないのですか？」

アントネッラは顔を上げ、緑の瞳を冷たく光らせてロマーノを直視した。

「当たっていると言えば当たっているわ、刑事さん。例のことについて、娘が話しても話さなくても、わたしは耳を貸さないもの」

アラゴーナが不思議そうに訊いた。

「耳を貸さない？　どうして？」

「当たり前でしょ。ほんとうではないからよ。そうでなければ、とっくに警察に駆け込むか、この手で夫を殺しているわ。でも、あれは真っ赤な嘘」

「どうして、そうとわかります？」

彼女は色を失い、表情を引き締めた。眉をひそめ、口元に深い皺を寄せて唇をきつく結ぶと、急に老婆になったように見えた。

「夫はそんなことをするような人ではないわ。率直で善良。そして、夫にとって、わたしとマルティナがすべてなのよ。性的倒錯者ではないし、頭がおかしいわけでもない」

ロマーノは追及の手をゆるめなかった。最初はこの件に関わりたくなかったが、いまは放っておけなくなっていた。

「では、どうしてまたマルティナはこんなことを考えついたんですか。説明できますか？　学校の宿題で、例のことについて書いているんですよ」

アントネッラの下唇が震え始めた。

「わかりません。ほんとうにわからないのよ。娘とはしょっちゅうおしゃべりをしているのに。なんで……口に出して言えないわ……あんなことを書こうって気になったのかしら。とにかく、あれはでたらめよ。警察沙汰にするのはまっぴら。学校を越権行為で訴えたいくらいだけど、先生たちの善意は理解できる。あなたたちが来なかったことにして、この件はおしまいにするわ」

彼女が席を立って背を向けたところへ、アラゴーナが声をかけた。

「ちょっと待った。おれがバカなのかもしれないけど、どうしても理解できないんだ。もしかしたら……あくまでも〝もしかしたら〟だけど、家で誰かが娘に手を出しているかもしれないのに、なんでぐっすり眠り、仕事に行き、外出し、買い物なんかできる？　娘さんはまだほんの子どもじゃないか。気にならない？」

アントネッラは、立ち止まって身を固くした。と、肩が落ち、落ち着いた小さな声が聞こえてきた。

「一緒に連れていくときもあるのよ。午後にまた仕事があるときは、店に連れていく。ひとりで家に置いておきたくないから」

そして、足早に去っていった。

第十二章

遺体の周囲で舞う白装束のダンサーの舞踏が終わりに近づいたとき、ラウラ・ピラース検事補がつかつかと入ってきた。

ひとつのことに集中し、常に急いでいるのがラウラの特徴だ。だから彼女と話を交わす人はたいてい、邪魔をしているような気分になる。

常にさっさと動くが、優雅さは失わない。

常に地味な色のパンツスーツを着ているが、やわらかな体の線を隠すには至らず、男性の目をことごとく惹きつける。

常に状況を的確に素早くつかむ。

そして、ロヤコーノは彼女を見ると常に心がざわついてときめく。

「遅くなってごめんなさい。審理に出ていたので、抜けられなくて。それで、状況は？　被害者は若者ふたりと聞いたけど。チャオ、ロヤコーノ警部。また会ったわね。いつもながら、楽しい状況で」

皮肉を込めた温かみのある声にサルデーニャ訛り特有の抑揚が加わると、とろけるような効果を発揮する。そのうしろに、彼女を案内してきたスタンチョーネが立っていた。

巡査は言った。

「そっちですよ、検事補。ほら、女はベッドの上で、男のほうは――」

ロヤコーノが冷ややかにさえぎった。

「スタンチョーネ、持ち場を離れていいと誰が言った？　階下の玄関前にいるよう、はっきり指示しただろうが。さっさと戻らないと、本部に報告するぞ」

大声を出したわけではないが、誰もがぴたりと静止した。制服巡査はピラースを示して言い訳した。

「検事補を案内してきたんですよ。最初に現場に到着したのはわれわれですし、それで――」

「警部に指示を受けたなら、それに従いなさい。お守りをしてくれなくても、ひとりで大丈夫よ」

スタンチョーネは怒りを滲ませ、ぞんざいに敬礼をして出ていった。ピラースは忍び笑いを漏らした。

「おやおや。わたし、なにか面白いことを見逃したみたいね。さて、詳しく教えてちょうだい、警部」

「現場検証はそろそろ終わる。現在判明していることを話しておく」

ロヤコーノは遺体の体勢と位置、隣人ふたりと第一発見者の聴取について詳細に説明した。

ピラースはときおりうなずきながら、唇を嚙み締めて真剣な面持ちで聞き入った。そうしながら指先に髪をくるくる巻きつける仕草が、ロヤコーノにはたまらなく愛おしかった。

説明が終わったところへ、アレックスが来た。

「こんばんは、検事補。オッタヴィアから伝言です、警部。署に戻ったら、話があるそうです。なにか情報が入ったみたいですよ」

ピラースはアレックスをじっと見つめた。

「ピッツォファルコーネ署の居心地はどう、ディ・ナルド?」

アレックスはためらいがちにロヤコーノを一瞥したものの、きっぱり答えた。

「とても満足しています、検事補。着任してまだそれほど経っていませんが、みんなとうまくやっています。それに、ロヤコーノ警部には学ぶところが多くて」

思いがけないほめ言葉を聞いて、ロヤコーノは驚いた。軽く頭を下げて、言った。

「こっちもきみから学んでいるよ、ディ・ナルド」

ラウラは微笑んだ。

「あらまあ、なんと麗しい。なんにせよ、班の調和が取れているのはうれしいわ。わたしも、〝ろくでなし刑事たち〟の事件のあと、分署の閉鎖に反対したひとりだもの」

ロザリア・マルトーネがラテックスの手袋を脱ぎながら、やってきた。

「あら、ラウラ。間に合ったわね。ちょうど終わったところ。報告書が出たら連絡するわ」

検事補は親しげに挨拶をして言った。

「あなたはなにも見逃さないものね。なにか意見があったら、聞かせて」

「正直なところ、確実なことはなにもわからない。女性の被害者は、最初はレイプされたように見えたけれど、遺体の周辺に争った形跡がないの。ベッドの横のサイドテーブルに置物が落ちないで残っている。むろん、犯人が戻した可能性もあるけれど、衣類は床に散らばっているので矛盾しているわ」

ロヤコーノが言った。

「被害者の青年のほうも、周囲に争った形跡はなく、ペンを握っているくらいだ。不意に襲われたんだろうが、奇妙だな。音楽を大きな音でかけてでもいたんだろうか」

マルトーネがつけ加える。

「それに、凶器が見つからない。同じ箇所を鈍器で少なくとも三回は殴っているわ。でも、椅子の下には血痕と毛髪しかなかった。凶器は持ち去ったのね」

ラウラの視線は娘の遺体があったベッドから、もうひとつの遺体があったデスクへと移動した。考え込んでいるときの癖で、唇から低く静かなメロディーが漏れていた。

「なるほど。遺体が運び出されたら、ここを封鎖して。現場からまだ手がかりをつかめるかもしれない。ロザリア、あした連絡するわ。最優先で検査してちょうだい。新聞記者が三人とテレビ局二班がさっそく、階下《した》に来ているわ。被害者がふたりとも若いということもあって、かなりの圧力を覚悟して」

マルトーネがアレックスと一緒に出ていくと、ラウラはロヤコーノに向き直った。

「被害者ふたりについてだいたいのことは、隣人と第一発見者の話でわかったわけね。あとは父親を見つけて口論について聞かなくては。娘のボーイフレンドも、事件に関係しているかもしれないから、探し出さないといけないわね。ところで、あなたはどうしていたの？ 家族は？」

皮肉な響きをロヤコーノは聞き逃さなかった。〝家族〟とは何ヶ月か前にシチリアからロヤコーノのもとに家出してきた、娘のマリネッラのことだ。

「元気だよ。母親に似て口うるさいけどね。それに、独立心が強い。これはおれに似たんだろう。とにかく、ここにいるのが気に入って楽しくやっている。学校にも行っている。マリネッラの言葉を借りるなら、なにもかも『ご機嫌』で『超サイコー』だそうだ」

「それで、あなたは？ あなたも『ご機嫌』なの？」

ロヤコーノはさも難しい質問をされたかのように、考え込んだ。

「うん、そんなところだ。それに、ほっとしている。パレルモの別れた女房のもとに置いておくのは、心配でしかたがなかったからね。ただ、責任は重くなったね。娘はおとなになりかけているだろ。だから、なにを考えているのか、前みたいにはわからないんだ」

「だからといって、自分の生活を変える必要はないわ。たとえば、夕食の約束をしたけれど、まだ果たしていないでしょう。近いうちに時間を取ることはできない？」

ふたりが知り合ったときはどちらも心が冷えきっていて、二度と熱い感情を持つことはないと確信していたが、たちまち惹かれ合った。ロヤコーノは自制したが、ラウラは彼の心をつかまえて離さなかった。そしてある雨の夜、車で自宅へ送ってくれるラウラの横顔を見ているうちに、自制心はついに崩れ去った。あのとき、重大なことが起きるはずだった。アパートの入口で、母親と喧嘩をして家出したマリネッラが濡れ鼠になって待っていなければ。それ以来、仕事絡みでは会うし、ときには電話で他愛のない話をするが、ふたりきりで会ったことは一度もない。

「もちろん、取れるとも。そうしたいと思っていたところだ。必ず時間を空ける。まず、マリネッラをどうにかしないと」

「自分の面倒は自分で見られるでしょうに。夕食をとって、テレビを見て、寝るだけのことでしょ。それとも、ベビーシッターを探すつもり？　そうでないと安心できないの？」

ロヤコーノは笑った。

「冷やかさないでくれよ。父親にとって、娘はいつまで経っても小さな女の子なんだ。大丈夫。二、三日中に必ず夕食に連れていく。で、事件のほうだが、被害者の父親と恋人についてオッタヴィアに調査を始めてもらったら、もうなにか発見したそうだ。彼女はコンピューターであっという間に情報を収集する。それに、ピザネッリ副署長は管内に無数の情報源を持っているから、きっとなにか見つけてくるだろう」

「見事なチームワークね。市内のどの分署も欲しがらなかった警官の寄せ集めとは思えない。いまだに議論がくすぶっているのは、承知でしょう？　ピッツォファルコーネ署の閉鎖を主張している人たちがいまだにいるのよ。おまけに、それが影響力のある人たちなの」

「ああ、知っている。分署の連中もみんな。だけど、実際のところおれたちはしっかり結果を出している。短所をまとめ合わせると長所になることもあるのさ。マイナスかけるマイナスはプラスだ」

「あら、今度は代数なの。ところで、この件はディ・ナルド巡査長補と担当するの？」

ロヤコーノは、玄関でマルトーネと挨拶を交わしているディ・ナルドに目をやった。

「ああ、きっとそうなる。パルマは原則として、最初から最後まで同じ刑事に担当させる。アレックスは優秀だ。こっちもありがたいよ」

「それにあの様子だと、わたしはやきもちを焼かずにすむみたい」

ロヤコーノはぽかんとした。

「どういう意味だ？」

「知らなかった？　ロザリアは同性が好きなのよ。ディ・ナルドもまんざらではなさそう」

そのとき数メートル離れたところで、ロザリア・マルトーネはこう言っていた。

「それで？　いつまで待てばいいの？」

ふたりが初めてデートをしたのは、何週間か前のことだった。メールと電話を頻繁にやり取りして日取りを決めるあいだ、アレックスは罪悪感に苛まれ、息を潜めるようにして毎日を過ごしたものだった。ふたりは別の地域のあまり知られていない、こぢんまりした海岸通りのレストランに行った。ロザリアが予約したのは、人目に立たない隅のテーブルだった。こうした細やかな心遣いをするだけではなく、同性愛者であることに誇りを持ち、公言して堂々と生きているロザリアを、アレックスはひそかに愛した。

潮の香が漂うなかで夕食を取り、よく冷えた白ワイン二本を空にするあいだに、アレックスの心は次第にほぐれていった。夕食のあと、木々の立ち並ぶ小径で凪いだ海を照らす銀色の月光を眺めながら、唇を合わせた。最初は恐る恐る、そして感情が昂るにつれて激しく。ティーンエージャーのように、無我夢中で求め合った。

ロザリアは経験を積んでいたし、適度に発散していたが、アレックスのあまりにも長く抑え込まれた炎は一気に燃え盛った。ロザリアの望んでいるところを巧みに愛撫して、先に快感を与えたのはアレックスだった。そして彼女もまた、同じように幾度も絶頂を迎えた。

ベッドに行きたい、とロザリアは言った。でも、きょうではなく、あなたがわたしを誘ったときに。ええ、とアレックスはうなずいた。今度は、わたしが誘うわ。でも、ほんとうは言いたかった。いま、いま、いま。だが、同僚と食事をすると言って出てきた。両親は鍵をまわす音がするまで、決して眠らない。

そこで、上気してにこにこしながら、幸せな気持ちで別れたのだった。夏の名残を留めた初秋の夜だった。その後、寒さの訪れと足並みをそろえるかのように、不安やためらいが再びアレックスを襲った。幼いころからいつも感じていた、父の期待に沿うことができない苦しみに押しつぶされそうだった。だがロザリアは再び会うことを求め、アレックスが同性愛をタブー視して怯えていることを察すると、待つと約束した。

ロザリアは、経験したことのない強い感情を意識していた。これまでの数多のアヴァンチュールとは違う。ほっそりしてか弱げでありながら芯の強いアレックスに、ロザリアは不思議な抗《あらが》いがたい魅力を感じていた。でも、殻を破るための時間を与えようと決心した。アレックスを強く欲してはいるが、彼女が自分自身であることを恐れて逃げてしまうことが怖かった。

電話でしょっちゅう話はしていたが、遺体が二体発見されたことでようやく再会が叶った。

そこで、ふさわしい状況ではないと承知しながらも、つい訊いてしまったのだった。

アレックスは、しばらく黙っていた。胸がどきどきした。ロヤコーノとピラース検事補がこちらを見ている。居心地の悪さから逃げたい気持ちもあって、答えた。

「あさって。あさっての夜に会って」

第十三章

殺人事件の場合はとりわけ時間のかかる現場検証を終えて、アレックスとロヤコーノが外に出たころには、日はとっぷり暮れていた。

氷のような風が吹きつけてきて、一瞬息が止まる。暖房のない現場アパートメント以上の寒さは想像もつかなかったが、外はその比ではなかった。北極のほうがましだろうな、とロヤコーノは感想を抱いた。

玄関前にいまだにパトカーが停まっていたが、スタンチョーネとチッコレッティの姿はない。勤務を終えて交替し、いまごろは家でぬくぬくして、〝ピッツォファルコーネ署のろくでなし〟と遭遇した呪われた一日を嘆いているのだろう。任務を引き継いだ幸運な警官ふたりは車を降りて挨拶する素振りはまったく見せず、エアコンを最強にした車内にこもって、窓ガラス越しに手袋をつけた手を振っただけだった。屋根のライトを点滅させているパトカーのすぐ外側に停まっている中継車から着ぶくれた女三人と男ふたりがテレビカメラを抱えてわらわらと降りてきたが、むろんふたりの警官は止めようとしなかった。ロヤコーノはアレックスと目を合わせて熱心に話し合っているふうを装い、心のなかでののしった。

手袋をした女性レポーターが、ロヤコーノの鼻先にマイクを突きつけた。

「現場から中継でお送りします。セコンド・エジツィアカ通りで起きた二重殺人事件の捜査を担当している刑事ですね？　犯人の目星は？　手がかりはありますか？」

「本部に訊いてくれ」と、味も素っ気もない答えを返した。

ロヤコーノはさっさと遠ざかろうとしたが、それしきではめげないレポーターは身軽に前にまわり込んで行く手をさえぎった。ロヤコーノがマイクを押しのけると、女どうしの連帯感を期待したのか、標的をアレックスに変えた。

「犠牲者はふたりとも無残な殺され方だったと聞きましたが、ほんとうですか。ひとりは後頭部を割られ、女性はレイプされたとか」

現場に入ったのは、先ほど聴取をした三人の若者と警察関係者のみで、若者のほうはアパートメントに留め置かれている。情報を漏らしたのはスタンチョーネだろう、とアレックスは推察した。素っ気なくレポーターに言った。

「さっきの返事が聞こえなかった？　コメントはしないわよ」

レポーターはカメラマンに合図をし、赤いランプが消えると毒づいた。

「なにさ。こっちは一生懸命仕事をしてるのよ。あんたたちには、思いやりというものがないの？　臭くて寒い車のなかで何時間も凍えていたのに、ひと言もしゃべらないなんてあんまりじゃない」

ロヤコーノは憤った。

「思いやり？　あきれたもんだ。上階《うえ》で、ふたり死んでいるんだ。友人や遺族があんたたちのたわ言を聞くかもしれないんだぞ。なにが、『思いやり』だ」

道を空けさせ、アレックスを伴ってその場をあとにした。パトカー内の警官ふたりは、ひたすら会話に打ち込み、なにも見ないよう努めていた。

向かい風に逆らいながら無言で数分歩いて、分署に戻った。背後でガラスドアが閉じたとたん、熱気に包まれた。

半永久的に入口の警備を担当している制服警官グイーダが、踵を鳴らして気をつけをする。

「お帰りなさい、警部！　どうです？　暖房を直したんですよ。動くようになりました」

グイーダはロヤコーノに、畏敬と絶対的な服従心、恐怖が等分に混じり合った複雑な感情を抱いている。警部はピッツォファルコーネ署に着任した日に、グイーダのだらしのない態度と皺くちゃの制服を厳しく咎め、忘れていた仕事の意義を思い出させた。それ以来グイーダは自尊心を取り戻し、どんなことをしてでも警部を満足させよう、見直してもらおうと固く決意した。

そこで、ロヤコーノが寒さをこぼしているのを漏れ聞くと、ドライバーとモンキーレンチで武装して午前の半分をボイラー室で過ごし、ついにこれがシチリアの気候と信じてやまない温度にまで室温を上げることに成功したのだった。実際のところ、現在は夏のアマゾンの密林かと錯覚しそうな状態だ。

ロヤコーノは息が詰まりそうになりながら、脱げるものはすべて脱いだ。

「グイーダ、頭がおかしくなったのか？　温度を下げろ。これじゃあ外に出たとたんに、ショック死しちまう。なかと外では四十度くらい温度差がある。ドアのガラスが割れないのが不思議なくらいだ」

巡査はしょんぼりした。

「すみません、警部。ただちに調節します。朝からずっと出力を最大にしておいたので、温度が下がるまで少し時間がかかるかと――」

アレックスは笑って、ジャンパーを脱いだ。

「これではスキャンダルとは関係なく、暖房費の使いすぎで閉鎖されそう」

刑事部屋は、通風孔をひとつ開けて冷たい空気を入れていたため、いくらかましだった。冷風の通り道にいるピザネッリは、北極とカンボジアに挟まれているようなもので、平均すれば快適だ、と苦笑した。署長は本部に呼び出されたが間もなく戻る、とロヤコーノに伝えた。

オッタヴィアがつけ加える。

「事件について話し合うのは、戻るまで待って欲しいそうよ。先に報告を聞いてから、こちらで集めた情報を伝えたいんですって」

ロヤコーノは腕を大きく広げた。

「報告もなにも、たしかなのは若者ふたりが残酷に殺されたって事実だけだ。ほかには科学捜査班の作業が終わったことと、ピラース検事補が立ち寄ったことくらいだな」

部屋の奥でロマーノとアラゴーナが低い声でしきりに話し合っているが、どうやら意見が合わないらしい。

アレックスは興味を引かれた。

「ねえ、なにをこそこそ話しているの？　サプライズパーティーかなにかを計画中？」

ロマーノは、返事をしようとしたアラゴーナの腕をつかんだ。

「いや、たいしたことじゃない。さっき確認してきた件について検討していたのさ」

アレックスが言い返そうとした矢先、署長が首に巻いた長いマフラーと格闘しながら入ってくる。

「ああ、みんなそろっているな、よかった。いやはや、外はやたらと寒いのに、なんでこんなに暑い。脳溢血になってしまう。まるで、スコットランド式シャワーじゃないか」

ロヤコーノが鼻を鳴らす。

「グイーダの仕業ですよ。こんなことなら、ずぼらで怠け者でいたほうがよかった。で、署長、お偉方の要求は？」

パルマはオーバーと上着を脱いで椅子の背にかけ、いつものようにシャツの袖をまくり上げた。

「相も変わらず、だよ。われわれを信用していない。こんな重大事件は手に余る、経験を積んだ精鋭に任せたい、と言わせたくてしかたないんだ。それにテレビにラジオ、全国紙の記者連中ときたら、まさに骨にむしゃぶりつく犬だね。この偉大な街は危険がいっぱいだ、いまや家のなかでも安心できない、犯罪者があとを絶たない、イタリアのブロンクスだ――書きたい放題、言いたい放題だ」

オッタヴィアが眉を曇らせて訊く。

「それで？」

「この事件を解決する力がないとこちらが認めたら、大勢にとって好都合ということさ。名前を売りたいやつにも、ついにテレビカメラの前に立ってにっこりする機会が来る。要するに〝ピッツォファルコーネ署のろくでなし〟の代わりに、腕利きの本物の刑事が捜査を担当すれば、みんなが安心できる」

アラゴーナは目を丸くした。

「あいつら、そんなことを言ったんですか？」

「厳密には違う。もっと遠回しに言ったさ。パルマ、ほんとうにできるのか？　パルマ、心配するな、われわれに任せておけ。パルマ、誰もきみを責めやしない、安心しろ。あんな人材しか与えられなかったんだから……」

上層部のもったいぶったおためごかしの口調をパルマが上手に真似たので、刑事たちの頬もゆるんだが、重苦しい雰囲気は消えなかった。いつになったら、不名誉なあだ名を返上できるのだろう。

「署長はなんと答えたんだね？」と、ピザネッリが訊いた。

「なんと答えればよかったんです？　黙っておとなしく拝聴して、それからこう言ったんだ。心遣いはありがたいが、いまのところ助力は必要ありませんし、もちろん人員も不要です。優秀な刑事ぞろいなので、いかなる緊急事態にも対処できます。どこの分署とも同じく、管内で起きた事件はわれわれが担当します」

パルマの言葉は奇妙な沈黙に迎えられた。誰もが互いの視線を避けて、人間以外のもの――デスクや椅子、コンピューターに視線を据えていた。誰もがプライドや自意識、熱意の入り混じった強い思いを抱くと同時に不安を覚えてもいた。自分にできるだろうか、大丈夫だろうか、と。パルマが正しいことを願っていた。パルマが間違っていることを恐れていた。

アラゴーナひとりは例外で、超自然現象でも見たかのように顔を輝かせて叫んだ。

「ブラボー、ボス！　あいつらをぎゃふんと言わせてやる！　あのクソ――」

パルマが手を掲げて制止した。

「アラゴーナ、口を慎め。相手はあくまでも上官だぞ。助力については、じつはもうマスコミ対策を頼んである。時間が節約できるというものだ。広報の担当官は、ただちに対応すると請け合ってくれた。あまり長いあいだではないにしろ、彼女に任せておけば安心だ。マスコミにはひと言も漏らすな。コメントや情報を求められても、いっさい応じてはならない。いいな」

ロヤコーノが訊いた。

「『あまり長いあいだではない』というと？」

パルマは顎の短く硬いひげをこすった。困ったときの癖だ、とオッタヴィアは思った。

「要するに、近日中に目処が立たないと、捜査権をよそにまわされるということだよ。なにしろ、大きな注目を集めているからね。さて、被害者ふたりの父親は殺人罪で服役していた。青年は地方出身の学生だが、ある程度の交友関係はあるだろう。それから、インターネットでわれわれも見たが、殺された娘はかなりの美人だ。つまり、いろいろな角度から調べなければならないということだ。そして、早急になんらかの手がかりを見つけて、上層部に捜査方針を示したい」

部屋の奥でアレックスが言った。

「だったら、みんなで手がかりを見つけなくちゃ」

パルマはうなずいた。

「まず、事件について説明してもらおうか」

第十四章

男は目を覚まして震え上がった。なんて寒いんだ。

周囲を見まわしたものの、自分がどこにいるのか見当もつかなかった。悪臭がぷんと鼻を衝き、胸のあたりが湿っている。触れると、指にねばねばしたものがついた。眠っているあいだに吐いたらしい。

伸ばした手がなにかに当たって、ガチャンと音がした。聞き慣れた音だった。ぐでんぐでんに酔っぱらって、ベッドに倒れ込んだに違いない。

自由。自由だ。刑務所で夢見ていた自由とは違うな、と男は思った。こんなはずではなかった。

前の晩に街で拾った、黒人の商売女のことを思い出した。ここから帰す程度の分別が残っていてよかった。さもなければ、身ぐるみ剝がされるところだった。本能的にポケットに手をやって、財布を確認した。払うべきものを払って、女を帰したのだ。たいしたもんだ、素晴らしい。少しは学んだということだ。

塀のなかにいるあいだ、いつも〝自由〟を夢見ていた。〝自由〟とは、はっきり実感できるものだと思っていた。さわやかな風や味の記憶のように。誰にも指図されなくなったら、長い笛の音で運動場から独房に戻されなくなったらやりたいことをリストにしながら、〝自由〟に姓と名を与えた。

最初の十年間は、妻と子どものことを考えていた。やがて黒人の商売女を想像するようになり、空想をふくらませていった。ちょうど妻が病を得て、死病に取りつかれた姿を夫に見せまいと、面会に来なくなったころのことだ。

黒人の商売女は人生のほんの一部だ、と独房で繰り返し自分に言い聞かせた。ちょっと楽しんで金を払って別れる。あれは本物の女ではない。ともに人生を歩み、子どもをふたり与えてくれた女性とは、まるきり関係がない。

千年も昔に思えるあの六月の日、純白の衣装に包まれて輝いていた女性とは似ても似つかない。

仕事から帰る彼を待ちわび、笑顔で駆け寄ってきて、彼が手を洗う間もなく抱きついた女性と混同するわけがない。

四キロ半もある男の子が産まれてくるあいだ、彼は妻の手をずっと握り締め、彼女は苦痛をこらえて微笑んでくれた。黒人の商売女とのあいだに、そんなことは起こらない。

彼女あっての人生だ、としみじみ思いながら眠っている妻をそっと撫でたものだ。黒人の商売女にそんなことはしない。

黒人の商売女はみんな同じ顔をしているから、再び会ってもわからない。セックスをして別れ、そのあと好きなだけ酒を飲む。

外では、車の通る音ひとつしない。この奇妙な街のどこの片隅に流れ着いたのか思い出そうとしたが、記憶は混沌としていた。

起き上がって窓のところへ行こうとしたとたん、背中に激痛が走ると同時にこめかみがうずいた。

急に年を取った気がした。刑務所では年齢について考えることはなかった。老いも若きも〝苦悩〟の同胞であると同時に、赤の他人だった。だが、いまは老いを感じていた。

老人とは悲しいものだ、と汚れた窓の外の濃い闇に目を凝らして、彼は思う。家族がいなければ。

家族。六月の陽光を浴びている、白いドレスの若い女性が目の前に浮かんだ。妻が生きているときは、家族がいた。だが、妻は他界した。彼を残して逝った。彼が服役しているあいだに。

家族。妻はもちろん、子どももいた。その家族を奪われたら、なにが残る？　刑務所で出会ったなかに、言葉遣いのきれいな教師とおぼしき受刑者がいた。妻とその愛人を殺したのだが、なんとそれを覚えていないと言う。それはともかくとして、その男は〝プロレタリア〟の意味を説明してくれた——生産手段を持たないで、子ども《プローレ》を生むだけのごくごく貧しい人のことだよ。

プロレタリア。

男は子どもふたりを残して刑務所に入ったが、出所して家に帰ったら娘しかいなかった。やがて娘も、父親を捨てて家を出た。取るべき途《みち》はひとつ。男は娘を連れ戻すことにした。とまあ、そういう次第だ。

ところが、ふたりの子どもはどちらも見知らぬ人になっていた。くそったれの若造は、こともあろうに脅しにかかった。失せろ、警察に通報するぞ。刑務所に逆戻りしてもいいのか。男は言い返した。誰のおかげでこの世に生まれてきたと思う。殺すぞ。

娘——六月の陽光を浴びて白いドレスで踊っていた妻とそっくりな、同じ名を持つ娘もまた堕落していた。一文なし、甲斐性なしの恋人を追いかけまわすために、恥じらいもなくケツを人目にさらしている。プローレか。たいしたプローレだ。

人間は反抗する。人間は取り返しのつかないことをする。

男はすさまじい頭痛が耐えがたく、よろよろとベッドに戻った。チラチラと不安定に瞬《また》く壊れたネオンサインがおぼろげに瞼の裏に浮かび、駅の近くの安宿に入ったことを思い出した。出所したときに持っていた金は、あと少ししか残っていない。故郷に帰れば、また日雇いの仕事を見つけることができるだろう。こうした仕事は十六年経ってもそうそう変わるものではない。世の中が急激に変化して、誰も彼もが四六時中携帯電話をいじくりまわし、ピカピカ光る薄型テレビがバーにまで取りつけられ、どの車も似たり寄ったりになっても。

少ししか残っていないが、全然ないわけではない。妻はわずかななかからこつこつ貯めた金を、男から遠く離れたところで死ぬ前に——ひどい冗談だ。なんて惨めな悪ふざけだ——ふたりの秘密の場所、物置の古い靴の下の缶に隠してくれていた。どのくらいの価値があるのか見当がつかないが、きっちり固く巻いた古い紙幣を見つけたとき、男は感情を抑えることができずに泣き崩れた。多額ではないが、あの世から届いただいじなメッセージだった。

おまえがいなくては、どうやって生きていけばいいかわからない。なんてこった。

酒壜を握り締めた。まだ少し残っている。これだけあれば、夢を見ずに眠ることができそうだ。いまが何時にしろ、今夜は黒人の商売女は欲しくない。誰もそばにいて欲しくない。たとえ黒人の商売女にはぬくもりだけはあるにしても。

黒人の商売女は安かった。だが、少しずつ死に近づいていくためには、酒のほうが役に立つ。もう少し、近づくことにした。

第十五章

ロヤコーノとアレックスがセコンド・エジツィアカ通りの殺人現場で見聞きしたことの詳しい説明を終え、同僚からの質問に答えたあと、刑事部屋は重苦しい空気に包まれた。いまやどの刑事の瞼にも若いふたりの遺体がまざまざと浮かんでいた。長年、犯罪に関わっていても、心が痛まずにはいられない。

パルマはうなずきながら思案にふけり、それから口を切った。

「では、凶器はまだ発見されていないが、鈍器であることは間違いないな。娘のほうは、絞殺または扼殺か。いずれにしろ、犯人は男で、かなり力が強いと考えていいだろう」

ロマーノは首を傾げた。

「真っ向から否定はしないけど、馬を殴り殺すくらい力の強い女に会ったことがあるからな。青年は不意に襲われたみたいだから、女でも頭を殴れば殺せる。妹のほうは背後から襲われた可能性もある。そのへんを考えると、犯人は力が強いとは一概に言えないのでは」

アラゴーナはサングラスの蔓をくわえて、考え考え言った。

「娘の死んでいた部屋の状況が気になるんだよな。犯人に抵抗したなら、ベッドの横の置物が床に落ちたはずだ、というのがマルトーネの意見だ。つまり、男にしろ女にしろ、犯人が拾って元の場所に戻したことになる。だけど、人をふたり殺したあとにそんなことをするなんて変じゃないか？　なんで片づける必要がある？」

ピザネッリがファイルを手に取った。

「さて、そろそろこっちの報告をしようか。アレックスから電話をもらったあと、ただちに情報収集に取りかかった。オッタヴィアが興味深い情報を探り出したので、のちほど話す。わたしはこの管区で最大手の不動産屋を経営している友人に話を聞いた。ヴァリッキオ兄妹の住んでいたアパートメントは、ビアージョの友人で遺体の第一発見者レナート・フォルジョーネの父親が所有している。間違いないね？」

ロヤコーノはうなずいた。

「レナートもそう話していましたよ」

ピザネッリはメモをすらすらと読み上げていった。

「いま、わかっているのは次のことだ。レナートの父、アンティモ・フォルジョーネ教授は有名なバイオテクノロジー学者で、大学で教鞭を取っている。実家は貧しく、地方の小さな町で育ち、独力で出世を遂げた。いまやこの分野の権威で、世界各地で講演するほどだ。高齢者の代謝機能を専門とし、莫大な財産を有す」

アラゴーナがすかさず言った。

「電話番号を教えてもらいなよ、大統領《プレジデンテ》。きっと役に立つ」

笑ったのは、当のピザネッリひとりだった。

「ああ、そうしようか。だが、きみの役には立たないな、アラゴーナ。バカにつける薬はない、と言うだろ。とにかく、教授はあの地域にいくつもアパートメントを所有し、事件現場の建物内にも何戸か持っている。知ってのとおり、被害者のアパートメントの隣もそのひとつだ」

アレックスが補足する。

「隣に住んでいるふたりは、レナート・フォルジョーネの友人みたいよ。親しそうだった」

ピザネッリは報告を再開した。

「ヴィンチェンツォ・アモルーゾ、フォッジャ出身、二十四歳。パスクアレ・マンデュリーノ、メタポント出身、同年齢。共同名義で賃借契約を結び、怪しい点はいっさいない。教授は法を遵守するタイプらしいね。友人が不動産登記所のデータベースで確認したところ、元のアパートメントを二戸に分割する際も、当局に届け出てきちんと許可を取っている」

パルマはロヤコーノに訊いた。

「隣のふたりはカップルなのかね？　それとも単なる同居人という関係？」

「とても親しそうに見えたな」

アレックスは断言した。

「あのふたりはカップルよ。それに、少なくともヴィニーのほうはものすごく嫉妬していた。あの目つきと嫌味でわかったわ」

ロヤコーノは納得しなかった。

「即断は禁物だよ。そうした印象は――」

アラゴーナが眉を弓なりに上げる。

「で、そのオカマ野郎は誰にものすごく嫉妬してたんだ？　大家？　それとも殺された男？」

アレックスはアラゴーナに険しい目を向けた。

「どっちでもないわ。ふたりのうち外見や言動が女性的なヴィニーは、殺されたグラツィアの動向にパートナーが詳しかったから、嫉妬したの。愛から生まれる嫉妬は、どんな相手に対しても感じるものよ。あなたにわかるわけないけど」

口喧嘩に発展する前に、オッタヴィアは割って入った。

「とりわけ重要なのは被害者たちの父親コジモ・ヴァリッキオ、五十五歳についてよ。それだけではなく、家族全員について興味深いことがわかったわ」

「オッタヴィアはコンピューター、ジョルジョは電話を四時間駆使して、事件を取り巻く状況や背景を見事に探り出してくれたな」と、パルマは誇らしげに言った。

「どうも」副署長は答えた。「役に立つといいんですがね。ええと、ヴァリッキオ家の所在は、クロトーネ県の内陸部に位置するロッカプリオーラ。人口は約三千で、大半が農業に従事。十七年前のある土曜の夜、コジモは広場のバールに暇つぶしに行き、妻のアヌンツィアータ、通称タティーナは八歳のビアージョ、二歳のグラツィアとともに家に残った。バールで、ほんの些細なきっかけで口喧嘩が乱闘に発展した。誰もが酔っぱらっていた。コジモは自分よりも年長で、やはり農場の日雇い労働者である男と殴り合いになった。コジモが相手を殴り倒して立ち去ろうとしたとき、目撃証人によると、相手はコジモの妻を侮辱した。どうやらタティーナは近在一の美人で、男という男が恋心を燃やしていたらしい」

ロマーノが好奇心を起こした。

「え？　美人だから侮辱した？　どんなふうに？」

「さあねえ。見当もつかん。とにかくヴァリッキオは引き返し、椅子の脚をもぎり取ってまだ倒れていた男が死ぬまで殴り続けた」

全員が唖然とした。アラゴーナは困惑した。

「で、誰も止めなかったのか？　カラブリア州の町のバールでそんなことが？　目撃証人がいたということは、周囲に人がいたんだろう？」

オッタヴィアが顔をしかめて言った。

「いたわよ。正確には三十一人。治安警察は、到着すると綿密に調べたわ。でも、到着が遅すぎた。みんな怯えて、止めに入ることができなかったのよ。ヴァリッキオは手がつけられないくらい、激昂していた」

パルマは腕組みして言った。

「その結果、ヴァリッキオは十六年七ヶ月服役した。だが、酔っていたし、相手に挑発された。武器も持っていなかった。いい弁護士がつけば、もっと軽い刑ですんだろうに。いまさら言ってもしかたがないが。それで、一年足らず前に釈放されたんだっけ？　そうだろう、オッタヴィア」

「ええ。夫が服役中、妻、すなわち美人のタティーナは言い寄ってくる大勢の男には目もくれず、ふたりの子どもを懸命に育てた。通いのアイロンかけや洗濯、掃除など、まっとうであれば、どんな仕事でもやってね。やがて病気になって、六年前にまだ若くして亡くなった。治安警察の報告によると、親戚は皆無、疲れを知らない働き者で、みなに好かれていたそうよ。葬式には村人全員が参列したわ」

両手をデスクに置き、目を半眼にして瞑想しているかのようなロヤコーノは、いつもにも増して東洋人らしく見えた。「それで、子どもたちは？」と訊く。

「タティーナは節約したお金で生命保険をかけ、子どもたちを受取人にしていたの。そのおかげで最低限の生活費を賄い、ビアージョは高校を卒業することができた。まわりの人たちにいくら忠告されても、タティーナは息子に学校を辞めさせなかった。息子はとても優秀だったの。

抜群の成績で卒業してここの大学に入学し、さまざまなアルバイトをして生計を立てていた。これは、ジョルジョが友人から聞き出してくれたのよ」

ピザネッリは友人の多さを弁解するかのように、両腕を広げた。

「地方から来た学生は金が必要なせいもあるだろうが、よく働くので地元の商店にとって欠かせない人材なんだ。あちらこちらに問い合わせているうちに、ビアージョを雇ったことのあるレストラン店主を見つけた。真面目によく働いてくれたと、ほめていた」

オッタヴィアは再び話し始めた。

「そして、大学でレナート・フォルジョーネと知り合った。レナートも優秀な学生で申し分のない成績を収めていると、学部の秘書が教えてくれたわ。ふたりは親しくなり、同じ年に卒業。レナートは、むろん父親の許可をもらってだけど、家賃を取らなかったし、幾度か借金の肩代わりをしたりして、なにかと金銭面で助けていたみたい」

アレックスはうなずいた。

「ええ、ビアージョのことが大好きだったって、ひと目でわかった。ものすごくショックを受けていたもの」

オッタヴィアは嘆息した。

「卒業すると、才能を見込んだ大学や企業からいくつも就職の勧誘が来たけれど、ふたりとも大学に残ってレナートの父のもとで研究することを選んだ。ビアージョの日常生活にとくに変わった点はないわ。少なくともこれまでにわかった限りでは。あまり社交的ではなく、交際した女性は過去に数人いるけれど、最近は勉強と研究に明け暮れ、ほとんどの時間を大学で費やしていた」

「妹は?」と、ロマーノ。

「そう、それそれ。ビアージョは学部生時代ずっと、叔父のところに身を寄せている妹に仕送りをしていた。妹は母親の若いころにそっくりだったらしいけど、こう言えばいいかしら、社交的だった。度を越しているくらいにね。彼女が十七歳になったころには、地元だけではなく近隣の村の若者全員が群がっていたそうよ」

「要するに、尻軽だったんだ」と、アラゴーナがウィンクして当てこすった。

そのわき腹をアレックスは肘でひと突きし、オッタヴィアは横目で睨んだ。

「大はずれよ、あいにくだったわね。彼女はきれいで、太陽のように明るく、そして賢明だった。でも高校卒業後は、叔父たちが援助を申し出てくれても勉強を続けようとしなかった。村にいたかったからだと、治安警察官が教えてくれたわ。ちなみに彼はとても親切で、感じがよかった」

アラゴーナはアレックスに突かれたわき腹をさすりながら、ぼそぼそつぶやいた。

「故郷に帰ったら、警察じゃなくて治安警察に入ってそういう村に赴任させてもらうよ。美人が大勢いて、唯一の仕事といえば他人のことに首を突っ込むことなんだから」

オッタヴィアは身振りでたわ言を一蹴した。

「彼はベテランの治安警察官で、兵長として村に永久赴任しているのよ。小さな村だから、全員が全員のことを知っている。それで、グラツィアだけど、彼女には村を出たくない理由があったの」

アレックスが身を乗り出す。

「どんな？」

「恋人よ。ある青年に熱を上げていて、彼が村にいるあいだはロッカプリオーラに留まっていた」

「では、いつまで村にいたんだね？」と、パルマが質問する。

オッタヴィアはコンピューターの画面を確認した。

「記録では、今年の四月に村を出ています」

「父親が出所したあとだな」

「ええ、出所はその数ヶ月前でした。コジモの自宅は村はずれにあり、ビアージョが大学に入り、妹が叔父のもとに身を寄せたあとは空き家になっていたのですが、出所したその足で戻った。そして、娘を呼び戻して一緒に暮らすつもりだった。ところが娘がいやがったため、話し合いをしたけれど、娘は首を縦に振らなかった。あげくに、証拠はないけれど、娘の肩を持った妻の弟に暴力を振るったそうよ。真偽はともかく、叔父は被害届を出さなかった」

ロマーノが訊いた。

「恋人の名前はわかっているのか？」

「ドメニコ・フォーティ、二十二歳。村では〝ギター弾きのニック〟で通っていた。ソーシャルネットワークのプロフィールでは〝ニック・トラッシュ〟と名乗っている」

第十六章

おまえ、クズだな。最低のクズだ。

金があるからおれより偉いと思っているんだろ。ガールフレンドと店に来て、好きなものを注文し、ちょっとのあいだも待つことができない。

まったくどうしようもないクズだよ。それ以外の何物でもない。

おまえだけじゃない。みんなだ。店の客はみんな、クズだ。

とは言ってもここは、ファッショナブルな地区のセレブ御用達の店なんだ。でもまあ、こうした店はせいぜい二、三年で人気がなくなって、やがて見向きもされなくなる。オーナーは、昔を取り戻せないものかと淡い期待を抱いて低空飛行で店を続けるが、やがてあえなく閉店。おれたちみたいなここで働いているだけの者は、潮目が変わるタイミングを見極めるのがだいじなんだ。だって、おまえと違って金持ちの親父がいないからね。親父さん、浮気をしてやましいもんだから、たっぷり小遣いをくれるんだろ。

いまのところ、店は順調だ。だから、少々の屈辱は我慢する。サービスが悪いと文句をつけ、チップを一ユーロ置いていくおまえらクズを我慢してやる。どいつもこいつも大嫌いだが、とくに嫌いなのはチップを一ユーロ置いていく客だ。だったら、チップなしのほうがましだ。少なくとも正直だろ。サービスが気に入らなかった、だからチップは置かないよ。一ユーロ——バカにするな。ときどき、無性に腹が立つ。

まだ、こうしたことをさらりと受け流すことができなくてさ。ずっとできないかもしれない。ま、いいか。怒りはおれの音楽に力を与える。怒りがあるから、おれは生き延び、夢を持ち続けることができる。

おまえは楽して生きているんだろうな、クズ野郎。苦しんだり悩んだりしたことがあるか？　きっと、一度もないんだろう。おまえはおれみたいに片田舎で生まれなかった。おれの故郷はヨーロッパで一番ないがしろにされ、踏みつけられた辺鄙な州の名もない村だ。おまえは誕生日にパーティーをやってもらい、親父から新しい車、おふくろさんから高級ブランドの最新流行の靴をプレゼントされる。でもって、運よく両親が別れれば、もらうものが倍になる。

それに引き換え、おれは夢を——一生実現しないかもしれない夢を追うために、ここでウェイターをし、くだらない小言に耐えている。

でも、ちょっとした憂さ晴らしがないわけじゃない。たとえば、おまえが注文したビールに唾を吐く。たとえば、おれがテーブルのそばを通るたびに、物欲しげな視線を投げてくるおまえのガールフレンドと目配せを交わす。

だってさ、おまえの取り柄は金だけで、あっちのほうはめっきり弱そうじゃないか。しょうがないよ。ようやく本物のセックスを味わわせてくれる男に巡り合ったと、ガールフレンドが物欲しげな顔をするのは当然だ。

で、どうするかって？　彼女がトイレに立つのを待ってそっとあとをついていき、掃除道具を入れてある物置で五分ほど天にも昇る心地にしてやって、おまえとの差を見せつけるのさ。でも、いったんリスクの大きさを悟って以来、慎んでいる。チップのほかに定収入も保証されている店はそうそうないからね。

ときどき、こんな暮らしをあとどのくらい続けなければならないのかと考える。あとどのくらいパニーニやビールを運べばいいのか。深夜の床磨きをあと何度すればいいのか。おまえがベッドで高いびきをかき、ガールフレンドはおれみたいな浮気相手を探しまわっている夜の夜中に。

女とは、そういうものなのさ、クソったれ。愛してる、あなたしかいないと女は忠誠を誓う。男が故郷を出るとあとを追う――そばにいたいのよ。ところがどっこい、本音は男を支配して自分自身が楽しみたいからなんだ。なあ、クソったれ、おまえが友人なら忠告してやるのにな。恋愛なんかするなよ、って。愛は足枷だ。一番新しい曲にこのフレーズを使った。ほかの幾百の歌と同様、ステージで披露する栄誉はまずもらえないだろうけど。

愛は足枷。

故郷の村で、彼女はおれを神みたいにあがめていた。彼女は男という男の憧れの的だったけれど、おれしか眼中になかった。素っ裸で大通りを歩けと言ったら、すぐにそうしただろう。おれのために、村に留まっていた。おまえには想像もつかないくらいの、とびっきりの美人だ。

この腐った街の女たちが大枚はたいて化粧をし、着飾ったところで足元にも及ばない。どんな安物でも彼女が着れば、一流デザイナーの高級品に見える。

だって、世界一の美人だからさ。わかるか、クソ野郎。世界一きれいなんだ。

草原で愛を交わしたあと、彼女を見ながら自分に訊いたものさ。この世でこれ以上に素晴らしいことはなんだろう。答えは見つからなかった。そのころ作った曲をいま演奏しようとしたら、他人の曲みたいに感じるだろうな。

愛には住むところが必要だって知ってるか、クソ野郎？　番地や郵便番号のある、実在する場所が必要なんだ。だけど、置き去りにすると病気になって、早く手を打たないと死んでしまう。

ある種のことは絶対に変わらないと信じて、おれは故郷を出た。このまま村にいては息が詰まって死んでしまうと思ったからだが、ここで死んじまったよ。愛が住処から離されて、息絶えたから。

ある晩、彼女が目の前に現れたときのことを、よく覚えている。おまえがおれの唾で味つけをしたビールを飲んでいるテーブルから十メートルかそこらしか離れていない、店のドアの外にいた。あなたの仕事が終わるのを待ってたのよ。ケーキから飛び出してきたみたいに微笑んだ。あれには頭に来たね。

おれは働くためにここにいる。レコード作りを支援してくれる人を探して、ここに来た。おれと彼女の未来を築くために。そこへ彼女はふいにやってきて、雨に濡れて微笑んでいた。遠く離れた故郷にいて、おれの預けた心を大切に守っていてもらいたかった。のこのこやってきて、邪魔をしないでもらいたかった。それがまったくわかっていないんだよな。

そこに立っていた。次の日も、その次の日も。おれが女の尻を追いかけまわしている、働くためではなく、こっそり楽しむためにここに来たと疑って。おれがしけたクラブで、わずか数ユーロの報酬でステージに立つときは必ずやってきて、鷹のような目でほかの女たちを観察する。

すさまじい嫉妬と喧嘩の繰り返し。まいったよ。彼女は兄貴のアパートメントに居候している。こいつがしょぼくれた野郎で、本と、おれをけなすことにしか興味がない。

ま、それはともかくとして、しばらくすると彼女はまわりをよく見てみた。なあ、ど田舎から出てきたばかりの女にとって、この浮ついた奇抜な街がどんなものだか想像できるか、クソ野郎？　それも息を呑むほどきれいで、恋人が夜ごと浮気をしていると思い込んで復讐心に燃えている女だぞ。

自分のしたいことをするようになるまで、さして時間はかからなかった。おれに隠れてやることもできただろうが、それでは刺激がないんだろうな。

あのさ、彼女はこう言ったんだ。ねえ、ランウェイをやらないかって勧誘されたの。「はあ？」とおれは訊いたね。滑走路《ランウェイ》でなにをするんだ？　違うってば。雑誌に出てるじゃない。花道を歩いて服を見せるの。誰に誘われた？　道で男の人に。道で男に？

買い物に行く途中、男がいきなりＳＵＶから飛び出してきて行く手を塞いだそうだ。アメリカ映画みたいだろ。「お嬢さん、すみません、ほんの少し時間をもらえませんか？　ほんの少しだけ」ぽっと出の田舎娘だから、都会ではこういうやつを相手にしちゃいけないって知らなくてさ。にっこりして、「ええ、話ってなに？」あのきれいな顔、あの完璧なボディで。「ええ、話ってなに？」

そいつはモデル事務所のオーナーだった。歩いている彼女が目に留まったんだって。「お嬢さん、あなたには天性の優雅さがある。ほれぼれする」「あらまあ、不思議な偶然ね。あたしの名前は優雅《グラツィア》なのよ」「ぴったりの名前だ。グラツィアと呼ばせてもらっていいかな」「もちろんよ」なにが、優雅だ。むかつくぜ。ほんとうは、ほれぼれするケツだって言いたかったくせに。

「あら、怒ってるの？」と彼女は言った。「あんたがギターを弾きながらテーブルからテーブルをまわるとき、女に愛想を振りまいて媚びを売っても、あたしは文句を言っちゃいけないんでしょ。なのに、ほかの女の人のために服を着て見せると聞いたら、すぐ売女扱い？　これは仕事なのよ。後ろ暗くもなんともない。体を売るんじゃないのよ」

そういう問題じゃないんだ、と彼女にわからせたかった。ここみたいに複雑怪奇な街には、世慣れていない若い女が行ってはいけない危険な場所がある。初めは服のモデルでも、次は写真、そして次はなにをやらされるかわかったものじゃない。

「なによ、自分勝手なんだから！」彼女は金切り声で叫んだ。「あたしにはやりたいことがあるの。あんたみたいに、好きなことをやりたいの」

初めて、おれは彼女に手をあげた。ほんとうに、初めてだ。つい、手が出てしまったんだ。彼女は涙の伝う頰に手を当てて、おれをじっと見つめた。これにインスピレーションを得て作ったのが『きみの頰を伝う涙』だ。たぶん、おれの最高傑作だろうな。

その後二日間というもの、彼女は電話に出なかった。しょうがないから会いにいったら、あのいけ好かない兄貴がなかに入れてくれなくてさ。一発かまして、男が取るべき方法できっちり落とし前をつけてきた。おまえみたいな意気地なしとは違うんだよ。

あの仕事はもうやらないと、彼女は約束した。おれが誤解しているだけで、後ろ暗いことはいっさいないけれど、おれのためにやめると約束した。

やけにあっさりしていた。もっと抵抗すると、予想していたんだ。どうも怪しいから、病気と嘘をついて休みをもらい、彼女のあとをつけた。

思ったとおり、彼女はモデル事務所へ行った。いそいそと楽しそうに。しばらくすると、同じような売女ども五、六人と一緒に出てきて帰っていった。それで、おれはなかに入って管理人を口説いて、なんのモデルをしたのか聞き出した。

ランジェリーだってさ。どう思う、クソ野郎？　ランジェリーだぜ。Tバックにブラジャー。おれの恋人はTバックとブラだけの半裸で、歩いたんだ。あのゴージャスな体を、長くしなやかな脚を、腕を、平らな腹を見せて。

ランジェリーだってさ。

それに、客は絶対に女ではない。だろ？　販売や製造のための商品を選ぶのは、セールスマンやビジネスマンだ。それに管理人の野郎も、女を紹介してやると持ちかけてきた。「十ユーロでどうだい？　電話番号を聞き出してやるよ」そこで、廊下に貼ってあった彼女の写真を指さしたら「ああ、カラブリアの娘《こ》か！　新人だよ。目の覚めるような美人だよな。だけど、あの娘は難物でさ。五十ユーロはもらわないと」なんであいつをぶっ飛ばさなかったのか、いまもって不思議だよ。

その晩彼女に会ったとたん、おれはブチ切れた。店の裏に引っ張っていって――まあ、殺しはしなかった。理由は神のみぞ知る、だ。彼女は泣きながら走っていった。その後、二度とここには来なくなった。

おれは働くためにここにいる。働くためだけに。おれと彼女のために、未来を築きたかった。でもいまはもう、彼女にそばにいてもらいたいのか、わからない。彼女もみんなと同じだ。おまえがよそ見をしている隙に、おれをちらちら眺めるおまえの女とそっくりだ。そんな女のどこがいい？

そんな女に用はない。

そんな女は死んじまえ。

第十七章

ピザネッリは目をこすった。疲れていた。勤務の終了時刻はとっくに過ぎているが、今後の捜査方針を決めなくてはならなかった。

ロヤコーノは石と化したかのように、身じろぎひとつしない。

「被害者の父親と連絡はついたのかしら」と、オッタヴィアは頭を振ってパルマを示し、ピザネッリに尋ねた。

「いや、故郷の村にはいなかった。ナポリに行くと、友人に話したそうだ」

「旅の目的も話したんですか？」

「娘を取り戻す、と。連れ帰るつもりなんだろう」

しばらくのあいだ、冷たい風が窓ガラスを揺らす音だけが刑事部屋に響いた。パルマが口を開いた。

「娘は拒んだのだろう。それが、隣のふたりが聞いた口論じゃないか」

「その可能性もあるけれど」アレックスが言う。「口論が起きたとき、娘はその場にいなかったみたいですよ。ヴィニーとパコは、ふたりの男が方言で言い争う声は聞いたけれど、当の人物は見なかった。しかも、コジモ・ヴァリッキオの顔を知らないわ」

ピザネッリはペンを弄《もてあそ》びながら言った。

「テレビを大きな音でつけていたんじゃないか。よくあることだ。父親の線は望み薄な気がするな」

オッタヴィアは納得しなかった。

「粗暴な男だということを忘れちゃだめよ。殺人を犯した前歴もある」

「些細な原因で、酔っぱらいを殴り殺したんだ。またプッツンしたに決まってる」と、アラゴーナ。

ロマーノがすぐさま反論した。

「バカも休み休み言え、アラゴーナ。一度過ちを犯した者は、また繰り返すと決まっているのか？　一生、汚点は消えないのか？　父親が我が子ふたりを手にかけたかどうかを、話しているんだぞ。軽々しく嫌疑を着せるな。バールで嫌われ者どうしでぼやくときでも、口にするな」

アラゴーナの軽口に対する過剰なまでの反応に、気まずい空気が漂った。ロマーノが弁護しているのは被害者の父親ではなく、自分自身であることは明らかだった。ロマーノは激昂して自制を失い、容疑者を半殺しの目に遭わせた結果、ポジリッポ署から放逐された過去を持つ。また、そうした暴力沙汰はそれが初めてではなかった。

パルマはとげとげしい雰囲気をやわらげにかかった。

「うん、うん、わかった。結論を急ぐ必要はない。口論があったことはたしかなのだから、それが誰だったのか、なにが原因だったのかを突き止めよう。事件のことを伝えるためにも、どのみち父親の行方を追わなくてはならない。それから被害者の恋人を探し出して、グラツィアに最後に会ったのがいつか知りたい。働いている場所はわかったかね、オッタヴィア？」

「ええ、さいわいソーシャルネットワークがありますからね。最近は、誰もがありとあらゆることを掲載する。中心部の最近人気を集めている地区にある、〈イル・マリエンプラッツ〉という深夜営業の店でウェイターをしていますが、あいにくきょうは定休日です。あすの午前中、清掃をしている時間に行けば会えるでしょう。残念ながら、住んでいるところはわかりません」

アレックスがせっせとメモを取るあいだ、ロヤコーノは黙って聞き入っていた。

「恋人も同じ村の出身なんだろう？」と警部は確認した。「ええと、なんてところだっけ――ロッカプリオーラか？　ということは、方言で口論していたのは彼だった可能性もある」

パルマは疲れた顔でうなずいた。

「うん。だが、あくまでも推測に過ぎない。なにも証拠がないからな。さて、みんな忙しくなるぞ。ロヤコーノ、ディ・ナルド、協力は惜しまない。なんでも言ってくれ。署の存続はこの件にかかっている」

ロヤコーノは眉をひそめ、ここ数時間で初めて感情を覗かせた。

「責任重大だな。でも解決したら、手柄はみんなのものだ。オッタヴィアと副署長が多くの情報を掘り出してくれるおかげで、こっちは大いに時間を節約できる。とくにアラゴーナの存在は欠かせない。こいつが刑事部屋にいると思うと、どんなに寒くても外で捜査していたくなる」

笑い声があがった。アラゴーナが口をとがらせる。

「なんか、いつもおれが悪者にされるな。年取って節々が痛むから、やっかんでいるんだろう」

パルマはロマーノに問いかけた。

「ところで、あの女生徒の件はどうなった？　きみたち、学校へ行ってみたんだろう？」

ロマーノはアラゴーナと素早く目を見交わした。

「ええ。やはりこっちの予想どおりで、おそらく先生の早とちりじゃないかと。校長《プレジデンテ》に会ってきましたよ。それで、生徒が提出した作文の問題箇所を読ませてもらったんですが、誤解を与えかねないあいまいな書き方でね」

オッタヴィアが笑った。

「ふたりとも子どもがいないって、見え見えね。何年も前に、校長はプレジデンテではなく学校管理者《ディリジェンテ・スコラスティカ》、作文は課題文《エッセー》と呼ばれるようになったのよ。ちゃんと新しい知識を仕入れなくちゃ」

アラゴーナはオッタヴィアにしかめ面をした。

パルマは話を本題に戻した。

「それで、きみたちの意見は？」

アラゴーナは口ごもった。刑事部屋の張り詰めた空気がゆるみ、二重殺人事件についてまだ低い声で話し合っている者もいたため、若い巡査の逡巡はほとんど気づかれなかった。

「ええとですね、署長……確認したいことがあと少しあって。あした、もっと重要なことがなければ、非公式に生徒の両親に会ってこようかな、と……」

パルマはアラゴーナをじろじろ眺めた。

「いいか、なにかあったら、どんなことでもかまわない、ただちに報告しろ。そして家庭裁判所に介入してもらう。場合によっては専門家に任せる。ただし、きみの言うように、まず状況をしっかり確認したほうがいい。思い込みや妄想でよその家庭を壊すのは、ごめんだ。くれぐれも慎重に頼むよ」

ロマーノは頬を掻きながら答えた。

「了解です、署長。最後にちょっと確認したいだけなんで」

パルマは、なにかを読み取ろうとするかのように、ロマーノの顔をまじまじと見た。ロマーノは疑問点があれば、いつも率直に口に出す。こうした煮えきらない態度は珍しかった。

パルマは懸念を抱いたものの、今後の多忙なスケジュールのほうに気を取られた。雑談をしている刑事たちに呼びかけた。

「遅くまでご苦労だった。あしたは忙しくなるから、しっかり休んでくれ。さあ、家に帰ろう」

第十八章

家に帰ろう。

人気のない街路を、大草原から来たかのような冷たい風が遠吠えを響かせて吹き抜けていく。

家に帰ろう。見慣れたもの、聞き慣れた音に囲まれた、暖かい家に。

家に帰ろう。醜悪な世間を逃れて閉じこもろう。

家に帰ろう。


ピザネッリは踊り場で、隣に住むラピアーナ叙勲者《コンメンダトーレ》に出くわした。しみだらけの部屋着の上に、オーバーをひっかけていた。犬のトイレを忘れてうたた寝し、慌てて飛び起きたのだろう、片手に持ったリードの先で小型犬がぱたぱたと尾を振り、もう片方の手には後始末用のシャベルとビニール袋を持っている。

「こんばんは、コンメンダトーレ。豹《パンテラ》は、きょうは夜更かしかね」

ラピアーナは情けない顔をした。

「まったく、まいるよ……動物は短命なんじゃなかったっけ？　こいつときたら十六歳でわたしよりぴんぴんしてる。あれがい」と戸口に顎をしゃくって、アパートメントのなかにいる妻を示し――「お姫さまみたいにだいじに扱うからね。だがそのうち、買い物に行っているあいだにクッションで窒息死させてやる。むろん、飼い主ではなく犬のほうだよ。そうすれば、こんな寒い夜に外に行かなくてすむ。それにしても、なんでこんなに冷えるんだろうな」

ピザネッリはにっこりしてうなずいた。

「気の毒に。まあ、我慢してあげなさいよ。奥さんはパンテラがかわいくてしょうがないんだから」

完全に名前負けしている小型犬は、自分が話題になっていることを本能的に察したのか、白内障で濁った眼をピザネッリに向けて鼻を鳴らした。

「見たかね？」と、ラピアーナは感嘆した。「パンテラは理解しているんだよ。うん、わたしにはわかる。あれよりずっと賢い。じゃあ、おやすみ。そうそう、犬の不審な窒息死の捜査を頼まれたら、今夜話したことは忘れておくれ」

毛の薄くなった頭をオーバーの襟に埋めて、果敢にツンドラ気候のなかに出ていく隣人と別れ、ピザネッリは玄関のドアを開けた。運よく暖房のタイマーが機能していて、ぬくもりに包まれた。

チャオ、とささやいた。テレビをつけ、邪魔にならない程度の音量に設定した。自分の話し声を他人に聞かれないための手段で、毎日必ずこうしている。頭がおかしくなったと、ラピアーナや、彼の言うところの婆さん――ラピアーナ夫人と老犬パンテラに誤解されては困るからだ。

チャオ、とあらためて言った。チャオ、愛しい妻《アモーレ・ミオ》。ただいま。きょうは話したいことがたくさんある。

ピザネッリはキッチンに行ってパスタを作り始めた。こんなに遅く食事をすると消化不良を起こして悶々とするに決まっているが、腹ぺこだった。

どのみち、わたしを殺すのは胃袋ではない。そうだろう、アモーレ・ミオ。死へのカウントダウンをしているのは、お客さんだ。

お客さん。ピザネッリはひそかにそう呼んでいた。まるで、数日間泊まりに訪れた旧友のように。もっとも、それは数日どころかもっと長く居座っていて、主《あるじ》と一緒でなければ去ろうとしない。

お客さん。

その言葉につられたかのように、ピザネッリはトイレに駆け込んだ。排尿は例によって困難で苦痛を伴い、便器に血が滴《したた》った。お客さん——前立腺がんのせいだ。

このことは内緒にしている。うつ病や、何年も前に他界した妻に話しかける奇癖を内緒にするのと同じだ。知られれば退職を余儀なくされ、殻に閉じこもっての孤独な闘いを強いられる。闘いの結末は明らかで、それがいつになるかがわからないだけだ。

無理やり笑顔を浮かべてキッチンに戻った。カルメンに悲しい顔を見せたくなかった。

妻はいまだにこの家にいると、ピザネッリは信じている。床に伏す前の明るくほがらかな妻だ。ミイラのように痩せ衰え、生きている価値はないと決心する前の妻だ。夫を見守り、その言葉に耳を傾け、一緒に考えてくれていると信じている。手と目を持っていたときと変わらずに、皺に触れ、表情を読み取っていると信じている。

愛は偉大だからだ。ピザネッリはそう考える。美しくて意義深く、重要で、生きているかどうかは関係ない。

話したいことがたくさんあるんだ、きみ。きょうは大変な一日だった。パスタを作るあいだ、そこに座って話を聞いておくれ。

ピザネッリは、まさに家に帰ったのだった。


家に帰ろう。

寒さに強風、愚昧《ぐまい》な人々に背を向けて。安全で静かな家に帰ろう。危険のない場所に。家に帰ろう。安心できる場所に。

心が落ち着く唯一の場所だ。人はそこで、幸福というろくでもない幻想を追い求める。


骨身が凍る寒さでも、フランチェスコ・ロマーノはアパートの玄関を入る気になれなかった。風の吹きすさぶ森閑とした道端で鍵を手にたたずむたくましく不機嫌な警官は、現実に対する現代人の不安を表現した彫刻と見紛うばかりだった。

家に帰ろうと、パルマは言った。ごく簡単なことのように。楽しいことのように。

フランチェスコ・ロマーノにとって、家とは妻のジョルジャだ。大学時代からずっと身近にいた女性だ。好きなように仕事をさせてくれた。いつも寄り添って、怒りっぽいロマーノをコントロールしようと努めてくれた。

おれは怒りっぽいのだろうか？　ロマーノは自問した。うん、たぶん。みんなが言うから、そうなのだろう。怒りっぽい、か。だが、自分では陽気で気がやさしいと思っているし、横暴な連中に無理難題を吹っかけられる弱者への同情心も持っている。不正や不公平さが大嫌いだから、警官になった。横暴な行為を目にするたびに、解決したいと強く願う。そんな男が怒りっぽいはずがない。

例の瞬間を除いては。

寒さをものともせずにたたずんでいる男をこらしめたいのか、風が勢いを増した。だが、ロマーノは動かなかった。

例の瞬間——ものの本によると、目の前が怒りで真っ赤になることを、ときに「赤いヴェールで覆われる」と呼ぶらしい。だが、ロマーノの場合は違った。例の瞬間は意識がもっとも鮮明になって、未知であると同時に馴染み深いパワーが皮膚の下に満ち満ちて、太く力強い指先まで行き渡る。内部で何者かが彼を乗っ取って、自制心や常識、信条をじわじわと追い払う。怒りが心と魂を支配する。

マルティナの課題文を読んだとき、娘のベッドに潜り込む忌むべき男を想像して、その怒りが湧き上がった。そいつが手の届くところにいたら、きっと自制できなかったに違いない。

妻のジョルジャとのあいだに子どもはいない。ジョルジャは子どもを強く望み、それに副うべく努力はした。検査の結果、どちらにも問題はなかった。妻にも夫にも、不妊の原因はなかった。医者は肩をすくめて告げた。単に適合性が悪いというケースがあるんですよ。

不適合。一緒に育ってきたのに、そんなことがあり得るのだろうか。三日と離れていたことがないのに。心から愛し合っているのに。

訂正——心から愛し合っていた。

車が一台、通った。車窓から若者がアルコールのまわった声で怒鳴る。家に帰れ、いつまで待っても彼女は来ないぞ！　車内で複数の笑い声、スリップ音。おまえまで、家に帰れと言うのか、バカ野郎！　おれの帰る家はどこにある？

例の瞬間は家庭でも起きる。気分が落ち込み、職場でも面白くないことがある。面と向かって侮辱した悪党の首を絞めて停職処分を食らった。そうしたとき、みんなどうするか見てみたいよ。そうそう、それにゴミ溜めみたいな分署に飛ばされて、押収した薬物を密売した連中と同等に扱われ、嘲笑され、皮肉を言われたときも。

こうしたとき、誰でもいらいらするものだ。神経がささくれ立ち、落ち着けない。ごくふつうの会話であっても、過剰に反応する。

そして、妻に手をあげる。

なんで出ていった、ジョルジャ？　なんでもう一度チャンスをくれない？　なんで理解してくれない？　あれはものすごく傷ついて、つらい時期だった。きみを必要としていることを、なんでわかってくれない？

家に帰ろう、とパルマは言った。だが、ジョルジャのいない家は、家ではない。なかは外よりも寒いに決まっている。まだ開いているバールを探そう。アパートの表玄関を入って階段を上る勇気を出すために、ビールを少なくとも一本は飲まなくては。

バールが見つからなければ、車のなかで夜明かしだ。寝ているあいだに凍死すれば、ジョルジャは理解してくれるだろうか。

家に帰ろう。

家にはふだんと変わらない日常がある。欠点があっても周知のこととして温かく迎えられる。家ではみなに愛されているから。

家に帰ろう。


アラゴーナは受付カウンターの前に立った。

「やあ、ペッピ。今夜はどんな具合だい？」

フロント係は慇懃《いんぎん》に挨拶した。

「お帰りなさいませ。おかげさまで、万事順調です。部屋に軽い食事をお持ちしましょうか」

〈地中海《メディテラネオ》ホテル〉は、厳密には家とは言えないな、とアラゴーナは思った。だけど、一流ホテルで暮らすのは、すごくクールだろ？

「ありがとう。助かるよ。きょうはパニーニひとつ食う暇もなくてさ。街はどんどん物騒になるだろ。おれたちが悪党どもに立ち向かうからこそ――」

フロント係はうなずいた。

「まことにそのとおりで。わたしどもも感謝しております。ただいま厨房に申しつけます。まだ開いていると存じますよ。レセプションがございましたので」

アラゴーナはため息をついて、おもむろにサングラスをはずした。

「ふうん。レセプションか。のんきでいいよな。街は危険がいっぱいなのにさ。きょうなんか、若者ふたりが自分の家で殺されているのが見つかったんだぞ。署のすぐ近所で」

フロント係の目が丸くなった。

「ほんとうに？　で、その捜査を担当していらっしゃる？」

「そういう情報は漏らせないんだよ、ペッピ。極秘なんだ。悪党が家まであとをつけてきて、しっぺ返しに刑事の周辺にいる人間に悪さをするかもしれないだろ。ホテルのレセプション係だって、容赦はしない」

フロント係は眉を曇らせ、シャツの襟に指を差し入れてゆるめた。閑散としたロビーを慎重に見まわす。

「そんなことがあるんですか？　承知しました。もうなにもお尋ねしません」

アラゴーナは親しげに目配せした。

「うん、それがいい。おやすみ、ペッピ」

アラゴーナはエレベーターに乗って、十階の部屋に向かった。

なぜ一流ホテルに住んで贅沢に暮らすのかと同僚に問われたら、説明するのは難しい。そもそも、誰にも明かしていない。朝食付きの部屋代で月給は吹っ飛んでしまうが、故郷の母が父に内緒で送ってくれる小遣いに頼ることができた。申し分のない環境で申し分のないサービスをしてくれるここでの暮らしを手放すのは、容易ではない。

それに、イリーナの存在がある。イリーナはルーフガーデンで朝食の給仕をしてくれる金髪のウェイトレスで、彼女がにっこりしてくれるだけでアラゴーナは一日じゅう幸せな気分でいることができる。美しい音楽のようなその声は、何時間も耳に残るのだった。「なにをお持ちしましょうか？」

するとアラゴーナはサングラスをはずして頭のてっぺんに手をやり、最近とみに大きくなっている禿が隠れていることを確認する。そして、目に熱い感情を込め、彼女が心待ちにしている答えを低い声で伝えるのだった。「濃いダブルエスプレッソをマグカップで。ありがとう」

こうして、疲れを知らぬ悪の討伐者マルコ・アラゴーナ一等巡査は、新たな危険に対峙する用意が整うのだった。

家に帰ろう。

愛してくれる人が待っている。この世はつらく、困難と欺瞞《ぎまん》に満ち、憎悪と苦悩を敷き詰めた道だ。家に帰れば愛とやさしさがある。

家に帰ろう。人生の核となる家族に囲まれて、心が安らぐ。自分をよく知り、理解してくれる人がいる。隠し立てをする必要のない人がいる。

なるたけ音を立てないように玄関を入ったアレックスは、キッチンから漏れてくる光にすぐ気づいた。そっとドアを開けると、パジャマの上にガウンを着た父親が、紅茶のカップを前にして座っていた。

「ただいま、パパ。まだ起きていたの？」

訊くまでもない。すぐに、わかりきった答えが返ってきた。

「おまえがまだ帰らないのに、眠れるわけがないじゃないか。どのみち、慣れている。現役のときに……」

……毎回一セントを……

「毎回一セントを……」

……寝ずの番をする……

「寝ずの番をするたびに、貯めておけば大金持ちになっていた。夕食はすんだのか？」

「ええ、少し前に分署でパニーニを食べた。あのね、きょうは事件が……」

将軍は手を挙げて制止した。

「いや、話す必要はない。任務について何年も沈黙を守ってきたわたしが、おまえの仕事にくちばしを挟むものか。ただ、仕事が……」

……仕事が順調なのか、助けがいるのか……

「……仕事が順調なのか、助けがいるのか、知りたいだけだ」

「仕事は順調よ、パパ。それに、ひとりでやっていけるわ」

将軍は誇らしげな微笑をちらっと浮かべた。

「わかっているとも。おまえは子どものころから、頑固で意思が強かった。わたしは余計な手出しはしないようにしてきた。子どもというものは……」

……好きなようにさせてやったほうが……

「……好きなようにさせてやったほうが、成長が速い。おまえもよくわかっているだろう……」

……パパ、言わないで。もうひと言もしゃべらないで。

「……わたしが全幅の信頼を置いていることを。おまえはわたしを失望させるようなことは、絶対にしない。そうだな？」

この場にいてくれればいいのに、ロザリア・マルトーネ。日焼けした肌、輝く笑顔。熱いキス、わたしを歓喜させる手。娘を失望させるようなことは絶対にしないか、と将軍に訊かれたときのあなたを見たい。

「ええ、パパ」

将軍は満足して立ち上がり、アレックスの頬を撫でて寝室へ向かった。

アレックスはキッチンの電気を消して、声を出さずに泣いた。

そうだ、家に帰ろう。

外にいてもやることはない。世界はついに動くのをやめ、あと数時間はなにも起きないだろう。

いまはもう、家に帰ることができる。

オッタヴィアは署長室のドアを軽くノックした。オフィスに残っているのは、いまやふたりきりだ。

「失礼します、署長。みんな帰りましたよ。コンピューターはデータベースを更新できるよう、電源を入れたままにしておきます」

パルマは書類を記入する手を止めて、顔を上げた。疲労のために目の周囲に深い皺が刻まれているが、ぼさぼさの髪、ネクタイをゆるめた襟元、シャツの袖をまくり上げた姿は少年のようだった。

「ありがとう、オッタヴィア。きょうは重要な情報を山ほど集めてくれて助かったよ。きみがいてくれて、じつに幸運だ」

オッタヴィアは赤くなった。

「そう言っていただけて、ありがたいです。自分の仕事をしただけですよ。分署が閉鎖されたら、ほんとうに残念ですね」

パルマは無言で彼女を見つめた。なんてきれいで女らしいんだろう。温かい気持ちと同時に、探るのが怖い感情がパルマの心に湧き上がった。

「どうしても、くだけた口を利くことができないんだね。そうなるのを待っているのに。きみは朝一番に出勤してきて、夜は最後に帰り、この涙の谷で毎日、顔を合わせている。友だちになるべきだと思わないか？」

オッタヴィアのぬくもりのある豊かな声が、パルマの心を揺さぶった。

「一度に少しずつなら。時間の問題ですよ。ほかのいろいろなことと同じ。そうでしょ？」

パルマは落ち着かない様子で髪をかき上げた。

「うん、そうだな。たしかに時間の問題だ。それに閉鎖の件だが、みんな〝ピッツォファルコーネ署のろくでなし〟の汚名を返上するために最善を尽くしている。万が一閉鎖されても、少なくとも良心に恥じるところはないね」

オッタヴィアは、ふだんにも増して疲れた顔のパルマを心配そうに眺めた。

「きっとうまくいきますよ。みんな立派な警官で、なかにはとびぬけて優秀な人もいる。それに、あの変人のアラゴーナが『〝ろくでなし〟でいるのも悪くない』と言ったとおりかもしれない」

「アラゴーナか……あいつを叩き直すことができればいいんだが。さて、帰った、帰った。ずいぶん遅くなった。こんな夜更けにひとりで歩いて大丈夫か」

オッタヴィアの瞼の裏に家族が浮かんだ。息子のリッカルドは自分の世界に閉じこもって、たったひとつの言葉を際限なく繰り返す。マンマ、マンマ、マンマ。その言葉を彼女めがけて、つぶてのごとくぶつけてくる。オッタヴィアの心を読んだかのように。自分が母親にとって呪われた十字架、望みどおりの女でいることを十四年間妨げた存在であることを知っているかのように。夫のガエターノは、思いやりがあって微笑みを絶やさない。細かいところによく気がついて、オッタヴィアを喜ばせるために手を尽くし、リッカルドの問題を自分の罪のように背負っている。ガエターノは、オッタヴィアが自分をもう愛していないことも、そもそも初めから愛していなかったことも知らない。

家。今夜は帰りたくなかったが、愛犬シドのなにもかも知り尽くしたような目を見たかった。

「ご心配なく、署長。ハンドバッグに銃が入っていて、使い方も知っています。コンピューターと睨めっこばかりしているから締まりがなくなって、警官の心得も忘れたとでも？」

パルマは思わずオッタヴィアのふくよかだが引き締まった体に目を走らせた。

「締まりがなくなったなど、とんでもない。ほんとうだよ」

その少しかすれた声を聞いて、オッタヴィアはびくっとした。さあ、ほんとうに帰らなくては。

「署長も帰ってくださいね。またここで眠ってはだめですよ。二重殺人の捜査でてんやわんやの日がしばらく続くんですから、署長が使い物にならないと困ります。いいですね？」

なんて魅力的な女性だろう、とパルマはうっとりした。

「わかった、わかった。チャオ」

「チャオ」オッタヴィアはくだけた言葉遣いでパルマの度肝を抜いて、帰っていった。

第十九章

これ以上寒くなることはあり得ないという大方の予想を覆して、あくる日はさらに気温が下がった。

テレビのニュース番組では、天気に関する情報がトップに来た。これほどの寒さは記録にないと、専門家は口々に述べた。コメンテーターから一般庶民に至るまでが公共の場、地下鉄、家庭を問わず天気について取り沙汰し、誰もが同じ疑問を口にした。いつまで続くんだろう？

だが、よくよく考えてみれば、口に出すそばから言葉をもぎ取り、息を詰まらせる氷のような北風にさらされることもなく暖かい室内で議論している連中には、あまり影響がないのだ。深刻なのはホームレスや物売り、貧乏人だ。ここ数日で、夜のうちに五人が建物の玄関先や地下道で凍死した。ボランティアが救援を試みてはいるが、芳しい成果は上がっていない。

要するに、この街は寒さに対応するようにできていないんだよ、とロヤコーノはアレックスに語った。こうした寒さを経験していないだろ。窓はきちんと閉まらないし、ドア枠や窓枠も建付けが悪くて断熱性がない。暖房装置があっても壊れているか、ろくに機能しないか。オフィスや駅、バスの発着所といった人の大勢集まる公共施設でさえ、空調設備がない始末だ。暑い気候に慣れているから、ひび割れや隙間があってもほったらかしだ。無数にあるそのひとつひとつから、寒気が遠慮会釈なく入ってくる。

寒さに関するニュースのすぐあと、国内外の政治情勢や世界各地で勃発する内戦を差し置いて、セコンド・エジツィアカ通りの殺人事件が取り上げられた。大都会で無残に殺されたカラブリア出身のふたりの若者の事件は、国内の三面記事ではいまのところもっとも重大かつセンセーショナルと見える。

ロヤコーノとアレックスは午前中、オッタヴィアの力を借りて、被害者の父親とグラツィアの恋人の情報を収集した。

父親の消息は杳《よう》として知れなかった。駅へ向かうバスに乗ったことはたしかなのだが、その後は足取りが途絶えた。おそらく鉄道を使ったのだろうが、切符売り場の係員は誰ひとり、〝ずんぐりした体型、薄くはなったがいまだ黒々した髪、同色の瞳〟という人相風体に合致する客に覚えがなかった。

娘を取り戻しにいくことを旅立つ前に打ち明けた友人は彼の隣人で、引退する前はやはり農場の日雇い労働者だった。官憲を警戒する人々の常で、治安警察官の質問には「うん」か「いや」と答えるのみだった。コジモだけではなく、自分の立場も悪くしたくないと思っているのは明らかで、どうしても必要な場合を除いては沈黙を守った。

恋人のドメニコ・フォーティ、通称ニック・トラッシュについてはかなりの事実が判明した。彼の元教師によると、落ち着きのない子だったが、ほかの子たちと大差はなかったそうだ。十六歳のとき、ポケットに大麻を少々持っているのを見つかったが、二度としないと約束して叱責だけで許された。あとは週末の夜、退屈極まりないロッカプリオーラ村の静寂を何度か乱した程度。父親を早くに亡くし、四人の兄たちは国内各地を渡り歩いて働き、故郷の村には年老いた母と結婚している姉が残っている。このふたりには、週に一度必ず電話をかけている。ギターに情熱を燃やして片時も離さないため、ついたあだ名が〝ギター弾きのニック〟。その後、髪を伸ばしてライオンのたてがみ風のドレッドヘアにした際に、〝大きなかつら《パルッコーネ》〟になった。

現在も同じ髪型の模様。レゲエを好むが、機会があればなんでも喜んで歌う。

ソーシャルネットワークにあった写真の彼はハンサムで、常に憂いを含んだ微笑を浮かべていた。数枚で一緒に写っているグラツィアは、本人が意図していなくてもプロのモデルのように堂に入っていた。

ニックが出勤している時間を見計らって、ふたりは店に到着した。大気は冴え冴えと澄み渡り、太陽が明るく輝いてはいるがぬくもりは激しい寒風に一掃されて微塵も残らない。

夜にはいっそう気温が下がりそうだ、とロヤコーノはマリネッラが心配になった。若い娘の例に漏れず、寒さを軽く見て厚着をしたがらない。電話をかけて、毛糸のマフラーをして学校へ行くように言いたくなった。だが、アレックスに聞かれてしまうし、マリネッラも友人のいる前では電話に出ないだろうと考え直した。

運よく〈イル・マリエンプラッツ〉は夜の開店に向けて準備をしていた。ガラスドアをノックする。だらしのない恰好をした若い娘が、ガムを嚙み嚙みだらだら歩いてきてドアを開け、「準備中だし、昼食はやってないわよ」と告げた。

「食事をしにきたんじゃないのよ」アレックスはぶっきらぼうに答えた。「ピッツォファルコーネ署の者よ。シニョール・ドメニコ・フォーティを捜している」

若い女はいっこうに動じなかった。ふたりを頭のてっぺんから爪先まで眺めまわす。

「誰、それ？　ここには『シニョール』なんかひとりもいないし、ドメニコ・フォーティなんて聞いたこともない」

ロヤコーノは大きく息をついた。

「なあ、外はえらく寒い。そこをどかないと、手をまわして数ヶ月営業停止処分にするぞ」

娘はあとずさりした。店内は消毒液の臭いが立ち込めているものの、はるかに居心地がよかった。若者三人がせっせと掃除をしている。隅にバケツとモップ一本が放り出してあるところを見ると、ガムを噛んでいる女も掃除チームの一員なのだろう。

「さっきも話したように、ここで働いているドメニコ・フォーティを捜しているのよ」

「そんな人、聞いたこともないって、さっき話したじゃん。ほとんどみんな知り合いだけど、全部のシフトとコックやウェイターを合わせると三十人くらいになるんだからね。それに、姓で呼んだりしないもん」

「背が高くて、ドレッドヘア。最近カットしていないなら、ライオンのたてがみみたいな髪」

娘の目に小さな光が灯った。

「なんだ、ニックじゃん。ニコーラじゃなくて、ドメニコって名前だったんだ。あんたたち、ラッキーよ。きょうの掃除のシフトに入っているから、もうすぐ来るはず。彼、なにをやったの？　また彼女を殴ったとか？」

ロヤコーノとアレックスは耳をそばだてた。慎重に進めよう、と警部は判断した。

「うん、まあね。前はいつ殴ったのかな？　正確な日にちを覚えている？」

楽しい出来事を思い出したかのように、娘はにこにこした。

「すごかったんだから！　バシーンと一発。二日前の夜だったかな。週末だった。お客が大勢いて、大忙しだった。そこへ彼女が来たわけ。チョー美人。男はみんな目玉が飛び出しそうになっていた。ああいう大混雑の夜に注目を集められるのは、彼女みたいな美人か原子爆弾だわね」

アレックスが追及する。

「ニックはここにいたのね？　なにをしていたの？」

娘は、バカじゃないの、と言いたげな顔をした。

「決まってるじゃん。給仕してたのよ。息をつく暇もないくらい、走りまわって。そこへ彼女がミニスカートとピンヒールで現れたわけ。女優みたいだった。で、まっすぐニックのところへ行った。誰も彼も立ち上がって、拍手喝采《かっさい》しそうになってた。なのにニックったら、知らん顔してるのよ。あたし、すぐそばで見てたんだ。ニックは彼女をまるきり無視して、仕事を続けてた。変なやつ」

ロヤコーノは、娘の主導で話を続けてもらうことにした。

「それで、どうなったんだね」

「彼女がニックの腕をつかんで引っ張ったもんだから、グラスが何個か盆から落ちちゃってさ。そしたらニックが平手打ちを食らわせたの。バシーン！　二メートル離れたところでも聞こえたわよ。シフトが終わるころにはみんな耳が聞こえなくなるくらい、音楽がガンガン鳴ってるんだけどね。彼女は頬を押さえて、叫んだ。『最低のクソ野郎！』はっきり聞こえたわよ。もちろん、みんなそっぽを向いて、なにもなかったような顔してたけど」

「それから?」

「ニックは盆を置いて、全然慌てないで、タチアナ、ちょっとここを頼む、ってあたしに言った。そして彼女を引きずって出ていった。なんか、テレビのメロドラマみたいだったな」

「それでどうなったの?」

タチアナは相変わらずピンクのガムをくちゃくちゃ嚙みながら、肩をすくめた。

「あたしにわかるわけないじゃん。ニックは十五分くらいして、むっつりして戻ってきてまた仕事を始めた。彼女のほうはそれきり見てないわ」

「ニックになにも訊かなかったの? 彼女の名前とか……」

「それ冗談? 人のことにいちいち首を突っ込んでたら、こういう店では長続きしないし、あたしにはここの仕事が必要なんだ。わかる? あ、来た、来た。ニック、この人たちあんたに用があるんだって」

第二十章

〈イル・マリエンプラッツ〉の入口に、長身のドレッドヘアの青年が立った。踵《きびす》を返したそうに、躊躇した。だが、ロヤコーノの視線をとらえて、まっすぐ向かってきた。

「誰だい、あんたたち」

ロヤコーノとアレックスは、おしゃべりなタチアナを振り向いた。他人のことには首を突っ込まない主義だと宣言したくせに、モップとバケツを手にする素振りはいっこうにない。いろいろ話してやったのだから、聴取を見物する権利があると思っているのだろう。

「ドメニコ・フォーティだね？」ロヤコーノは言った。「ピッツォファルコーネ署のロヤコーノとディ・ナルドだ。話がある。外に出ようか？」

なんの用だろう、と青年は訝しげにふたりの刑事を見比べた。しまいに頭をひとつ振り、見るからにがっかりして掃除に戻るタチアナを残して外に出た。

店の正面にある小さなバールに入る。全員が腰を下ろすと、ロヤコーノはコーヒーを二つ注文した。ニックは首を横に振って、飲み物を断った。

ロヤコーノは青年を観察しながら探りを入れた。

「われわれがなんで来たのか、わかるかね？」

「いや、まったく」

とぼけているのだろうか？　事件とは関わりがなく、また報道や巷《ちまた》の噂話に触れる機会がなかったためになにも知らないということはあるだろうか？

「セコンド・エジツィアカ通りに住んでいるグラツィア・ヴァリッキオと接触があったと理解しているが、間違いないかね？」

「接触？　どういう意味だよ。彼女はおれの恋人だ。なんで？」

「最近、喧嘩をしたそうね？」アレックスが質問した。

「ああ、あれね。タチアナが大喜びでべらべらしゃべったんだろ？　意見の相違があっただけさ。ちょっと熱くなったのは事実だ。だけど、単なる意見の相違だよ。いったいなんだってそんなことで――」

ロヤコーノはニックをさえぎった。

「彼女と最後に会ったのは？」

「ええと……彼女が夜に店へ来たときだから……土曜だ。あのさ、喧嘩をしたときはしばらく放っておくほうがいいんだ。待ってれば向こうから電話をしてくるから――」

「では、喧嘩したあと話をしていないの？　会いにいかなかった？　あるいは――」

ニックは椅子を蹴って立ち上がった。

「いったい、何なんだよ？　なにがいけない？　おれに殴られたって、彼女が泣きついてきたのか？　言っとくけどさ、店の外に出たあと、あいつはおれをぶん殴って引っかいたんだぞ。ほら」右腕の引っかき傷を見せる。

ロヤコーノは立ち上がって、ニックの肩に手を置いて座らせた。

「残念だが、悪い知らせがある。きのうの午前中、グラツィアと彼女の兄さんがアパートメントで、遺体で発見された。ふたりとも亡くなったんだ」

ニックの表情はすぐには変わらなかった。と、あきれたとばかりに、唇の隅に微笑らしきものを浮かべた。冗談だろ、突飛ないたずらだろ。

口をぱくぱくさせたが、言葉は出てこない。アレックスに目で助けを乞うた。悪い冗談はやめろとそいつに言ってくれよ、嘘なんだろ。そうか、あんたたちグラツィアの友だちだな。それとも兄貴の友だち？　グラツィアがどこからかひょっこり現れてこう言うんだろ？　ねえ、あたしが永久にいなくなったら、どんな気がするかわかった？

永久にいなくなったら。

ロヤコーノとアレックスは沈黙を守った。誰かの死亡を告げるのは、警官がもっとも嫌う仕事のひとつだ。ドメニコ・フォーティがこの瞬間を思い出すとき、瞼の裏に必ず浮かぶのはふたりの顔だ。

これが演技でないならば。

セコンド・エジツィアカ通りでふたりの若者の命を奪ったのが、彼でないならば。

思考が麻痺したかのようにいまだに示したままの右腕の傷が、必死に抵抗する被害者によってつけられたものでないならば。

ニックの下唇が震え始めると同時に、テーブルに置いた手もそれに従った。

「なにが……どうして？　亡くなったって、どういうことだよ。事故か？　ボイラーかヒーターが……寒いから……グラツィアは寒がりなんだ。いつも寒がっていた。亡くなったって、どんなふうに？」

ロヤコーノは深いため息をついた。ニックの悲しみは本物で、演技とは考えられなかった。

「いや、事故ではない。詳しい説明は差し控えるが、警察は他殺として扱っている。二重殺人だ」

ニックは眉をきつく寄せた。

「父親だ。あのクソ親父だよ。あいつと話した？」

「まだ行方がつかめなくてね」

「グラツィアは……怖がっていた。親父が連れ戻しにくるんじゃないかって。彼女に電話をしてきて、脅したんだよ。親父は……親父のことは知ってるだろ？　人を殺して刑務所に入っていたって」

「あなたはおとといときのうの夜、どこにいたの？」

アレックスはおだやかな口調で質問を挟んだのだが、ニックに与えた衝撃は大きかった。思いもよらなかったのだろう。目を見張って胸に手を当てる。

「どこにいたか？　まさかあんたたち……あれは単なる恋人どうしの喧嘩さ。これまで何千回もやっている。グラツィアはおれのただひとりの女だった。愛していたんだ。彼女を傷つけたりするもんか」

落ち着かせたほうがよかろう、とロヤコーノは判断した。ニックが無実であるにしろ、犯人であるにしろ、いま圧力をかけるべきではない。

「捜査の一環で、他意はないんだ。きみは事件の二日前に彼女と喧嘩をしているところを目撃されているのだし、こちらにはあらゆる可能性を精査する義務がある。きみ、またはほかの誰かを疑っているわけではない。捜査は始まったばかりだからね。だが、事件前後の状況を正確に知る必要があるんだ。早く解決したほうがきみのためにもなると思うが」

ニックはぼうっとして、悪夢から覚めるのを待つかのように刑事たちを見つめていたが、ふとため息をついた。

「家で寝てた。仕事か演奏のとき以外は、いつもそうだ。ギターを弾きながら歌い、たまにそれで金を稼げるときもある。そのためにこの街に来たんだ。誰かに気づいてもらうために。そして、グラツィアはおれを追ってきた。ああ、どうしよう」

こうした心理過程は、ロヤコーノとアレックスのよく知るところだ。ひとつひとつの出来事を徐々に結びつけて現実を理解し、罪悪感に苛まれているのだ。ろくでもない音楽のためにこの街に来なければ、グラツィアはいまも生きていた……

むろん、演技の一部でなければの話だが。

「家はどこだね？　誰か証明してくれる人は……」

「そんな人はいないよ。スペイン地区のスペランツェラ通り一八。半地下にあるひと部屋だけのアパートメントに住んでいる。夜中に帰ることが多いから、独立した入口があって、なるたけ家賃の安い部屋を探した。鼠だって怖気をふるいそうな汚いとこだけど、そんなことは気にならない。おとといは十時くらいに帰って、朝遅くまで寝ていた。店の定休日で仕事に行く必要がなかったから」

つまりアリバイはない。証明してくれる人もいない。ロヤコーノは話題を変えた。

「グラツィアの兄さんとはどんな関係だった？　親しかった？」

ニックはショックが大きすぎて、なかなか現実に立ち戻れないようだった。

「誰？　あ、ビアージョか。村で知っていた。あそこではみんな知り合いなんだ。だけどおれがグラツィアと……付き合い始めたころは、もう村にいなかった。何度か顔を合わせたり、挨拶をしたりはしたけど、無口でとっつきにくくてさ。おれのことを嫌っていた。銀行員とか大学の教授なら、よかったんだろ。けど、グラツィアはおれに夢中だった」

ぽろぽろと涙をこぼして、苦しげにうめいたので、ロヤコーノは嘔吐するかと案じた。肩を震わせ、目に涙をいっぱい溜めて幾度も顔をゆがめた。

すすり泣きで声を途切らせながら話す。

「ちょっと前の夜、あいつのところで三人一緒に過ごしたんだ。飯を食ってさ、楽しかった。ビアージョはおれの計画を訊いてきた。で、本気でレコードを作りたいなら、資金を援助するって言った。おれとビアージョは全然違うけど、ふたりともグラツィアを愛してるから、友だちになれたかもしれない。なのにいまは……ビアージョまで……なんでこんなことに……どうしよう。なあ、おれはどうすればいい？」

アレックスとロヤコーノは顔を見合わせた。

ふたりとも答えを持ち合わせていなかった。

第二十一章

　銀行の正面に停めた車のなかに、むさくるしい男がふたり。これじゃあまるで、七〇年代のアメリカ映画の駄作に出てくる銀行強盗じゃないか。もっとも映画なら寒くないけど。

ロマーノは心のなかでつぶやいているつもりだったのだが、いつの間にか口に出していたらしい。アラゴーナのぶっきらぼうな声が耳に入って、はたと気づいた。

「なんでみんな、七〇年代から八〇年代のアメリカ映画をけなすんだろうな。黄金期じゃないか。大勢の名優がかっこいい警官の役をやってさ。〝ピッツォファルコーネ署のろくでなし〟もどきの薬物取引をする悪徳警官ばかり出てくる最近の映画とは大違いだ。当時の治安を守る立場の人たちは英雄的で――」

　ロマーノは途中でさえぎった。

「アラゴーナ、こういうの知ってるか？　もっとひどい目に遭ったかもしれない、少なくとも雨は降っていない、とひとりが言ったとたんに、ザーッと降ってくるってやつ（映画『ヤング・フランケンシュタイン』の一シーン）。いまがまさにそれだ。もっとひどい目に遭ったかもしれない、少なくともアラゴーナは口を閉じている、とおれは思っていたんだよな。そしたら、おまえがしゃべり出した。たいした当てもないのにボケっと待っているだけでうんざりなのに、映画史なんか講釈されちや、たまったもんじゃない」

「正確を期したんだよ。知識を増やしてやったのさ。警官だから無知でいいってことにはならない。それに、父親を実際にこの目で見てから今後の方針を考えようって、ふたりで決めたじゃないか」

「変態を見抜く方法でもあるのか？　目が特殊な色をしているのか？　それとも舞台衣装を着ているとか？」

アラゴーナは顔をしかめた。

「まさか。だけど、表情からなにも読み取れないなら、捜査を進めても無駄だろ。このあともう一度母親と会えば、さっきよりいくらか打ち解けるかもしれないし、それもだめなら学校へ行って怪しい点はなかったと報告すればいい。学校側があくまでも告発をするなら、署長の言葉に従って家庭裁判所に介入してもらう。そうすれば、こっちも肩の荷が降りる。だろ？」

ロマーノは銀行の入口に視線を据えていた。無精ひげがうっすらと生え、徹夜したような顔をしている。

「母親がな……どうも、様子がおかしい。後ろめたいというか。とんでもない、疑うなんて許せない、と怒るならわかる。びっくり仰天すれば、それも理解できる。だけどあれは、なにか……なにか別のことを知っている気がした。それがなにかは、説明できないが」

アラゴーナは同僚の言葉がまったく理解できなかった。

「あの子の書いた作文を読んだ以上、家でなにが起きているのか探り出さないとおれの気がすまない。そのためには親父をじかに見てみなくちゃ。あ、来た、来た」

支店は規模が小さく、行員は――人員削減策はあらゆる方面に影響を及ぼしていた――わずか四人。身なりのよい初老の男が支店長だろう。ほかに女性ふたりと、マルティナの父であるパリーゼ。昼休みに話を聞くことは、あらかじめ決めておいた。支店は顧客が少なく、なかに入ればどうしても目立ってしまうからだ。

こちらに来る前に、オッタヴィアに頼んでインターネットで情報を集めてもらった。状況が明らかではないという理由で、このことは誰にも、とくにパルマには話さないよう口止めしてある。

年少者の虐待にとりわけ敏感なオッタヴィアは、一も二もなく同意した。一時間ほどネットで調べると、ふたりに向かってうなずいた。

「ねえ、コーヒーをご馳走してくれる？　本物はどんな味がするものか、たまには思い出したい。グイーダがあのおんぼろマシンで淹れる代物は、日増しにまずくなっていくんだもの」

バールに落ち着くと、オッタヴィアはプリントアウトした紙を何枚か取り出した。

「さてと、名前はセルジョ。惨めさを絵に描いたような人物なの。フェイスブックに登録されている友だちは二十一人。参考までに教えておくと、この数字はゼロに等しい。そのわずかなうちのほとんどが学生時代の知り合いで、面白くもない昔話にほんのひと言か二言で返事をしている。目立たない男で、趣味は写真。ちなみに、腕前は凡庸。娘と妻ばかり撮っているわ。ふたりともとてもきれいで、とくに奥さんは平均よりかなり上ね」

アラゴーナはため息をついた。

「うん、魅力たっぷりだった。なんであんな男と結婚したのかな」

オッタヴィアは別のプリントアウトを出した。

「いろいろな情報にあれやこれや足して解釈したところ、ふたりが一緒になったとき、奥さんはまだ少女と言っていいくらい若くて、おまけに妊娠していた。夫が学生時代の友人と旧交を温めようとした投稿に、赤ん坊の具合が悪くてセミナーに参加できなかった思い出が書いてあった。そのとき彼は二十四歳で、すでに留年していて、結局卒業はできなかった。いまは、三十六歳」

「なるほどね」と、アラゴーナ。「選択によっては、一生が決まってしまうってことだな」

「ほかには？」と、訊いたのはロマーノだ。「たとえばポルノ写真やマニアックな文章とか……」

「ないわ。写真はごくごく平凡なものばかり。妻と娘が自転車に乗っているところ、山や海に行ったとき……あまり笑顔を見せない子よ。だからといって、とくに意味はないけどね」

「で、父親は？　どんな外見だい？」

「さっきも話したように、目立たないの。中肉中背、こめかみが薄くなっていて、質素な身なり。平凡そのもので、どこにでもいる感じだわ。ほら、これ」

オッタヴィアはもう一枚、プリントアウトを見せたのだった。

そしていま、セルジョ・パリーゼは流行遅れのオーバーに身を包み、乏しくなった髪を寒風になびかせて、すぐ近くのデリカテッセンに向かっている。ロマーノとアラゴーナは車を降りてあとに続いた。

店内には小さな人だかりができていたが、パリーゼは前もって頼んであったらしく、黄色の紙に包まれたバゲットサンドを受け取って代金を払い、道を挟んだバールに入った。小さなテーブルについてミネラルウォーターを注文し、慎重に包み紙を剝がしてモルタデッラを挟んだバゲットにかぶりつく。

カウンターでその様子を観察しながらロマーノは思った。うんざりするくらい、平凡な男だな。三十六歳。チャンスをつかんで人生やキャリアを築き直すには遅い。かといって、未来への希望を捨ててひたすら終わりが来るのを待つには、早い。だったら、おまえ自身はどうなんだ、人生になにを期待している、と心の声が小癪にも問いかけてきた。それを無理やり黙らせて、平凡な男に再び注意を向けた。

いたってありふれた恰好をしている。あか抜けない茶系のジャケット、皺の目立つスポーツシャツ、染みのついた派手なネクタイ。名もないメーカーのジーンズにてらてら光るゴム底の革靴。あの美人の妻は、土曜日にこんな男と腕を組んで歩いて恥ずかしくないのだろうか。

いっぽう、あくまでも我が道を行くアラゴーナは、おしゃべりをしながらケーキを楽しんでいる少女ふたりに気を取られていた。おそらく高校生だろう、十八歳にはなっていないようだ。ふたりとも愛らしい顔立ちで、タトゥーを施した腹をローライズ・パンツから覗かせ、プッシュアップ・ブラで胸の谷間を強調していた。近くのテーブルで、イヤフォンで音楽を聴きながている。

ら本を読んでいるハンサムな青年の注意を引きたいらしく、ちらちら目をやっては声高に笑っている。

アラゴーナを小突いてやろう。ここへ来たのは、若い女の子を眺めるためじゃない。その矢先、アラゴーナは陳列棚のビスコッティをひと袋取って、パリーゼのテーブルに行った。

「すみません。ここに座ってもいいかな?」

一メートル離れて立っているロマーノも、パリーゼもびっくりした。パリーゼはバゲットを口に運ぶ途中で手を止めて、図々しい男に別の席を示そうとしたが、どこにも空席がなかった。

「ああ、どうぞ」と、口をいっぱいにしたまま言う。

アラゴーナはさっさと腰を下ろした。

「こんなに寒いと、どこのバールでも席を探すのがひと苦労だね。これを食ったら、すぐ帰る。三十分後に仕事に戻らなくてはならないんだ」

「わたしも三十分かそこらしか、ここにいられない。すぐそこの銀行に勤めている。オフィスで食べてもいいんだが、一日じゅうこもっているとくさくさして」

アラゴーナは、深々とうなずいた。

「まったく、そのとおり。目の前には同僚の不細工な顔しかないんだからさ。なかには、にこりともしないやつもいて、耐えられないよ」

コーヒーをちびちび飲みながら会話を聞いていたロマーノは、機会があり次第アラゴーナのケツを蹴ってやろうと、固く誓った。それでも、心の隅で面白がっている自分がいた。

「同僚はどうってことないんだ」パリーゼは答えた。「全部で四人しかいない。ただ、職場にいると気が滅入ってきてね。誰だって、家に帰るのが待ちきれないんじゃないか」

「ふうん。おれはこの近所ではないけど、法律事務所で働いていて、いまは客先からの帰りなんだ。ひとり暮らしだから、家に帰りたいと思ったことはないな。あんたは？　結婚しているのかい？　子どもは？」

　絶好のタイミングでの質問だ。これなら疑われる心配はない。会話を思いどおりの方向に持っていくアラゴーナの才を、認めないわけにはいかなかった。

「ひとり。十二歳半の娘がいる。あっという間に大きくなって、信じられないよ。いつまでも小さな子どものつもりでいたのに。妻も働いていて、夜は疲れてぐったりしている。でも、だいじな家族であることに変わりはない。わかるだろ？」

　アラゴーナはくすっと笑った。

「正直なところ、わからない。でも想像はつく。おれは気ままな独身生活が好きだな。毎日、違う女を家に連れ帰るほうがよっぽどいいと思わないか？」

　男どうしの性に関する内緒話というわけだ。アラゴーナはどこに話を持っていきたいのだろう、とロマーノは訝った。おまけに、ときどき女子高生に視線を走らせて、まだいることをたしかめている。

「とんでもない。そんな生活には魅力を感じないね。わたしには家族がすべてでさ。ただ、妻が夜遅くまで残業しなくてすめばいいとは思うよ。自分で夕食を作らなければならないときがあるんだ。家に帰って誰もいないと、寂しくてやりきれないよ。妻も気の毒だし」

「おれはこのままがいいな。気まぐれを起こすかして、家族を持ちたいと思うかもしれないけど。でも、娘さんがいるって言わなかったっけ？　奥さんが仕事でも、娘さんは家にいるんだろう？」

ロマーノは息を詰めた。踏み込みすぎだ。男は反発するだろう。家に誰がいようと、あんたに関係ない、と。だが、パリーゼは会話を楽しむ機会に恵まれないらしく、餌に食いついた。

「まあね。でも、たいがい妻が仕事に連れていくんだ。妻は……わたしもだが、娘をひとりで家に置いておきたくなくて。最近は妙なご時世になって、自分の家でも安全とは限らないじゃないか」

アラゴーナはビスコッティをかじるふりをして、ぶつくさつぶやいた。

パリーゼは話を続けた。

「だから、わたしはたいがいひとりなんだよ。妻は高級な婦人用ブティックで働いていて、店主の信頼が厚い。会計まで任されている。だから、閉店時刻を過ぎても帰れないときがある。そんなに働かないですめばいいんだが、いい給料をもらっていて、ときにはわたしより多いくらいだ。子どもがいるとお金がかかるからね。どこかで犠牲を払わないわけにはいかない」

「なるほどね。で、娘さんはどんな子？　まだ学生？」

ロマーノは、パリーゼの声に胡散臭げな響きを聞きつけた。

「当たり前じゃないか。十二歳半なんだから。あの子は大学へ行って、わたしとは違って、学位を取る。先生たちのお気に入りの優等生さ。わたしはあいにく仕事に縛られて面談には行けないが、妻は行くたびにほめ言葉をたくさんもらってくる。頭がいいんだよ。美人で優秀なんだ」

父親としての誇りのほかに、なにか混じっているだろうか？　美人。幼い娘に対して使う言葉だろうか。

アラゴーナは最後の札を切った。女子高生たちは地元のラジオ局の流す音楽に合わせて頭を振っていた。アラゴーナは、そのひとりの尻をまじまじと見つめた。イヤフォンの青年は、一度も本から顔を上げることはなかった。

「ぴちぴちした若い娘は、おとなの女とは違ったよさがあるね。ほら、あそこのふたり。うっとりしてしまうよ。あの尻ときたら、言葉では言い表せない」

パリーゼはアラゴーナの視線を追って、その先にいるふたりを認めると、赤面して顔を背けた。

「あの子たちは十六歳にもなっていないじゃないか」かすれた声で言う。「そんな目つきで見るな」

アラゴーナはさも驚いたふうを装った。

「そんなことないって。少なくとも十八にはなっている。それに、あの服装を見ただろ。ふたりとも本物の男に誘われるのを待っているんだ」

パリーゼはやぶから棒に立ち上がってバゲットの包み紙とパン屑をかき集めた。

「そんな目つきで見るな」険しい声で言った。「わたしにも娘がいるんだ。そんな目つきで見るもんじゃない」そして、足早に立ち去った。

第二十二章

ジョルジョ・ピザネッリは息を切らして、予定より数分遅れて国立図書館の前にある公園に到着した。約束をしたわけではないが、ここのところ数回、わずかな差で行き違いになっていたので、きょうは会っておきたかった。

二重殺人事件発生によって分署は上を下への大騒ぎとなり、また世間の注目も集まって全員が浮足立っていた。県警本部は状況を逐一報告することを求め、現在のところ捜査はまったく進捗していないものの、パルマは本部との連絡にかかりきりだ。ピザネッリとオッタヴィアは現場担当の同僚たちの要請に応じて、あちらこちらから情報を探り出す役を負っている。オッタヴィア自身はいつもと変わらず冷静だが、コンピューターを酷使するだけではなく山ほど電話をかける必要に駆られ、ピザネッリの手助けを求めてきた。たとえば先ほどは、ビアージョ・ヴァリッキオに現在は交流がなくても過去に親しかった人物はいないかと大学に問い合わせたが、研究室の仲間のほかは付き合いがなかったとの返事だった。

ピザネッリは公園の小径を抜けて、周囲を見まわした。この寒さだ、色とりどりの服を着た幼児たちのいつものにぎわいはない。ふだんは木々の下で母親やベビーシッターがおしゃべりをしている噴水の周囲はひっそりとして、二匹の猫が草むらのわずかな日だまりを取り合っていた。

ピザネッリは呼吸を整えた。草や水面がうっすらと霜に覆われて、北欧のような雰囲気を醸し出している。クリスマスまであとひと月ほどあるが、サンタのそりが空を横切っていっても不思議はないくらいだ。

そのとき、老いた警官は動くものを目の端でとらえた。日陰のベンチに女が座って、ゆっくりと機械的に袋に手を突っ込んではなにかを取り出してばらまき、二羽の小鳥がせっせとついばんでいる。

彼女だ。

彼女と知り合ったのは先週、晩秋のおだやかな気候がシベリア並みの極寒に急変する前だった。その日は潮の香を含んだ甘い大気と陽射しがあまりに心地よく、ピザネッリは家に帰るのも、職場に遅くまで残っているのも気が進まなかった。そこで、国立図書館の前にある王《パラッツォ・》宮《レアーレ》の小さな公園に足を向けた。そこが大のお気に入りなのだ。遊んでいる子どもたち、おしゃべりに忙しい母親たち、イヤフォンをして草の上に寝そべり、読書をしている学生たちを見るのが楽しかった。その家庭的な風景は、幸福であることを意識しないで生きていた時代を思い出させた。

幸福とは、あとになってわかるものだ。先のこと――あしたは、来週は、来月はどうなるだろう、と先のことばかり考えている人間に課された代償とも言える。「心に留めておくべきだよ」と、唯一の友であるサンティッシマ・アヌンツィアータ教会のフランチェスコ派修道士、レオナルド神父に語ったことがある――幸せは過去にしかない。記憶のなかからある日の朝、またはパーティーや昼食、わたしの場合だったらこの世を去った愛しい人とのひととき、人によっては失われた青春の日々がよみがえるときにしかない。そのとき、激しい悔恨も湧き上がる。だって、過去のそのひととき、幸せを実感していただろうか？　違うね。家のローンや休暇、あるいは新しい靴のことを考えていた。何年か経って、その日をしみじみと懐かしむとは夢にも思わずに。

そうしたことをつらつら考えながら遅い午後の陽と芳香に包まれて歩いていたとき、鳥にパン屑をやっている彼女に気づいたのだった。その目は虚ろで、闇と沈黙のなかに落ち込み、未来を見ていなかった。胸がどきっとした。

自ら命を絶ったとみなされている特定の人々に執着し、それに関する記事や証言、現場の写真を丹念に集めている理由を、ピザネッリはうまく説明できない。その人たちの性格から逸脱した行為だと考える根拠をどう説明すればよいか、わからないのだ。

愛する妻カルメンは、呪わしい病が引き起こす激痛に耐えることができなかった。降参して、逃亡することを選んだ。死を選んだ。

だが、死にたいと思うことと、もう生きていたくないと思うことは同じではない。

苦悩から逃れた、あるいは朝起きたら常に目の前に立ちはだかっている障壁をよじ登る気力がなくなっていた、といった例は理解できる。

しかし、気力の減退や虚しさ、周囲の物や人に対する興味の薄れ、親しい人の死、物理的苦痛を伴わない孤独感などは、死を選ぶほど強い動機にはならない。ピザネッリの集めた参考資料の〝自殺者〟たちの目や顔はどれも疲れているだけで、一日か一ヶ月、もしくは十年後に、再び人生を歩んでいく動機を見つけることができそうに見えた。

たとえば、ピザネッリ自身も。年老い、病に冒され、愛する妻を失ったが――ロレンツォというひとり息子がいるもののすでに成人し、遠くの地で暮らして自身の生活に専念していて父親を必要とせず、毎週土曜日にお義理で電話をしてくる――それでも、死にたいとは思わない。生きていて仕事に励み、自分を神の代理人だと勘違いして人々を殺す犯人を捜し出したかった。

親友のレオナルドにだけは、じっくり説明して断言した。使命があると、生きていく気力が湧く。きみの使命は魂を救うこと、わたしの使命は魂を肉体から切り離す殺し屋をとらえることだ。それに対して、神父は懇々と説いた。そんな殺し屋は実在しない。苦悩が、生きる気力に勝《まさ》っただけのことだ。だが、ピザネッリは信じなかった。〝自殺者〟の周辺を探って殺し屋との接点を見つける努力を続けた。

これまではおざなりな調書を精読して犯行を再構築しようと試みてきたが、最近は殺し屋の先手を打つための調査に重点を置いたほうが成功する確率が高いと考えて方針を転換した。

不審な〝自殺〟は管内に集中しているので、ピザネッリはこつこつと聞き込みをして、殺し屋の次の餌食になりそうな失意の人々の発見に努めている。向精神薬を服用している、親しい人を最近亡くした、病気になった、破産したなど、要するに負のスパイラルに陥った人々がその対象である。

まだ、手ごたえはないが、方針は間違っていないと自負している。

アンニェーゼ——きょう会おうとしている女だ——は、気温が三十度近く高かった先週もきょうと同じ恰好をしていた。襟元まできっちり合わせた薄手のコート、その下から長いスカートと分厚い黒のタイツがはみ出していた。長く垂れた髪が無表情な顔をほぼ隠している。三十歳から六十歳のあいだのどの年齢であってもおかしくないが、おそらく四十を少し出たところだろう。かつては美しかったのかもしれない濃い茶色の目は虚ろに見開かれ、余人には見えないパノラマに据えられていた。

そこへ口ひげを生やした男が来て、パン屑が鼠や害虫を引き寄せると苦言を呈した。厳しい口調に怯えて声を出すこともできない彼女が気の毒になって、ピザネッリは身分を明かして、自分に任せてくれと男をなだめた。そして、すさまじい形相で睨んでいる男をよそに、彼女の隣に腰を下ろしておだやかに話しかけたのだった。少しすると、アンニェーゼはぽつぽつと受け答えをするようになり、やがてしっかりした口調で話し始めた。

以前は結婚していたの。でも、流産がきっかけで夫とのあいだに溝ができてしまって。夫が家を出て間もなく、母が急病で亡くなったの。小さな家を賃貸しして、その家賃で暮らしていくことはできるけれど、身寄りも仕事もなく、友人もいないわ。

ピザネッリは話を聞くうちに、二度と浮かび上がることのできない暗く深い沼に引きずり込まれるような気がしてきた。とはいえ、孤独な深い闇で瞬《また》くかすかな光、生きていこうとする闇雲な決意を感じ取った。

あたしはよく夢を見るのよ。朝方まどろんでいるときに、生まれてこなかった息子に会うの。そのために生きているようなものだわ。夢のなかではいつも小学校に初めて行く日なの。スモックを着た息子が何度もこちらを振り返ってマンマと呼ぶの。

そう打ち明けたのは三回目に会ったときだった。アンニェーゼはいつものベンチに座って、あたりに人がいないことをたしかめてから話した。頭がおかしくなったと思われて施設に入れられたくないのよ。そうなったら、息子が——ライモンドと名づけたのよ——会いにこられなくなっちゃうでしょ。

息子がこの世にいないことは、承知よ。だけど、天使を見たことがある人もいないでしょ。空想のなかにささやかな幸せを見出しても、いいじゃない。

幸せは過去にしかない、とピザネッリは頭のなかで繰り返した。記憶や後悔のなかにしかない。アンニェーゼが心を開いてくれたことがうれしかった。最後の決定的な難船を食い止める綱となれたことがうれしかった。アンニェーゼのような境遇にあっても死を望んでいないと確信することができて、心が休まった。アンニェーゼもピザネッリも、一度壊れたとはいえ、人生を続けていく意欲を持っている。

ピザネッリはきょうもアンニェーゼの隣に座った。凍りついた鉄製ベンチの冷たさがズボンを通して骨の髄まで伝わってくる。体温を逃すまいと、オーバーをしっかり体に巻きつけた。

「やあ、アンニェーゼ。ここにずっといたら、冷えきってしまうよ。どこかで寒さを避けたらどうだね」

アンニェーゼは目の前のなにもない空間からゆっくり視線を離した。青白い顔をしているが、震えてはいない。焦点の合わない目をピザネッリに据えていたが、次第に物思いから覚めたのか、ゆっくり笑みを浮かべた。

笑うと少なくとも十歳は若返って見え、それが実際の年齢なのかもしれない。

「チャオ、ジョルジョ。待っていたのよ。あそこの雀が見える？　新しい雀よ。きのうはいなかった」

ピザネッリにはどっちの雀も同じに見えたが、うなずいた。

「ああ、ほんとうだ。よく気がついたね、アンニェーゼ。たしかに新しい雀だ。うれしいかい？」

アンニェーゼは声を潜めた。

「あのね、ライモンドはあたしを見たいんじゃないかと思ったの。夢のなかであたしはライモンドを見ることができるけれど、ライモンドは果たしてあたしが見えているのかしら。きっと雀になって会いにいきたいと、お願いしたのよ。そうでなければ、こんな寒いときに新しい雀が来るはずがないわ」

「なるほど。そうかもしれない。たいした洞察力だ。ところで、きょうは誰かに会ったかね？ 男にしろ、女にしろ、話しかけてきた人はいた？ そういうことがあったら教えてくれると約束しただろう？」

アンニェーゼは再び虚ろな表情を浮かべて、首をわずかに傾げた。

ピザネッリがアンニェーゼの紙袋からパン屑をつかみ取って投げてやると、新しい雀はつんとついばんだ。

アンニェーゼは微笑んだ。ピザネッリも。

第二十三章

グイーダはまだ暖房機の温度設定を直すことができないでいた。そこで、ロヤコーノとアレックスは分署に戻って三十分と経たないうちに、外の北極気候が懐かしくさえなってきた。

「こんな温度の急変を何度も繰り返していたら、絶対に心臓がおかしくなる」ロヤコーノはぼやいた。「もう、動悸がしてきた。それにしても、みんなどこに行ったんだ？」

オッタヴィアは家から持ってきた薄手のブラウスに着替えていた。

「アラゴーナとロマーノは、例の女生徒の件を調べにいったわ。副署長はなんだか約束があるんですって。ここ数日、昼休みはどこかへ行ってしまうのよ。署長は気の毒に、また本部に呼び出されて、広報と打ち合わせ。進展はあった？」

アレックスは、被害者の恋人フォーティの聴取について語り、感想をつけ加えた。

「正直に話していない気がしたわ。少なくとも、一部は。たとえば、グラツィアとの喧嘩については口を濁していた。話していいものかどうか、迷っていたみたい。警部はどうです？」

「うん、同感だ。でも、大きなショックを受けていたのは間違いない。少し落ち着くまで待って、もう一度聴取しよう」

オッタヴィアはにんまりした。

「喧嘩の原因を当ててみせましょうか？ ここから一歩も動かないで見当がついたわ」

ロヤコーノとアレックスは顔を見合わせた。

「どういうこと？」アレックスが訊く。

オッタヴィアはコンピューターを示した。

「これは情報の宝庫なのよ。今朝、手が空いたときに事件の関係者のプロフィールを読んだり、若者全般のネットワークを覗いてみたりしたの。グラツィア・ヴァリッキオが二ヶ月ほど前からモデル事務所を通して、ショウや写真の仕事をしていたことを知っている？」

ロヤコーノは首を横に振った。

「いや、まったく知らなかった。なんという事務所？」

「チャールズ・エレガンス。所在はチェントロ・ディレツィオナーレ・オフィスパークのＴブロック、三号棟。社長はカルロ・カヴァ。ここのサイトをじっくり読んだのよ。スポーツウェア、地元デザイナーのコレクション、水着にランジェリーなど、ファッション産業と深く結びついた仕事をしているわ」
アレックスは目を丸くした。

「どうやってわかったの？」

「簡単よ。事務所のホームページに、撮影の様子をアルバムにして載せてあって、各モデルがイニシャルで示されていた。そこで、二文字記入してちょこちょこ検索したら、ほら！」

コンピューターの画面をふたりに向けて、水着を着てポーズを取っている若い女性たちの写真を見せた。グラツィアはそのなかでとびぬけて美しく、オーラを放っていた。

「詳しく調べたほうがよさそうよ」オッタヴィアは続けて言った。「どんなタイプのショウに出ていたのか、事務所との関係はどうだったのか、とか。事務所の電話番号と住所はここに書いてあるわ」と、ロヤコーノにメモを渡す。

ロヤコーノはポケットにメモをしまった。

「署長の言うとおりだな。きみは戦車並みに頼りがいがある。被害者の父親についての情報はまだないんだね？」

オッタヴィアは人差し指を立てた。

「一度にひとつずつよ。グラツィアとボーイフレンドの喧嘩の原因を知りたくないの？　どうやらボーイフレンドはモデルの仕事についてなにか知っていたらしく、不満があったみたいよ。喧嘩に触れているステータスメッセージを見つけたわ。ステータスメッセージは、わかるわよね？」

アレックスは首を縦に、ロヤコーノは横に振った。オッタヴィアは簡単に説明した。

「ステータスメッセージとは、自分の気持ちや状況、心境を表現してソーシャルネットワークで友だちに伝える手段よ。つまり、自分はいまこういうことを考えている、って伝えるの」

ロヤコーノは合点がいかない様子だ。

「ふうん。そんなこと、誰が知りたいんだろう？」

オッタヴィアとアレックスは笑い声をあげた。

「想像できないくらい大勢の人が興味を持つのよ。われらがニック・トラッシュにはけっこうな数のフォロワーがいるの。それに彼のパフォーマンス映像がネットに出ているのでいくつか見たけど、どれも何千回も視聴されていて絶賛するコメントが多数ついているわ。ほとんどが女性の名前だった。わたし好みではないけれど、好きな人は多いみたい」

アレックスは本題に戻した。

「それで、ステータスメッセージは？」

オッタヴィアはいくつかキーを叩いた。

「ほら、読んでみて。先週の金曜日、事件の二日前に書いている」

ドレッドヘアのフォーティの顔とともに、メッセージが画面に出た。『ケツの写真を見せびらかしたら自分の価値が上がると勘違いする女もいる。だけど、ケツはケツだ。清潔な面《つら》とは比べ物にならない』

ロヤコーノはため息をついた。

「哲学的だな。孔子？　それともマルクス？」

オッタヴィアは笑った。

「玄関に刻みたくはないわね。とにかく、グラツィアに関係していると見て間違いないんじゃないかしら」

アレックスは思案顔で言った。

「恋人を殺すつもりだったら、こんなことは書かないわ」

「計画的な場合はそうだが」ロヤコーノは言った。「衝動的に殺してしまったとすれば、あるいは……」

オッタヴィアは肩をすくめた。

「それを明らかにするのが、あなたたちの仕事でしょ。父親の情報はいまだなし。治安警察の例の兵長に連絡してみたのよ。ロッカプリオーラは事件の話で持ち切りなんですって。マスコミが押し寄せてきて、頭も口も軽い連中がこぞってマイクに向かって感想やら生半可な憶測やらをしゃべりまくっている。父親の友人の日雇い労働者をもう一度聴取して、コジモと連絡が取れていないことを確認したそうよ。コジモの手配写真を鉄道警察と交通警察に配布したから、様子を見ましょう」

本部から戻ってきたパルマが、部屋に入るなりオーバーとジャケットをむしり取る。

「いやはや。グイーダはこの暑さで署員を皆殺しにするつもりかね。分署の今後を考えるのが面倒になって、本部が命じたんだろう。進展は？」

黙って報告に聞き入ってから言った。

「どうやら糸口が見つかったたな。さっそく、その事務所に当たってくれ。オッタヴィアがマスコミに先んじて掘り起こしてくれて助かったよ。マスコミがうるさくて、本部は常に圧力を感じている。そこで、声明を出してくれと広報に頼まれた。餌を与えてやらないと、おとなしくなりそうにないからね」

ロヤコーノはうなずいた。

「フォーティには町を出ないように言っておきました。空きっ腹では寒さに耐えられない。なにか腹に入れてからすぐ出かけます、署長。マスコミをおとなしくさせるには、被害者の父親を見つけるのが最善ですけどね。恋人に関しては発表するほどの材料がない」

第二十四章

トラットトリア〈ダ・レティツィア――郷土の味〉は、ピッツォファルコーネ署の近所にある。細い路地をゆっくり歩いて十分ほどだ。夏は丘から海へ吹き下ろす新鮮な風を浴びて歩くのが、このうえなく心地よい。

だが、いまは夏ではない。夏は記憶のなかにしかない。新氷河期の始まりのようないま、丘からの風は性悪な烈風となって吹きつけ、前進を阻む。いつなんどき耳が凍ってぽろりともげ、地面に落ちて粉々になっても不思議はない。

だがロヤコーノは、昼食はレティツィアのところにしようとアレックスを説得した。十日以上行っていなかったし、個人的な頼みごとがあったのだ。

レティツィアとはこの街に赴任してすぐ知り合い、たちまちのうちに友情が育《はぐく》まれた。ある夜、帰宅途中にゲリラ豪雨に見舞われて店に入り、雨宿りを兼ねて夕食をとったのがきっかけだ。長身で引き締まった体軀と東洋人のような容貌を持ち、隅のテーブルにぽつんと座って料理をむさぼるロヤコーノを目にしたとたん、レティツィアは興味を引かれた。価格に恐れをなして来なくなっては大変と、スタッフがあきれるのをよそに、ほぼ半額しか請求しなかった。経営者なので、そのへんのところは自由が利く。

レティツィアの庶民的で素朴なトラットリアは、口コミでどんどん人気が高まって、いまでは常にキャンセル待ちの状態だ。最高の料理と申し分のないサービスに加え、看板メニューのいくつかは街の名だたる食通を惹きつけてやまない。評判を耳にしてお忍びで訪れた高名な評論家ふたりは、雑誌やガイドブック、ウェブマガジンで店を絶賛した。

料理の味だけでも通う価値があるが、店主の存在が店の魅力をさらに増していた。レティツィアは四十路で豊満な美人、おおらかな笑顔が周囲を明るくする。毎日、自ら市場に出向いて、母親が家族のために選ぶように注意深く食材を厳選し、入念に下ごしらえをしたあとは信頼する助手に厨房を任せ、心を込めて客をもてなすのが常だ。夜が更ければギターを抱えて、広いレパートリーのなかからひとつ、二つを方言で歌い、その腕前はプロの歌手もかすむほどだった。最後に残った食事客はこれを目当てに、なかなか腰を上げようとしない。

当のロヤコーノは自分がどれほどの恩恵に浴しているか、まったく自覚していなかった。また、レティツィアにとても好意を持たれていることにも――助手から下働き、ウェイターに至るまでの全員に明らかなのだが――まったく気づいていなかった。決まった恋人のいないレティツィアは、どの男性客にも愛想よく接し、ひとりひとりに微笑とともにナポリの伝統的なケーキ、パスティエラをサービスするが、気を持たせるような振る舞いはしなかった。いっぽう、ロヤコーノはいくらレティツィアが興味を持ってもどこ吹く風だ。いまや、店の外に順番待ちの長い列ができようと、隅のテーブルは常に空けられていて、〝予約席〟と書かれた小さなカードと新鮮な花を一輪入れた小さな花瓶が載っている。今回のようにロヤコーノがしばらく顔を見せないと、レティツィアの心は沈む。だが、彼の娘マリネッラとは女どうしの複雑な友情で結ばれ、彼女を通じて警部の様子や恋敵のピラース検事補の動向を知ることができた。検事補は自分と違って、言い訳を必要とせずに警部に電話できると思うと、レティツィアは気が気ではなかった。

そこで入口のドアが開いて、凍えきったロヤコーノとアレックスが入ってきたとき、レティツィアは胸が高鳴った。心の底では、長いあいだ連絡もなく、食事にも来なかった理由を問いただしたかった。だが、笑顔をこしらえて言った。

「あらあら、珍しい人が来たこと。どうした風の吹きまわし？　おまけに昼に来るなんて。いつもは夜なのに」

皮肉な口調に含まれた恨みに気づかないほど、ロヤコーノは愚かではない。

「うん、このところ仕事が立て込んでいてね。それにこの寒さだろ。早く帰って眠ることしか考えられなかったんだよ。だけど、ほら、こうして来たじゃないか。風と言えば、こっちの努力を認めてもらいたいな。外は北風が吹き荒れて、息もできないくらいだ」

レティツィアはアレックスに挨拶した。

「こんにちは。捜査班の人よね？　何ヶ月か前にここで打ち上げをしたときに、見かけたわ。ええと、たしか……アレッサンドラ。そうでしょ？」

「覚えていてくれてありがとう。アレックスと呼んで。警部はほんとうに、どうしてもここに来たいと言い張ったのよ。あまり時間がないのに」

「安心して。すぐに用意するわ。もともと昼はお客が少ないし、こんなに寒いとなおさら。そりゃあ、ペプッチョがたまには前もって言ってくれれば……とにかく座って」

「ペプッチョですって？」アレックスは腰を下ろしながら、つぶやいた。

ロヤコーノは無言で両腕を広げた。シチリアをあとにして以来、彼をこう呼ぶのはレティツィアひとりだ。とりわけ郷愁の念に駆られていたときに、家族や友人にはなんと呼ばれていたとレティツィアに訊かれて、つい口を滑らせたのだった。

アレックスは身を乗り出した。

「高くつきますよ。アラゴーナに黙っていてもらいたいなら」

そこへ、救援が現れた。レティツィアが湯気の立つリガトーニ・アル・ラグー二皿を、ウェイターが赤ワインとグラス二個をテーブルに置く。

ロヤコーノは文句を言った。

「昼飯にラグーだなんて、正気か？　このあと仕事がある。昼寝をしている暇はないんだ」

「なに言ってるのよ。あっという間に平らげて、もっと食べたくなるわよ。それに、アレックスは痩せの大食いね。そうでしょ？」

アレックスはすでにリガトーニを頬張って至福の表情を浮かべていた。

「ああ、最高。母のよりずっとおいしい」

「うれしいほめ言葉だわ。ねえ、ペプッチョ、最近どうしていたの？　マリネッラは元気？」

「うん、元気だとも。こんな変てこりんな街が好きでたまらなくて、休暇の延長みたいに感じているらしい。学校にもすぐ馴染んで、楽しんでいる」

レティツィアはテーブルのすぐ脇に立って食事をするふたりを見守り、愛情を込めて料理を作る者だけが知る満足感を味わった。

「マリネッラは賢い子よ。マリネッラに注意しなければならないのは街のほうであって、その逆ではないわ」

ちょうどいい。ロヤコーノはナプキンで口を拭き、ワインをひと口飲んで言った。

「なあ、レティツィア、マリネッラのことでひとつ頼まれてくれないかな」

「どんなこと？」

「明日の夕方はちょっと用があってね。家にひとりで置いておきたくないし、連れていくわけにもいかない。ここに夕飯を食べさせにきてもかまわないか？　用がすんだら、すぐ迎えにくる。あまり遅くなるようなら電話をするから、泊めてもらえるとありがたい。安心して頼めるのはきみしかいないんだ」

レティツィアはためらった。その顔が強張ったことに気づいたのは、アレックスだけだった。だがそれも一瞬で、彼女はすぐに表情をやわらげた。

「任せてちょうだい、ペプッチョ。楽しみだわ。いつ来てもかまわないし、あなたが連れてきたければそうして」

ロヤコーノは立ち上がってレティツィアの頰にキスをした。

「これで気が楽になったよ。さて、仕事に戻らなくては。いくらだい？」

「ひとりで来たなら、長いあいだ顔を見せなかった罰に二皿で百ユーロもらうところだけれど、同僚を連れてきてくれたお礼に店の奢りよ。さあ、本物のお客さんに備えて用意をするから、帰ってちょうだい。また来てね、アレックス。会えてよかったわ」

ふたりの刑事は礼を言い、寒風に立ち向かうべく身をこごめて出ていった。

レティツィアは物思いにふけった。ロヤコーノはこの街に来て初めてのロマンチックな夜のために準備をしているのだろうか。あたしがその相手なら、どれほどうれしいことか。

心が重くなったが、同時に思いもかけない闘志が湧いてきて、我ながら驚いた。このあたしが負けるものか。長いあいだ忘れていた感情を呼び覚ました男を、サルデーニャ人の検事補に盗られてなるものか。

戦闘開始よ、ピラース検事補。

レティツィアは歌を口ずさみながら、厨房に戻った。

第二十五章

きれいだ。きれいな女たち。

ひときわきれいな女もいる。だが、自分の容姿についてはなはだしい勘違いをしている、醜い女もいる。一度など、体重九十キロの娘が来たそうだ。話に聞いただけで、実際に見てはいない。邪険に扱うに決まっているから、わたしのところへ通さなかったのだ。

醜い女を非難するつもりはないし、そもそもそういう女がいなければ美人のありがたみがわからない。いわば、必要悪だ。たいていの醜い女は分際をわきまえて、ひっそり生きている。衣服で上手に隠すこともあれば、知的な分野に専念する場合もある。

わたしは美に執着している。いや、正確には美ではなくエレガンスだ。エレガンスに関して、わたしは絶対に妥協しない。なにはともあれ、エレガンスは不器量を隠す手段だ、などとわたしの前で言わないでもらいたい。エレガンスとはそういうものではない。服や靴とは違うのだ。高級ブランドのハンドバッグやスカーフを持ったところで、ゆがんだ顔立ちや鼻のイボの埋め合わせにはならない。

言葉の意味の取り違えは、この時代の嘆かわしいことのひとつだ。彼女はエレガントだ、とわたしたちは言う。ひどい場合は、「少なくともエレガントだ」と言う。欠点を補うものであるかのように。わたしには金がある。そこで、エレガンスと称して高価できれいなものを身に着け、その下に醜いものを隠していると勘繰る人もいる。

エレガンスとは、そんなものではない。エレガンスとは気高い美しさ、生まれつきの優雅な身のこなし、手の先、足の先まで非の打ちどころのない姿勢だ。エレガンスとは均整が取れていること、さらにはハーモニーでもある。たとえば古典的彫像、モーツァルトのソナタ、マッテオ・トゥンのソファ。赤いバラ。アフガンハウンドも。エレガンスとは、完璧なものを前にして即座に感じるセンセーション、創造における神の軌跡だ。

大勢の娘が己の美貌に自信を持ち、成功を確信してここに来る。一概に間違っているとは言えない。おおざっぱな人間が多いから、成功する例がなくはない。広告、雑誌の表紙、テレビコマーシャルには尻と胸、品のない顔ばかりが登場し、もっぱら知性ではなく肉欲に訴えている。そこで若い女は、自分の尻は恰好がいいからショウや写真のモデルで活躍できると考える。世界はあたしのもの、セックスアピールで金持ちを夢中にしてみせる、というわけだ。

あげくに自信満々でわたしのオフィスのドアを叩き、ポーズを取ってゆっくり顔を動かす。ほら、どう？　女王さまのお出ましよ。道を開けて！　冗談じゃない、アバズレ。下品で図々しい田舎者め。なんでわからないのだろう。平らな腹も、豊かで張りのある胸も、間違ったダイエットと自然の掟で見る間にたるんでセルライトが蓄積し、ぼんやりテレビの前で過ごす未来が待っていることが。自分の母親を見ればわかりそうなものだが。

もちろん、何人かは受け入れる。仕事をしないわけにはいかないからね。わたし自身の方針にあくまでも忠実であったら、何年も前に事務所を畳んで金融関係の仕事か掃除機のセールスをすることになっていただろう。ところが、事務所の業績は好調だ。もっとも、困惑している顧客もなかにはいる。わたしが以前とは異なる依頼を期待しているからだ。胸の大きなモデルをふたり頼むよ、食料品店の広告に拒食症みたいなモデルが出てきては食欲が失せるだろ、といった類とは別の依頼を。

本来の業務はきちんと行っているので、支障はない。若くて美しく、健康的なモデルばかりだ。洒落た服を着て事務所所属の腕利きカメラマンの手にかかれば、モデルがまともな口の利き方も知らない田舎者とは誰も思わない写真が出来上がる。

だが、そこにほんとうのエレガンスはない。モデルが写真のポーズを取るときや、ハイヒールを履いてランウェイを歩くときに、わたしたちはエレガンスらしきものを演出しているに過ぎない。

ローマやミラノでも同じだ。毎シーズン出かけていくたびに、醜悪なものを見る。体重四十キロで身長百八十センチ、それに強い目力があればエレガントだとみなされる。かの地でも言葉の意味を取り違えている。そして、特別になろうと必死に努力するから、かえって服の見栄えが悪くなる。以前はモデルが服を着ていたが、いまはモデルが服に着られている。誰の目にも明らかだ。

わたしは苦い真実――エレガンスは消えてなくなることを学んだ。エレガンスは名字や瞳の色とは違う。年月や消耗、不運が、エレガンスの重要な要素であるハーモニーと自信を奪い去るのだ。エレガンスの真髄と言うべき女性が見る影もなくなってしまった例をいくつも知っている。

たとえば、わたしの妻はエレガントだった。なにげなく置かれた手や、足を尻の下に敷いてソファに座っている姿を何時間見ていても飽きなかった。いまにも跳躍しようとしているネコ科の動物のようだった。エレガンスの極致だった。ところが、酒を飲み始めた。静脈瘤が目立ち、下腹の出てきたいまの妻に、颯爽と歩いてわたしを虜《とりこ》にしたかつての面影は微塵もない。失われたエレガンスは、もうこの世にいない愛しい人や青春と同じで、懐かしく、そして切ない。そこで妻にはもうなにも求めず、思い出だけを集めていた。

そんなとき、彼女を見た。

彼女を見たのは、事務所とは関係のない場所だ。オーディションを受けたり、モデルブックを作りにきたりした娘たちのひとりではない。また、ここが裏でエスコート嬢の斡旋も行っていることを承知のうえで訪れた、売春婦予備軍のひとりでもない。ちなみに今日日《きょうび》は、学士さまよりエスコート嬢のほうが、収入が多い。彼女を見たのは街なかで、ほかの若い女と似たり寄ったりの恰好をしていた。安物のジーンズ、ズック靴、なにを詰め込んだのかぱんぱんに膨らんだバッグ、耳にイヤフォン。

彼女は歩いていた。

その姿に目を奪われ、危うく追突するところだった。急ブレーキの音に周囲の人が振り向いたが、音楽を聞いている彼女は気づかなかった。SUVを二重駐車した。四方八方でクラクションが鳴り響いたが、無視した。必要であれば、何度でも同じことをする。

彼女は歩いていた。

いや、舞っていた。わたしはこの舞踏の筋肉の動きひとつひとつ、生命の終焉に向かう一歩一歩を知っている。『白鳥の湖』の振付師が全部の動きを把握しているように。

彼女はたとえようもなく美しかった。歩く姿だけでも十分美しいが、容姿そのものが最高だった。

なにも考えず、無我夢中で呼び止めた。彼女は優雅な手つきでイヤフォンをはずして、大きな瞳をわたしに据えた。気分を害したふうはなく、好奇心を浮かべていた。

その神々しいまでの美しさに打たれて、わたしは言葉を失った。

周囲でクラクションが鳴り響いているとあって、いつまでもそこにいるわけにはいかなかった。そこで彼女に少しでいいから話をさせて欲しいと哀願した。遠ざかるラーラを見つめるドクトル・ジバゴと同じく、彼女を失うことを恐れた。

再び真のエレガンスを目にすることができた。永遠に失ったと思っていた。そんなものは存在しないとあきらめていた。

話し始めたら幻滅するかもしれないと恐れていたが、杞憂だった。広母音のカラブリア訛りで紡ぐ言葉は、極上の音楽のように魅力的だった。

車に乗るよう口説き落とすことに成功した。のろのろと数ブロック進んで、カフェに入った。そして、自分について話した。いつしか、懇願する口調になっていた。朝から晩までいろいろな女の懇願を聞き、その運命を決める立場のわたしが、懇願していた。優美な長い首としなやかでほっそりした体を持ち、豹のように歩く彼女を失うわけにはいかなかった。絶対に失いたくなかった。

仕事が欲しくないかと訊いてみた。彼女が思案すると、海の上を走る雲のように、大きな瞳を影がよぎった。

しまいに、こう答えた。事務所に行って、オーディションを受けてみようかしら。もしかしたら。

結局、彼女は事務所にやって来て、オーディションは大成功だった。

そこで、照明や服、靴、バッグなどについて話し、贅沢な生活に興味があるかをそれとなく探ったが、そうした欲はまったく感じられなかった。尻込みして辞めるのではないかと、心配になった。

すると、あることを訊かれた。そんな些細なことを気にしていたのかと、吹き出したくなった。

だが真顔で、大丈夫だと請け合うと、彼女は納得した。わたしは天にも昇る心地だった。

彼女のすべてを知りたかった。洗いざらい全部を。わたしの目の届かないところにいたときのことを、ひとつ残らず知りたかった。わたしの問いに彼女は答えた。兄のこと、父親のこと、親しくしている男のこと。

後者ふたりは、彼女のための計画を邪魔する予感がした。そこで、懇々と説いた。自由でいなくちゃ、自分の意思をだいじにすべきだね。こうも忠告した。誰かを助けたいとき、こっそり助けたほうがうまくいくときもある。きみがやろうとしていることは正当だし、おまけに楽しくてわくわくするかもしれない。でも、終わるまでは内緒にしておいたほうがいいよ。ためらいが生じたり、余計な手間がかかったりすることで、彼女が本来の自分とはかけ離れた生活を送ることは許せなかった。

彼女が立ち上がって出ていくときの姿は、目に焼きついている。

それが運の尽きだった。歩いたり笑ったりする彼女を見なければ、わたしはもはや生きていくことができない。

だが、彼女は死んでしまった。

第二十六章

レオナルド・カリージ神父は短い脚をせっせと動かして、坂を上り始めた。口から白い息が立ち上る。バラ色の頬をした小柄な神父が僧衣のポケットに入れた両手を腹の上に置いて歩む姿は独特かつ滑稽で、いつもは見る人の微笑を誘う。だが、十一月とはいえ厳しい冷え込みの昼過ぎのいま、背を丸めて歩くわずかな人々の顔に微笑はない。

神父自身にも笑みはなかった。心配事で頭がいっぱいだったのだ。

市内の多くの教区司祭と同様、レオナルドもホームレスを寒さから守るために奔走し、炊事担当のテオドーロ神父が怖気をふるうのをよそに、修道院の食堂まで解放しているが、心配事とはそのことでも、修道院長としての重責でもない。こうした困難に対処するエネルギーと力は持ち合わせているし、なにが起きようとすべては神の思《おぼ》し召しであるのだから、人間はそれを受け入れて耐える義務がある。

太陽の懸命の努力で気温がじわりじわりと零度に近づくなか、レオナルドが考えていたのはまるきり別のこと――秘密の任務に関することだった。

毎晩、祈りを終えて眠りにつく前に主と交わす内密な会話のなかで、レオナルドは自分の任務を秘密諜報員――仲間の修道士たちの懇願でたまに娯楽室で上映する映画で見る、走っている列車からオートバイに飛び移るような男――のそれにたとえる。彼らとの違いは、レオナルドが〝神のミッション遂行中〟であることだった。

ジョン・ベルーシの有名なコメディ映画『ブルース・ブラザーズ』中のこのフレーズがふと頭に浮かんで、レオナルドは忍び笑いを漏らした。自分ほど、快楽をむさぼって落命した喜劇俳優と隔たりのある人間はこの世にいないだろうに。そもそも、快楽とはまったく縁がない。品行方正の模範ともいうべき人物であって、怒りを爆発させることもなく、物欲も肉欲もない。

多くの修道士が寒さに耐えかねてサンダルから靴に替えても、まったくその必要を感じなかった。

それに教区全体を管理する重責を担っていても信者への奉仕は怠らず、とりわけ告解を聴く役は積極的に買って出る。

角を曲がったところで、熱心な信徒である老夫婦に出くわし、引き留められそうになったがそそくさと祝福を与えて行き過ぎた。ふたりとも話し好きで、とくに妻のカテリーナはとめどなくしゃべるので、北風に吹かれて三人とも氷像と化すのが落ちだ。それにレオナルドは急いでいた。一刻の猶予もならないほどに。

じつは秘密の任務に大きな役割を果たしているのが、告解だった。もっともいかに親密であろうと、仲間の修道士たちに説明するわけにはいかない。彼らの繊細な良心は、打ち明け話に伴う重い十字架を背負うことはできないだろう。

ポケットからメモを出して、住所を確認した。

責任ある多くの仕事に時間を取られるうえに、自ら課した任務は細心の注意と献身を要する。不注意による失敗は許されない。クリスマスのミサが控えていて時間に追われた結果、危うく取り返しのつかない失敗を犯しそうになったことがある。用心に用心を重ねる必要があった。

レオナルドは心から主に感謝している。この任務に自分を選び、現世の素晴らしさ、命の尊さを示してくださった。隣人が罪を犯すことを防ぎ、悪魔から守る方策を教えてくださった。前の週の説話で、悪魔の誘惑に注意するよう信徒に呼びかけた際は、悪魔は悪賢くてさまざまに姿を変え、容易に正体を現さないことを強調しておいた。

この時代の病が〝孤独〟であることは、火を見るよりも明らかだ。男も女もそれぞれの理由であてどなく漂い、自分が生きることに必死で、心の周囲に難攻不落の砦を築いてそのなかに閉じこもり、他人に憐れみを与えようとしない。科学というものは視野が狭く、こうした欠陥すら治癒しようとしたが、失意や愛の欠如が片頭痛みたいに錠剤で治るはずがない。

〝孤独〟は神に背いた結果だ。レオナルドにはそれしか考えられない。

当たり前ではないか。神を拒むたびに、孤独は深まっていく。賜物であったはずの自由意思は悪に汚されて最大の苦痛を与える呪いと化す。自由意思で孤独を選択した人々は悩み苦しむこととなり、あげくに狡猾な悪魔にそそのかされて最大の罪を犯し、地獄の業火の前に引き出されるのだ。

最大の罪、すなわち自殺だ。

もう死にたい、でも命を絶つ勇気がないのです、神父さま。聖アヌンツィアータに捧げられた蠟燭が瞬《またた》き、香の煙が漂うひんやりした告解所で、幾度となくこうした言葉を聞いた。もじゃもじゃした縮れ毛がまだ真っ白になっていなかった若き神父は、神の最大の賜物を投げ捨てようとする失意の人を翻意させるべく、何時間も費やしたものだ。説得に努め、しまいには自ら涙した。だがときには、ついに勇気を振り絞った失意の人の亡骸《なきがら》を前にして、目を泣き腫らして断腸の思いで身元確認をしなければならなかった。

やがて、脆弱な魂がルシフェルの手に落ちることを防ぐのが、自分に与えられた任務であると悟った。神と悪魔の腕相撲において、後者が勝利を収めることがあってはならないのだ。

そのためにはどうしたらよいのか。身長百五十センチ余の小柄で貧しい神父には、明るい微笑と青く澄んだ瞳のほかに武器はない。頼りになるのは、福音書のみ。それとて、耳を傾ける人が日増しに減りつつある。

レオナルドはメモに記した建物を探し当てた。なかに入って、暖房を利かせた詰所にこもっている管理人から、必要な情報を聞き出した。

啓示を授かったのは十年以上前のある日の明け方、同性愛者であることを家族に知られることを恐れて首を吊った少年のために祈っているときだった。無力だった自分に打ちひしがれて涙を流していると、神は曙光とともに啓示を授けられた。

汝が手を下すべし。

彼らが自ら命を絶つ前に、汝が殺せ。

こうすれば彼らは大罪を犯さずにすむ。悪魔の奸計に対抗する唯一の手段だ。

でも、わたしはどうなるのですか。大罪を犯したことになるのでしょうか。地獄の恐怖に慄いて、レオナルドは主に問うた。主は直接にはお答えにならなかったが、長年、教義を学んできたレオナルドは確信を得た。わたしが罰を与えられることはない。悪に対する日々の闘いに勝つために助力するのは、神の御名においてなされた行為、神の意思に沿った行為であるのだから、罪ではない。いつか天上で審判を受ける日が来たときは、大勢の天使がレオナルドの周囲にひしめいて、声をそろえて主に告げることだろう。大罪を犯すところでしたが、この慎ましい魂が救ってくれました。

容易な任務ではない。少しでも評価を誤れば、心の底では生きる目的を持っている者、いつかはそれを見つけ出すことのできる者を殺すことになる。憐れみとともに究極の手段を取って救済するのは、苦悩に満ちた暗黒の森をさまよい、永遠に出ることのできない者に限られていた。現世とのつながりを失い、遅かれ早かれ、心の休まらない日々に終止符を打つような人々だ。テレビがくだらない通販番組を垂れ流している雨模様の平日の朝、たったひとりの友人が電話に出なかったから窓から身を投げる、あるいはガス栓をひねるような人々だ。

一度の告解や、教会の聖具室でのちょっとしたおしゃべりでは、正しい評価はできない。幾度も話をして、対象となった人物の思考を理解し、感情や記憶を探り、生きる目的が皆無であるかを冷静に判断する必要があった。そうすることで、自分も救われる。拙速で雑な行為をすれば主は決してお赦しにならず、悪魔の潜む深淵が目の前にぱっくり口を開けるのだ。

階段を上りながら、親友のジョルジョ・ピザネッリに思いを馳せた。

ジョルジョの妻カルメンが、レオナルドの介助で短い生涯に痛ましい最期を迎えた日の翌日から、ジョルジョを救済することを一度ならず真剣に考えた。虚ろなまなざしと弱々しい声は、これまでの多くの人々と共通していた。それに、レオナルドのほかに知る人はいないが、ジョルジョは病を治療せずに放置している。医者に行ってがんに立ち向かえと、口を酸っぱくして忠告しているが、早期退職に追い込まれることを恐れて、頑として聞き入れないのだ。

ジョルジョは、管区内で起きた複数の自殺案件にただひとり疑問を持ち――これこそが、レオナルドの救済の対象にならない理由である——裏で自殺を偽装している者がいると信じて犯人逮捕を固く心に決め、本気にする者はいないが、頑固に調査を続けている。

ジョルジョが追っているのは、レオナルドだ。

だが、週に一度、〈イル・ゴッボ〉で昼食をともにし、心を許すことのできる親友、妻の死を嘆き悲しむ彼を支えてくれた親友が、自分の追っている犯人だとは微塵も疑っていない。いっぽう、万が一ジョルジョが真相にたどり着いたら、レオナルドには自分を守る術《すべ》がなく、またその意思もない。レオナルドは人殺しではない。ジョルジョへの友情とは関係なく、明確な目的を持って生きている人物を殺すことはできない。たとえ、その目的が自分を逮捕することであっても。

だが、半月形の老眼鏡を鼻に乗せて戸口の表札を確認している神父が憂慮しているのは、その件ではなかった。ピザネッリは真相に近づいていないし、どのみち調査の進捗具合をまめに教えてくれるため、裏をかくのは容易だ。不安の種はそれではなく、数日後に迫った霊操だった。

これは定期的に課される義務で、魂を浄化し救済するために、ローマの修道院に縁のある学識豊かな老神父のもとで黙想や瞑想、講義などが一週間行われる。

大勢の信者や仲間の修道士の苦悩を告解で受け止めていると魂は消耗する。それを癒す好機としていつもは楽しみにしているが、今回は任務の重要な段階と重なってしまった。救済の対象者が生きる意志を完全に捨て去ったか確認できるまで、あと少しなのに。

さて、どうしたものかと思案しながら、レオナルドは呼び鈴を押した。性急にことを進めるのは危険だ。ほんの少しでも疑問の余地があってはならない。疑問を抱いた状態で、ひとつの生命を終わらせることは許されない。

しかし、ぐずぐずしていると、対象者が自ら命を絶って悪魔の手に落ちる危険がある。そんなことになったら、良心の呵責はいかばかりだろう。

こうして激しいジレンマに苦しんだ結果、一時間ほど話をすることにしたのだった。たまたま近くに来たので寄ったふりをしてよもやま話をし、選択の決定打となる言葉か表情、吐息を確認したかった。

足を引きずる音が近づいてきて、ドアが開いた。

レオナルドはおだやかな微笑を浮かべた。

「平穏で健やかたれ、アンニェーゼ」

第二十七章

チェントロ・ディレッツィオナーレ・オフィスパークは晴れた日でもうららかな早春の昼下がりでも陰鬱だが、身も凍る冬の夕方とあっては人通りもなく、まばらな店舗と固くシャッターを閉じたバールが数軒あるだけの光景は、核戦争で人類が絶滅したSF映画の一シーンを思わせた。

アレックスとロヤコーノは分署の車を薄暗く殺風景な地下駐車場に停め、強風が手負いの獣のような咆哮を浴びせる階段を上って、地上に出た。強盗やごろつきが待ち伏せするのに恰好な場所だ。もっとももこの寒さだ、悪党どもはゲームセンターか、あるいは市井の善良な民と同様に家にこもっているだろう。とはいえ、ふたりとも申し合わせたようにショルダーホルスターの銃に手を置いた。

あたりは森閑とし、足音がやたら大きく響く。午後七時になったばかりだが、午前二時かと思うほど、超近代的なオフィスパークを歩いている人はごくわずかだった。建ち並ぶ超高層ビルの窓の多くが明るいところを見ると、人類はいまだ活動を続け、地球に生息しているが、必要がない限り極寒に立ち向かう猛者はいないのだろう。

オッタヴィアのくれた書類に記されているビルは中層の建物で、両脇にそびえるガラスと金属を多用した高層ビルに押しつぶされそうに見えた。広く冷え冷えしたロビーに守衛は見当たらず、ずらりと掲示された名札を調べて、〈チャールズ・エレガンス　４Ｆ３２〉を探し出した。

エレベーターのなかは気温もモーター音も冷蔵庫並みだった。閉所恐怖症の気があるロヤコーノは、故障して止まったらどうしよう、と不安になった。あしたの朝まで誰にも発見されずに、凍死するかもしれない。だが、さいわいそれは杞憂に終わって、事務所のドアベルを鳴らした。

黒髪の美人が取り澄ました微笑を浮かべて挨拶したが、ふたりの職業を知って表情を曇らせた。席を立って奥へ行き、すぐに戻ってきて刑事たちを案内した。

〝エレガンス〟と名乗るだけのことはあった。栗色の厚いカーペットが足音をやわらげ、埋め込み式のスピーカーがエキゾチックで快い音楽を低く流していた。ひと部屋のドアが開いていて、内部が見えた。イブニングドレスを着たモデルがふたり、照明を浴びてソファに横たわり、カメラマンが周囲を動きまわって、矢継ぎ早にシャッターを切っている。受付嬢はなぜかきまり悪げに、詫びを言った。

廊下の突き当たりで、受付嬢は他の部屋よりも重厚な暗色の木製ドアをノックした。横に〝ディレクター〟と記された札が誇らしげに掲げられている。

なかに入った。

フロアスタンド二基と、どっしりしたマホガニー製デスクの上の卓上ランプが室内を明るく照らしていた。五十年配で細身、黒のセーターに眼鏡の男性がデスクのうしろで立ち上がり、手を差し出して歩み寄ってくる。

「初めまして。事務所を経営しているカルロ・カヴァです。ご用件は想像がつきますよ。そちらへどうぞ。飲み物は？」

アレックスとロヤコーノは飲み物を辞退して、示された肘掛椅子に腰を下ろした。ディレクターは軽くうなずいて、案内してきた女性を帰した。

刑事たちはさっそく聴取を開始した。

「ピッツォファルコーネ署のロヤコーノ警部です。同僚はディ・ナルド巡査長補。こちらの用件に想像がついているそうですが、その理由を伺いたい」

「警部さん、世間には新聞を読む人間もいるんですよ。ニュース番組に興味を持つ人もね。だいいち、この二日間というもの、寒波のほかはあの事件の話で持ち切りでしょうが。気の毒なグラツィア・ヴァリッキオになにがあったのか、十分承知しています。むろん、短期間ですが、彼女がうちの事務所に所属していたことも。二と二を足したってわけです」

「だったら、どうしてそちらで働いていたことを知らせてくれなかったんですか」アレックスは訊いた。

「だって、話すことなどほとんどないからね、巡査。グラツィアは何度かここで写真のモデルをし、定期的に支払いを受けていた、短期間だったので誰も彼女のことをよく知らない。その程度だ」

アレックスはカヴァのかろうじて聞き取れる低い声や腕を組んで肘掛椅子に悠然とそっくり返った姿勢、この場の主導権を固守しようとする態度など、なにもかもが気に入らなかった。

「短期間というと、具体的には？」ロヤコーノが訊く。

「二ヶ月足らずでしたね。調べてみないとたしかなことは言えないが、写真の仕事を二回した程度じゃないかな。一度は水着で、これは非常に評判がよかった。次がウェディングドレスで、こっちはまだ発表していない。ショウもやったが、むろんここではない」

アレックスは訊いた。

「ここではない、というと？」

「ここでは、撮影しかしないんですよ。顧客の要望に従ってセットを準備し、あとは事務所専属もしくはフリーのカメラマンに任せる。ショウの場合は、ブティックやホテル、カフェ、ホールなど、内容に適したさまざまな会場を使います。事務所はモデルを提供し、ひとりひとりについて料金を受け取る仕組みです」

「では、ヴァリッキオは写真とショウ、どちらのモデルもやっていたんですね」ロヤコーノは確認した。

「誰もが両方できるとは限らないけどね。写真映りがよくてもショウに向いていないモデルもいれば、ショウをやらせたら最高だけど写真はまったくだめという場合もある」

　アレックスは首を傾げた。

「モデルはみんな美人なのに、なにが違うんですか？」

「あのね、美というものは一般に考えられているよりずっと複雑なんだよ。専門的な言い方をすれば、静的な美と動的な美がある。きみにも覚えがあるだろう？　きれいだと思っていた人が、写真では別人に見えた。反対に、写真を見て憧れていた美人に実際に会ったら、がっかりした。実際に見たときも、写真でも美しいという人は非常にまれでね。グラツィア・ヴァリッキオはそのまれなひとりだった」

　カヴァの口調には呪文に似た響きがあった。快適なぬくもりとほのかに漂う白檀《びゃくだん》の香りがその印象をいっそう強くした。アレックスは、猛獣の巣穴にいるような感覚に襲われた。

「どうやってモデルを見つけるんですか？　募集広告を出すんですか？」ロヤコーノが訊く。

「そんなことをしようものなら、美人と自負するならまだしも、エレガントだと勘違いしている女がわんさと押しかけてきて大騒ぎになりますよ、警部。そもそもそうしたなかに、こちらの眼鏡にかなう娘はまずいない。いいえ、違いますよ。従業員や同業者、友人、知人、地元の俳優、ローカルテレビ局のアナウンサーなどの人脈を使うんです。飛び込みで来た子をテストすることもあるが、そういうのは例外だね」

ロヤコーノは室内を見まわした。壁際の棚に、番号を振ったファイルに交じって同一のモデルを撮った写真が幾枚も飾ってある。モデルの着ている服と容貌の変化から判断すると、撮影の時期は少なくとも二十年に及んでいる。

カヴァはロヤコーノの視線を追った。

「わたしの妻ですよ、警部。うちに所属したなかで、妻よりもエレガントなモデルはいない」

アレックスはその言葉に興味を持った。

「エレガント、ですか。あなたには美しさよりも、エレガンスのほうが重要なようですね。さっきも『美人と自負するならまだしも、エレガントだと勘違いしている』云々とおっしゃった。なぜ、重要なんですか」

カヴァはアレックスに顔を向けたが、彼女を見てはいなかった。

「エレガンスは美に比べてはるかに少ないからだよ、巡査。おまけに、ごまかしが効かない。美容整形やジム、エステサロンでは手に入らない。持っているか、いないかのどっちかなんだ。

理解するのは難しいだろうがね」

カヴァは言葉そのものではなく口調で明らかにほのめかしていた――きみはエレガンスを持っていない、それどころか実際に目にしたところでわかりはしないさ。もっとも、暗にけなされたところでアレックスは痛くも痒くもなかった。こんな薄気味の悪い男にほめられたら、かえって鳥肌が立ったことだろう。

ロヤコーノは暖かい部屋でカヴァの声を聞いているうちに眠気を催してきたが、それを振り払って訊いた。

「では、グラツィア・ヴァリッキオは？ 彼女は持っていた？」

カヴァは一瞬デスクに落とした視線を、ロヤコーノに向けた。

「ええ。持っていましたよ」

短い沈黙が落ちた。アレックスは椅子の上で座り直した。

「グラツィアはどんな経緯で、ここで働くようになったんですか。たまに来る飛び込みのひとりですか？」

「いや、たまたま目に留まって撮影のテストを持ちかけられ、承諾したんだ」

「誰の目に留まったんです？」ロヤコーノが訊く。

カヴァは横を向いて、オフィスビル群を貫く道路となにもない空間が延々と広がる窓の外に目をやった。そのまま数秒、身動きしなかった。ロヤコーノが答えを催促しようとした矢先に、ぽつりと言った。

「わたしだ」

第二十八章

カルロ・カヴァのオフィスは静まり返った。グラツィア・ヴァリッキオに目を留めたのがカヴァ自身と知って、ふたりの刑事は戸惑った。アレックスが沈黙を破った。

「でも、どこで？　誰かの紹介ですか？　それとも、どこか行きつけの場所かなにかで出会ったんですか？」

カヴァは誰かの到着を待つかのように、窓から目を離そうとしなかった。

「わたしと彼女とでは、出かけていく場所が違う。いや、道で偶然会った」

「そうやって、モデルを道でスカウトするんですか？　歩いている若い女に近づいて、話しかけて？」

カヴァは殺風景な窓の景色からのろのろと目を離して、冷ややかなまなざしをアレックスに据えた。

「なるほどね。きみみたいな人はそういうふうに考えるのか、巡査。毎日、泥を掻きまわして穿鑿《せんさく》しているとあっては、無理もない。人間の醜い部分に触れてばかりいるものだから、優雅なもの、美しいものを求めようとしなくなるんだな。気の毒に」

ロヤコーノが口を挟むより早く、アレックスは言い返した。

「ええ、ええ、そうでしょうよ。美しさとでも優雅さとでも、なんとでもご託を並べればいいわ。きれいな若い女が道を歩いているのを見かけた。ほれぼれするケツだったから、呼び止めた。要するにそういうことじゃありませんか」

ロヤコーノは腰を抜かしそうになった。おいおい、冗談じゃない。ふだんは冷静を保っておだやかに聴取をするのに、どうしたことか。こうした挑戦的な態度はプロらしくないばかりか、聴取に悪影響を及ぼす。カヴァが口を閉ざす恐れがあった。これは尋問ではないし、彼のもたらす情報は貴重だ。会話を本題に戻さなくては。

「それはどこで？　どうやって説得したんです？」

カヴァの視線はアレックスに留まったままだ。眼鏡の奥の目に感情はいっさい浮かんでいない。

「ケツか。ほれぼれするケツ。なんともはや、デリカシーのない表現だな、巡査。グラツィアの恋人も、わたしたちの出会いを聞いたとき、同じ言葉を使ったそうだ。きみは彼の同類なんだな」ロヤコーノのほうを向く。「フィランジェリ通りですよ、警部。イヤフォンをしてありふれた安物の服を着て、そこらの若い女となんら変わらない恰好をしていた。こうした若い女は、わたしにとってはいないも同然で、ふだんは見向きもしない。ほれぼれするケツかどうかに関係なく」

「だったら、なにに興味を引かれたのかしら？　まさか、イヤフォンではないでしょうね？」

アレックスは皮肉交じりに訊いた。

ロヤコーノはアレックスを目で咎めたが、カヴァは質問が聞こえなかったかのように話を続けた。

「だが、彼女は王女のように際立っていた。特別な存在だった。白黒映画のなかでひとり色彩がついているみたいに。わたしは運転中だったが、とっさに二重駐車した。どんな混乱が起きたかは、言うまでもない。どうにか口説き落として、カフェで話をした。モデルの仕事について説明すると、学生ではないし、働いてもいないのでまともな仕事であれば考えてもいいと答えて、連絡先を教えてくれた」

「それで決まり？　オーディションもしないで？」アレックスはカヴァを自分のほうへ振り向かせようとするかのように、険しい目で睨みつけた。

「テストはしたとも。うちのカメラマンが顧客用に何枚か撮影し、そのあとハイヒールを履いて歩いてもらった。ズック靴に慣れていると、一メートルも進めないときがある」

「結果はどうでした？」

「完璧だった。生まれてからずっと、そればかりやっていたみたいに。彼女は他人に見られるために生まれてきた。あんな女性に出会ったのは何年ぶりだろう。カメラマンは感激して涙ぐんでいた」

「モデル料は？　その場で決めたんですか？」

カヴァは首を横に振った。

「金の話をしたがらなくてね。秋の初めに、水着のキャンペーンに起用する話が持ち上がってから話し合った。彼女のモデルブックを初めて見せた顧客だった。少なくとも三十人はいた候補のなかから、即決したよ」

「それで、どんな話し合いを?」

「高額での安定契約を提示した。モデルなら誰でも、すでにキャリアのあるプロでも、指を切り落としてでも飛びつく額だった。最初の写真が世に出たとたん、なりふりかまわない争奪戦になるのが、わかっていたからね。それくらい、彼女は可能性を秘めていた。たとえて言えば、しっかり縛りつけておきたくてね。だが、予想外の答えが返ってきた」

ロヤコーノは、隙間風の入る被害者のアパートメントを思い浮かべた。剝がれたタイル、故障した電気ストーブ。遺体の下のベッドカバーは、つぎはぎがしてあった。

「値上げを要求したんですか? もっと欲しいと?」

「ところが、違うんだ。長期の契約はしたくない。恋人の反応が心配だ。そう言って、恋人について打ち明けてくれた。近いうちに結婚して子どもをもうけたいとも。ほかのモデルたちは、そんなことがばれようものなら即座に解雇されるから、漏らさないように注意しているのだがね」

アレックスが再び口を開いた。

「でも、グラツィアを解雇しなかった」

「ああ、しなかった。なぜだかわかるかね、巡査? あんな娘は二度と見つけられないからだ。

そして彼女は、水着のキャンペーンと二度のショウのいわば請負料金として、こちらの考えていたよりもはるかに安い金額を要求した。バカげているほど安かった」

「いくらだったんです?」ロヤコーノが訊いた。

「三千七百ユーロ。四千でも三千五百でもなく、三千七百。手取りでね。それだけあれば足りると」

妙な話だった。

カヴァは切ない面持ちで思い出に浸っていたが、つと立ち上がって棚の前に行き、ファイルの番号をたしかめて一冊を持って戻った。デスクの上で開いてロヤコーノたちに向ける。

グラツィア・ヴァリッキオの写真集だった。

アレックスとロヤコーノはそれまで、苦悶の表情を浮かべて皺だらけのベッドカバーに横たわっている遺体と、海辺でカメラに向かって微笑んでいるスナップ写真の彼女しか知らなかった。美人であることはわかっていた。だが、目の前の写真に写っている彼女は別人だった。信じがたいオーラを発揮して、周囲のものを消し去るほどの存在感があった。

ポーズ写真が、モノクロとカラーで五十枚ほど。裾長のフォーマルドレス、ジーンズとトップス、ふんわりしたカントリースタイルのスカートに麦わら帽子など装いはさまざまだ。シーツで最小限の部分を隠しただけの、乱れたベッドの上での衝撃的なセミヌードが五枚。深刻な顔をしているのもあれば、陽気に笑い、怒り、涙を浮かべ、ときにはネコ科の動物を連想させると、じつに表情豊かだ。漆黒の瞳、すねた口元、つんとした鼻、完璧な卵型の顔をモデルとカメラマンが一体になって奏で、音楽を作り上げていた。光までもが忠実な従僕となって、しなやかな肢体を慎重に包んでいた。

「これでわかったでしょう、警部」カヴァは言った。「グラツィアは世界を手中にしていた。わたしのところに置いておけるのは、わずかな期間だっただろう。うちは南イタリア一のモデル事務所だが、グラツィアは世界で活躍できる逸材だった。一、二年のうちに有名雑誌の表紙を飾り、名だたるカメラマンのモデルになり、ゆくゆくは映画にデビューしただろう。そんな彼女の要求がたったの三千七百ユーロ。笑いたくもなるじゃないか」

ロヤコーノはうなずいた。

「では、払ったんですね」

「即、現金で払ったよ。引き換えに、一年間は専属でいてもらいたいと頼んだら、彼女は承諾した。どのみちそれ以上長く働くつもりはない、と話していた」

アレックスは、グラツィアがベッドに横たわっている一枚から目を離すことができなかった。愛を交わした直後のような、満ち足りたけだるい表情でカメラを見つめている。蠱惑的だ。

「理由を尋ねなかったんですか？　なぜ、写真のモデルを一度しただけでやめるのかしら。筋が通らないと思いませんか、警部？　だったら、最初からやらなければ――」

カヴァは再び窓の外に目をやった。思い出に浸っているらしい。それから、振り向いた。

「もちろん、尋ねたさ。一生に一度のチャンスを目の前にしていたんだ。それに彼女を見出したのはわたしだ。みすみす逃すものか」

ロヤコーノのアーモンド形の目は、例によって感情をいっさい消していた。

「グラツィアはなんと答えたんです?」

「『もう一度やったら、殺される』」


外に出ると、ふたりの刑事は寒さをものともせずに、終えたばかりの聴取について道端で話し合った。

アレックスはむっつりして言った。

「カヴァって、どうも気に食わない。殺されるからモデルはやらないとグラツィアが言ったのに、なにも訊かないなんて、信じられない。ふつう、なんで殺される、誰に脅されたって訊くものだわ。びっくりして言葉が出なかったなんて、嘘っぱちに決まっている」

ロヤコーノは両手をポケットに突っ込み、コートの襟に頭を埋めて歩いた。

「グラツィアが自分の目を見つめてそう言ったと話していたね。それがほんとうなら……カヴァも彼女の虜《とりこ》になっていたんだよ。だが、自分で守ってやろうとはしなかったんだろうな。行動的なタイプには見えない」

「どうしてあんな男をかばうんですか? エレガンスがどうのこうのときれいごとを並べていたけど、結局はただの女好きですよ。もっと深く探るべきだと思います」

「アレックス、彼に対して偏見を持つのは感心しないな。有益な情報を提供してくれたじゃないか。とにかく、事実だけに専念しよう。いまのところ、グラツィアに暴力を振るったことが確実にわかっているのは、恋人のニック・トラッシュひとりだ。父親の問題もある。事件の前にビアージョと口論をしていたのが実際に父親だったのか、突き止めないといけない」

車に乗ったとたん、アレックスは震え上がった。どうして車内のほうが外より寒いんだろう。

「カヴァは警部の見立てどおりの男なんでしょうけど、やはり正直に話していないと思います。やっとつかまえた金の卵を産むガチョウを逃がしたくないことは認めていますけど。あの中途半端な金額はどう思いますか？　三千七百ユーロ。なぜ、急いで手に入れたかったのかしら。なにに使ったのかしら」

ロヤコーノは地下駐車場からゆっくり車を出した。

「うん、調べる必要がある。だが、殺しの動機が金とは考えられない。それっぽっちの金のために、ふたりも殺すかな。ところで、兄のビアージョが誰かになにか話したかもしれない。妹の仕事や恋人とのいざこざを知っていたのかな。あしたは大学で聞き込みをしよう。それに、あしたくらいには科学捜査研究所がなにか見つけてくれるかもしれない」

最後の言葉を聞いて、アレックスはあすのロザリアとの約束を思い出してどぎまぎした。空咳をしてごまかした。

「あしたは娘さんをあのトラットリアで預かってもらえてよかったですね。夕方に会合や取調べがあるとは聞いていませんが、なにか計画しているんですか？」

ロヤコーノは口ごもった。

「……いや、その、地方の友人がこっちに来るので、男どうしで軽く食事でもということになってね。だけど、マリネッラを家にひとりで置いておくのは心配で」

アレックスはくすくす笑った。

「ふうん。ところで、警部はシニョーラ・レティツィアに好意を持たれているって、わかってます？」

「なにをバカな！　ただの友だちだよ。男と女のあいだに友情は成立しないと信じているのか？　この街に来たばかりのとき、偶然知り合っただけだ。彼女とのあいだにはなにもない」

「成立しないなんて、言ってませんよ。でも、彼女は警部に夢中だわ。女はこういうことはピンとくるんです。とてもいい人みたいだから、傷つけないでくださいね」

「そいつはどうも。ロマンスに関する忠告までしてくれるとは、ピッツォファルコーネ署は至れり尽くせりだ。ろくでなしに加えて、聖人、詩人、道案内まで取りそろえている」

アレックスは吹き出した。

「アラゴーナに聞かせたいわ。こわもて刑事を自負しているのに、聖人にたとえられたと知ったら、かんかんになる。アラゴーナと言えば、ロマーノと調べている女生徒の件はどうなったのかしら。訊いてみなくちゃ」

第二十九章

ロマーノは三十分ほど黙り込んでいた末に、ようやく口を開いた。

「映画を替えよう。七〇年代のアメリカの警官ものはおしまいだ。今度は『ベルリン・天使の詩』（一九八七年ヴィム・ヴェンダース監督）の下手くそなリメイクだ」

アラゴーナはきょとんとした。

「は？　そんな映画、知らないな。爆撃の話か？　それとも戦争？　戦争なんか、おれたちに関係ないだろ」

ロマーノは肩をすくめて、マルティナの母親、アントネッラ・パリーゼの働いているブティックに目を戻した。閉店時刻に近く、わずかに残っていた買い物客が周囲の高級店からぱらぱら出てきて、暖かい家を目指して急ぎ足で帰っていく。

今回アントネッラはマルティナを店に伴い、アラゴーナとロマーノは午後に自宅を出てバスに乗ったふたりを尾行してきたのだった。ショウウィンドウを通して店内を窺っていると、マルティナがバックパックから本を数冊取り出して店の奥に向かうのが見えた。午後いっぱい客は少なく、アントネッラは娘の様子を見にいったのだろう、度々店内と奥とを往復した。レジには店主が常にいて、来る客、来る客に笑顔を振りまいていた。

「客相手の商売って反吐《へど》が出るよな」アラゴーナは言った。「なんか買ってくれるんじゃないかって期待して、舌がすり減るくらい愛想を言って、商品を全部出して見せてやるだろ。あげくに客は、ありがとう、考えとくわとか言ってさよならだ」

ロマーノも同じことを思うと同時に、なぜ娘を連れてきたのだろうとも考えていた。マルティナの年齢なら、両親のどちらかが帰宅するまで留守番できるだろうに。

そうか、夫が帰宅して娘とふたりきりになるのが不安なんだろう。

マルティナが退屈した様子で、店の奥から出てきた。買い物客の姿はなく、アントネッラを含めた四人の店員が商品を整理していた。ロマーノは、話をしている母娘に注意を集中した。マルティナが母親を説得しようとし、母親は拒んでいるようだ。少ししてアントネッラは、レジの金を勘定している店主のもとへ渋々行った。ふたりは短く言葉を交わした。ロマーノの目には、近くにいるほかの店員を気にしているように映った。

店主はこそこそと札束から数枚を抜き取って、アントネッラに渡した。

店内を横切って娘のところへ戻って腰を屈めるアントネッラの姿が、二つのショウウィンドウ越しに見え隠れした。マルティナは母親を抱きしめるとオーバーを着て店を出ていった。

アラゴーナはロマーノを小突いた。

「尾行しろ」ロマーノは言った。「おれはこっちを見張る」

マルティナが向かったのは、ほど遠からぬところにある、有名な大型店舗の入った商業ビルだった。ハイテク製品や書籍、レコードを取り扱い、深夜まで営業している。

マルティナは北風を避けて塀際を歩きながら、携帯電話を出して話し始めた。十メートルほど離れて尾行していたアラゴーナは、なんとか盗み聞きできないものかと思案した。会話に夢中で気づかないかもしれないが、リスクは避けたい。

マルティナはタブレットを陳列したショウウィンドウの前で立ち止まって、盛んにしゃべっている。アラゴーナはあたりを見まわした。屋根のついたバス停がある。あそこなら、姿を見られずに近づくことができる。さっそく屋根の下に入って聞き耳を立てた。

「――それでさ、クソ婆に言ってやったのよ。あんた、あたしの母親でしょ。娘の頼みを聞いてくれないの？　あんたが安月給の銀行員なんかと結婚するから、惨めな生活してるんじゃん。そうよ、ほんとに言ったんだってば！　うん、このとおりに。クソ婆？　いつもみたいに、叩かれた犬みたいな顔したわよ。そう、そう、ボコボコに殴られたみたいな情けない顔。で、あいつのとこに行って……ううん、あいつはすぐに出したわよ。ほら、よく言うじゃん。色香に迷うって。だから、お金は巻き上げたけど、64Gには足りない。あのすけべ親父、最近は店の上がりが少ないのよ。不況とこの寒さとで、みんな買い物しないから。32Gで我慢しようか、貯めておいてあとで買おうか迷っているんだけど、どう思う？　どのみち、携帯は先週手に入れたから……あのイケメンの店員がいれば、いつでも見せてもらえるしね。知ってるでしょ、一時間待たないと戻れないんだ。だって……」

マルティナはげらげら笑った。アラゴーナは面食らった。学校で会ったときは内気でおとなしそうだったのに、なんて変わりようだ。映画を引き合いに出すなら『エクソシスト』だな。

「……あれの最中に戻ったらまずいじゃん。絶対だめ。台無しにしたくないもの。え？　あんた、バカじゃない？　頼めるわけないでしょ。すっからかんなんだから。家賃だけで精一杯なんだって。いろんな経費や洋服代、テニス合宿の費用なんかは全部、クソ婆が払ってる。だから、完璧なわけよ、こうやって……うん、うん、じゃまたあとで。店のなかは電波が入らないの。いつまでもここにいると凍死しちゃう。チャオ」

アラゴーナは一分ほど待って、マルティナのあとを追って店に入った。行先はわかっているので、迷わず進んだ。思ったとおり、マルティナはピンクのタブレットを手にして、店の制服を着た若い店員と楽しそうにしゃべっていた。

アラゴーナは、食べすぎたときのような吐き気をふと催した。

いっぽうロマーノは、張り込みに適した場所に停めた車のなかで、閉店したブティックの店内を窺っていた。アントネッラの同僚三人が商品の整理をほぼ終えて、笑いながら話している。ときおりちらちらと視線を投げている先には、おそらくアントネッラがいるのだろう。

数分後、コートを着た三人が出てきて、ケーブルカーの駅に向かう前にそそくさと挨拶を交わした。互いに耳打ちし、なにやら面白がっている。

ブティックの照明はすべて落とされ、奥の部屋に通じるドアから漏れる光が一条射していた。きのうアントネッラを連れ出すために店に入ったアラゴーナの話だと、奥の部屋は一種の倉庫らしいが、テーブルとソファも置いてある。

薄暗いなかで、アントネッラがドアの脇柱にもたれていた。肩に垂らした髪、横顔、胸、すらりとした長身がかろうじて判別できる。ロマーノの視界に店主が現れた。ゆっくりとアントネッラに近づいていく。話をしているのかと思ったが、アントネッラの身振りには他の店員の前では決して見せなかった親密さがあった。

アントネッラが優雅に腕を伸ばして店主の肩に置き、ダンスをするかのように引き寄せた。ふたりの体がぴたりと合わさり、唇が重なった。

ロマーノは自分が悪いことでもしたように、どぎまぎしてあたりを見まわした。娘が戻ってきたら、どうするんだよ。だが街路に人気はなく、風が吹き荒れるばかりだった。

アントネッラと店主は奥の部屋に入ってドアを閉めた。

ロマーノは車のなかでアラゴーナを待ちながら、いま目撃した出来事について考え続けた。

第三十章

「もしもし、ラウラ？　おれだ、チャオ。いま話せるか？」

「チャオ！　ええ、ええ。もちろん、大丈夫。捜査の進捗状況についてのパルマ署長のメモを読んでいたところ」

「正直なところ、あまりはかばかしくなくてね。全力を尽くしてはいるんだが……」

「わかっているわよ、そのくらい。パルマ署長の力になりたいけれど、例によって本部の連中ときたら……」

「うん、署長から聞いた。だけど、パルマ署長にかなう人はいないさ。身びいきに聞こえるだろうけど、ほんとうのことだ。この手の捜査はある程度の時間が必要だ。被害者ふたりの人生を掘り起こさなければならないのだから、簡単にはいかない」

「それは承知よ。でも、できるだけ早く捜査の的を絞って。少なくとも誰かを拘束する必要があるわ。父親を発見すれば、前科があることだし……」

「そういう筋書きは気に食わないな。確実な手がかりはまだないし、科学捜査の結果も出ていない。前科があるからと言って……」

「ええ、でも一番合理的な糸口でしょ。現場アパートメントの隣人ふたり……なんて名前だったかしら……ヴィンチェンツォ・アモルーゾとパスクアレ・マンデュリーノだったわね。彼らの供述では、事件の数時間前にふたりの男がカラブリアの方言で口論していた……」

「じつは、捜査の件で電話をしたんじゃないんだ。その……もしよかったら……」

「なに？　続けて」

「あしたの夜、名物のピッツァを食べにいくのはどうかなと……いや、別にピッツァでなくてもいい。あれは胃にもたれるから魚にするか。それとも肉にして、きみの家の近所にいいレストランがあるか調べてみてもいいし」

「つまり、誘ってくれているの？　夕食の約束をしたいということ？」

「ラウラ、頼むから困らせないでくれ」

「いいわよ。喜んで付き合うわ。何時にどこで会えばいいかしら」

「迎えにいくよ。車を買ったんだ。マリネッラが友だちの家で勉強をするときに送っていってやりたくて。それに、あの子は歩きか、公共交通を使うのが好きだが、こんな街では心配じゃないか。とにかく、そんなわけで中古の小型車だが状態はいいから、きみがかまわなければ……」

「もちろん、かまわないわ。レストランはあなたが選んで。なんでも好きだし、うるさいことは言わない。いつも食べすぎるくらい。家に帰る時間はないから、ここに迎えにきてちょうだい。九時でいいかしら」

「完璧だ、ありがとう……時間ぴったりに行く。そっちに着いたら電話をする。その時間なら、駐車する場所がありそうだ」

「ええ、もちろん」

「ふだん検事局の近辺はまず駐車できないだろ。アラゴーナなら平気で歩道に乗り上げて停めるけどね」

「わたしの運転手をしていたときのことは、忘れたくても忘れられないわ。彼は絶対に、頭がおかしい」

「うん、たしかに頭がおかしいし、小生意気だ。だけど、警官としては意外にも優秀でね。ほかの同僚たちも……」

「着替えを持ってこなくちゃ。一日働いたあとの恰好では、とても外出なんかできない。わたしを見たとたん、あなた、きっと悲鳴をあげて逃げ出すわよ」

「とんでもない。きみを見て逃げ出すなんて、あり得ないさ」

「やさしいのね、ありがとう。では、あした」

「うん、チャオ」

「ねえ?」

「ん?」

「本気なの? あなたが電話してくるのを、ずっと待っていたのよ。本気なの? わたしは軽軽しく……」

「本気だとも」

「だったら、いいわ。楽しみにしてる」

「うん、おれも」

第三十一章

なぜだか今夜は、おまえと抱き合ったときのことを思い出す。

共通の夢と希望を胸に、抱き合った。目を輝かせて、いろいろな将来を語り合った。なかには夢物語みたいなのもあったっけ。

互いにつらいときを乗り越えてきた。自分を信じないことには、どうにもならないから。そして、おまえに出会ってすべてが変わった。ひとりよりもふたりで闘うほうが、ずっと楽だった。

おまえがもういないなんて、信じられない。

外では風が荒れ狂い、しんしんと冷えている。おまえに電話ができないなんて、あんまりだ。そばにいなくても、声が聞けるだけでいいのに。

今夜は、おまえと抱き合ったときのことを思い出す。

人肌が恋しいと感じるとき、人はすぐにセックスを考える。だけど、ほんとうは抱き合うことですべてを忘れたいんじゃないか？　警戒したり疑ったりしないで体を触れ合わせると、ほっとするんだ。

そうやって、何度も慰め合ったじゃないか。

おまえみたいに理解してくれた人は、いなかった。顔色を見ただけで、気持ちを読み取ってくれる人はいなかった。

理解してもらえて、最高にうれしかった。自分の心の状態や言葉が他人に影響を与えることを知って、立派な人間になった気がした。

だからこそ、裏切りが許せなかった。

ほかの人に裏切られたなら、我慢した。人生ではよくあることだ。だけど、おまえの場合は許せない。まるきり警戒していなかったのに、裏切るなんて許せない。

ようやく他人に心を開くことができるようになったのに、ようやく自分にもいいところがあると思えるようになったのに、おまえはいきなり襲いかかってなにもかもぶち壊した。

丹念に作り上げた心の鎧を脱ぎ捨てたのは間違いだったと、思い知らされた。

我慢できなかった。

なんで、あそこに名前があるんだよ。

何なんだよ、あの写真は。

耐えられなかった。あれしか方法はなかった。

だけど、今夜はおまえに抱きしめてもらいたい。そばにいてもらいたい。

そして、すべてを忘れたい。

第三十二章

それぞれの違いはあるが、どの家庭にも共通しているひとときが、日に一度ある。夕餉《ゆうげ》のひとときだ。

夕餉は昼食とは異なる。昼食はのちに午後の残りと夜の大部分の活動が控えているし、その日の予定を考えて気が散りもする。

夕方に帰宅したときも、やはり異なる。ただいまと声をかけるか、せいぜい軽くキスをする程度でトイレに駆け込んだり、コンピューターやテレビの前に急いだりと、あわただしい。夕餉のときは違う。きちんと相手の顔を見て、一日の出来事を語り合う。次の日に予定があれば、それについて話す。

マリネッラは街で耳にした歌を口ずさみながら、パスタを鍋に放り込んだ。

この街の一番好きなところは、音楽だ。どこでもいつでも、音楽がある。パパは音だけであっても他人の領域への侵害だと言って煩わしがっている。でも、あたしは好きだ。

街に関して意見が違うのはこれだけではない。おおざっぱに言えば、街に関してはまったく意見が合わないのだ。

パパは相変わらず、この街は罪を償うために送られた刑務所で、その前にいた場所は楽園だったととらえている。常夏の気候、花と潮の香に満ちた大気。一年を通じて海水浴ができ、人人はやさしく、道で会えば花の首飾りをかけてくれる。アロハ、パパ！

あたしが思い出すのは、半径百キロ以内に映画館はたったの三軒、耐えがたい猛暑、胡散臭げな目つき、誹謗中傷、陰口。とりわけいやだったのは、ほぼ全員が顔見知りで家庭の内情が筒抜けだったこと。

白黒がはっきりしないまま警部が遠方に赴任し、母親とふたりきりで残されたとき、まったく無関係なマリネッラたちまで冷たくあしらわれた、その冷たさに比べればいまの寒さは初春みたいなものだった。誰も近寄ろうとせず、親戚のほとんどと疎遠になった。

理由は単純だ。噂が真実で、警部がマフィアの内通者なら、悪党だ。噂が真実でなくても、危険人物だ。いずれにしても触らぬ神に祟りなし、家族にも関わらないほうが無難である。

パレルモへの引っ越しは、初めは最善の解決策に思えたが、やがて重大な問題が表面化した。マリネッラと母ソニアの関係だ。口喧嘩が尾を引いて、ついにマリネッラは家出をして父の飛ばされた地にやってきた。果てしないシチリア式諍《いさか》い、家庭のなかでも外でも息の詰まる毎日、だったら家出したほうがましだと思った。

マリネッラは父親とはいつも仲がよかった。ロヤコーノは口数が少ないが、父娘は顔立ちだけではなく性格も似ていて、あまりしゃべらなくても気持ちが通じたし、心のよりどころ、いわば安全な港でもあった。嵐のときは誰でも安全な港を目指す。父親のもとへ行くのは自然な成り行きだった。

久しぶりに会った父親は以前と変わらず、とくに驚きもしなかった。だが、街には驚いた。永久に心をつかんで離さない世界に足を踏み入れた気がした。混乱、無秩序、悪ふざけなど、父親が欠点と断じ、客観的に見れば実際そのとおりの街や住民の特徴にも魅力を感じた。笑顔で困難を乗りきる処世術も好きだった。

きのうは、まさにその典型的な例を目撃した。男性の運転する黒のベンツが、ぎりぎり通ることのできる狭い、一方通行の上り道に入っていった。三分の一くらい進んだところへ、前方から傷や凹みだらけの小型車が逆行してきた。ハンドルを握っているのは女性で、手つきがいかにもおぼつかない。ベンツの男は、相手がバックで坂を上りきるまで永遠にかかると判断し、あざやかなハンドル捌きで果物屋の屋台、ベンチで井戸端会議をしているおばさんたちをすいすいと避け、広い本道まで戻って小型車を通してやった。小型車の女性は親切な男に晴れ晴れと微笑み、男は「このボケっ！」と陽気に返したのだった。

こんな街を好きにならずにはいられない、とマリネッラは思うのだった。

それに、音楽。ラジオ、海賊版のCDやMP3ファイル。百メートル先の自動車ラジオから響いてくる重低音もある。音の乱舞だ。好きな音を選んで聞き、あとはなるたけ無視する。マッシミリアーノはこの街を愛する理由の何パーセントくらいを占めているのかしら、とマリネッラは自問した。きっとかなりの割合だろう。

マッシミリアーノは、同じアパートの住人だ。むろん、ロヤコーノはそんなことを知らずにアパートメントを選んだのだが、マリネッラは感謝していた。北半球一のハンサム青年マッシミリアーノ・ロッシはジャーナリストを目指している文学専攻の大学生だ。マリネッラは父譲りの調査手腕を発揮して砂糖、塩、コショウを都合三度も借りにいき、彼が快く貸してくれた親切な奥さんの長男であることを突き止めた。

ふたりはアパートの階段で二度ほど出会い、マッシミリアーノはアーモンド形の目と高い頰骨を持つ、浅黒い肌の少女に惹かれて話しかけた。マリネッラは宝くじに当たったような気分になったが——そう何度も調味料を借りにいくわけにはいかないし、どうしたものかと考えあぐねていたのだ——同時に、こんなすてきな青年が自分に興味をもつはずがない、からかっているのだろうと不安になった。

結局「チャオ、元気？」と挨拶を交わすようにはなったが、次の段階にはなかなか進むことができなかった。そこで、マリネッラはレティツィアに相談した。父の友人として会った彼女だが、すぐに自分の友人になった。レティツィアはユーモアがあって楽しいうえに、決して穿鑿《せんさく》をしない。美人でやさしく、思いやりがある。レティツィアみたいなママがいたら最高だ、とマリネッラはいつも思う。鈍感な父親が、いつもスーツを着ているあの感じの悪いサルデーニャ女に夢中にならずに、レティツィアの気持ちに早く気がつくよう願っていた。

レティツィアは、マッシミリアーノの気を引く方法を指南した。玄関やバルコニーで顔を合わせたら、向こうが挨拶をしてもたまに無視するのよ。なにか言いかけて思わせぶりに口をつぐんだり、ずっと黙っていたあとににっこりしたりするのも効き目があるわ。そしてついに、ふだんはレストランの店主に身をやつしている素晴らしい魔女の予言どおり、マッシミリアーノは外出しようと誘ってきたのだった。それも、ふたりきりで！

だが問題は、真っ赤な危険信号が灯っていることだ。ジュゼッペ・ロヤコーノというとてつもなく高い壁を乗り越えなければならない。警部はたまにレティツィアの店に行く以外はなにが起きようと八時には帰宅して、マリネッラが心を込めて作った夕食をともにする。男の友人と外出する、と正直に話すのは論外だ。警部にとってマリネッラはいまだに幼い少女であって、そんなことを知ったら激怒して収まりがつかなくなる。しまいにはマッシミリアーノを怒鳴りつけ、すべてを台無しにするだろう。やはり、慎重に計画を立てる必要があった。

そこで、クラスメイトふたりと彼女たちの母親に協力してもらい、ロヤコーノが確認の電話をしてきたときにごまかしてもらうことにした。マッシミリアーノとの初めての映画デートは、あしたに迫っている。夕食のときにさりげなく話そう。今週、数学のテストがあるのだけれど、ものすごく難しいの。それで、教室で隣に座っている女の子の家で、その子ともうひとりと三人で夜に勉強することにしたの。

マリネッラはパスタの湯を切って深呼吸をひとつすると、意を決して居間に入った。

夕餉のひとときはなにもかも話すことができる。

愛する家族に思いを打ち明けて、助言を得ることができる。

遠慮やためらいを捨てて自分自身に戻ることができる。

率直になることができる。

アレックスはパスティーナ・イン・ブロード（小さなパスタ入りスープ）の皿を前にして、込みあげてくる吐き気をこらえていた。パスティーナもブロードも大嫌いだし、その二つが合わさったものはもっと嫌いだ。とはいえ二十年以上にわたって週に一度、この代物を最後のひと口まで食べ、そのあいだ〝将軍〟は娘がしっかり食べているかと、ちらちら視線を投げかけて見張りを怠らない。そしてアレックスは感謝しているふうを装って、視線を返すのだった。

心の奥深くに怪物を隠している自分はジキル博士と同じだ、とアレックスはときどき考える。

怪物はいつ飛び出して、周囲の人を恐怖に陥れてもおかしくない。

父親がひと匙ごとに盛大にすすり込む音、そのあと漏らす満足げなうめき声が、パスティーナ・イン・ブロードをいっそうまずくした。わたしが両親を殺して家から逃げようと決心するとしたら、それはきっとパスティーナ・イン・ブロードの日だ。絶対に。

沈黙のなかで夕餉は進んだ。なにか話すことがあれば、食事が終わってテレビをつけるまでのあいだの二分間にすべし、というのが掟である。アレックスはろくに味のしないぱさついた薄切り肉の主菜をていねいに切りながら、静かにそのときを待った。

ようやくいつもどおりの時間に食事が終わった。アレックスは気乗りのしないふうを装って、両親に告げた。あしたの夜は、いま捜査している二重殺人事件についての会議に出席しなければならないの。

口実に利用してごめんなさい、と殺されたふたりに心のなかで詫びた。でも、被害者どうしということで、きっと理解してくれるだろう。

将軍は、雀の涙ほどの給料でこき使われて云々とぶつくさ言ったが、耳ざといアレックスは満足げな響きを聞き取った。ニュース番組をにぎわせている重要事件に携わっている娘が、誇らしいのだ。

アレックスはロザリア・マルトーネと過ごすひとときを思い描いた。牡蠣と白ワインの夕食、それからキャンドルを灯し、香を焚いてベッドをともにする。頰がゆるみそうになるのをこらえ、うつむいてリンゴの皮を剝き始めた。

マリネッラは父親が食事を終えるのを待っていた。ふだんより口数が少なく、落ち着きがないが、きっと疲れているだけだろう。

パパはときどきすごく老けて見える、とふと愛しくなった。あした、ひと晩だけとはいえ、放っておいていいのだろうかと、ためらいが生じる。だが、マッシミリアーノのまばゆい笑顔、くしゃくしゃの髪、バックパックをしっかりつかんで階段を下りてくる姿が頭に浮かんで、迷いは消えた。

口を開いて言いかけた――今週、数学のテストがあるの、すごく難しいから友だちの家で一緒に勉強することにしたわ――。そこへロヤコーノが言った。

「なあ、マリネッラ。あしたの夜、夕飯に帰ってこなくてもいいかな？　じつは警察学校の友人が、ここで講習を受けにくる。こいつもシチリア人でね。講習が終わるのは遅くなるから家には招かないが、久しぶりだから飯でも食おうと思っている。一緒に来てもかまわないが、退屈だろう。昔はああだった、こうだった、とそんな話ばかりだから」

マリネッラはテーブルに飛び乗って踊りたくなったが、変に誤解されても困る。我慢した。

「それで、どこへ行くの？　レティツィアのお店？」

「いや……その、あいつはこの街をよく知らないから、店の場所を説明してもわからないだろう。レティツィアにはおまえを預かってもらいたいと頼んである。ひとりで留守番させるのは心配だからな。八時に行くと言ってあるが、宿題かなにかで遅れても大丈夫だよ」

こんなのは些細な障害物だ、とマリネッラは思った。簡単に飛び越えることができる。レティツィアはあたしの味方だから、まったく問題ない。

「わかった。安心して、パパ。どのみち、すごく勉強しなければならないの。あさって、数学のテストがあるのよ。レティツィアのところで夕飯を食べるわ」

心配していたよりもずっと簡単に問題は解決した。マリネッラはうれしさのあまり、父親の翌晩の予定について詳しく尋ねなかった。自分自身の予定がなければ、きっと尋ねたことだろう。

マリネッラはリンゴにかぶりついた。

夕餉のひととき。

家族がそろう、一日で最良のひととき。

誰もが正直になる、最良のひととき。

第三十三章

今朝は始業時刻の前に全員が顔をそろえた。オッタヴィアは珍しくないが、アラゴーナとなると奇跡に近い。

グイーダが暖房のスイッチを入れたばかりなので、署内はまだ熱帯気候になっていなかった。ロマーノは早々とシャツ姿になっているが、アレックスは上着を着たままだった。

パルマは満足げに見まわしたものの、ここ数日の心労で眉を曇らせていた。

「せっかく勢ぞろいしてくれたんだ。仕事を始める前に簡単な作戦会議をしよう。みんなも承知のように、幸か不幸かこのところ、ほかにはあまり事件が起きていないため、マスコミは今回の二重殺人にかかりきりになっている。実際のところ、捜査の進捗ははかばかしくない。被害者の父親は、写真付きの手配書を各方面に出したにもかかわらず所在不明だ。これだけ周知を徹底したのになんで見つからないのか、不思議だよ」

オッタヴィアが元気のない声で答えた。

「ええ、ほんとうに。ロッカプリオーラの治安警察が非常に協力的で、数少ない友人や親戚、知人を監視してくれているので、日に二回は連絡を取って様子を聞いているわ。グラツィア・ヴァリッキオの恋人フォーティは過去の愚行二件を詳しく調べたけれど、どっちも悪ふざけの度が過ぎた程度で、こっちの線はなにも出てこなかった」

「モデル事務所のカヴァは？　なにかわかった？」アレックスが訊く。「心証がすごく悪かった」

「聴取のあとにあなたが電話をくれたあと、家でコンピューターを使って調べたわ。これといった情報はなかった。奥さんとは初婚で、結婚して二十年。子どもはいない。奥さんは有名な元モデルで、いまは引退している。なにかトラブルがあって引退したわけではないけれど、十年ほど前のゴシップ誌に夏の海辺のひと騒動の記事が載っていた。酔っぱらった奥さんが、モデルと次々に浮気するカヴァを責めたらしい。続報はなくて、これ一本きり」

ピザネッリが情報を追加した。

「あの事務所はよく知られている。友人のファッションジャーナリストに訊いたら、南イタリア一とまではいかないが、大手のひとつだそうだ」

「だったら、イタリア全体では二百番目ってとこだろうな」と、アラゴーナが憎まれ口を叩く。

「ここらの会社はみんなそんな程度だ」

ピザネッリは肩をすくめた。

「それはともかくとして、評判は悪くない。地方裁判所に問い合わせたところ、労使関係の訴訟は起きていない。この業界では珍しいね。モデルとの契約は公明正大だし、納税、福利厚生費などもきちんとしている」

「それはそれでけっこうなことだが」ロヤコーノが言う。「いま問題にしているのは脱税ではないし、カヴァはアル・カポネでもない。こだわりが強く、それも少々度を越していて、妄想を抱きかねないタイプに見えた。今回の犯人は突発的な怒りに駆られやすくて、激昂すると理性を失う傾向があると思う」

「たとえば、弾き語りをする若造か?」ロマーノが投げやりに言った。「気まぐれで感情的なんだろう? それにグラツィアをひっぱたいた。犯人候補のトップだ」

パルマは両腕を大きく広げた。

「まさに暗中模索だな。鑑識の最終結果を待ち、被害者の父親の発見と聴取を待ち、犯人がドジを踏んで尻尾を出すのを待っている。こうして待っているうちに時間が経って、統計によると――」

アラゴーナが締めくくった。

「二十四時間以内に犯人が発見されない場合、解決の見込みは著しく低下する」

パルマはじろっと睨んだ。

「そのとおり。そして、きみだけではなく本部のお偉方もそれを知っていて、われわれから事件を取り上げようと、手ぐすね引いて待っている。あと二日だ。それ以上は無理だ。捜査権を渡すほかない」

「まだ終わったわけじゃない」ロヤコーノは憮然として言った。「鑑識の最終結果のほかにも、わかっていないことが多々ある。たとえば、グラツィアがカヴァに要求した三千七百ユーロという奇妙な金額の意味。ビアージョが誰かになにか打ち明けていないかどうか。これについては大学で聞き込みをする。それに、父親のコジモをなんとしても見つけなくては。全体像が明らかにならないうちに捜査権を奪われるのは、我慢できない。全力で捜査するから、援護してください、署長」

パルマは全員の視線を感じた。それぞれに欠陥を抱えたろくでなし刑事たちだが、少なくともひとつのチームではある。一度食らいついたら決して放さないチームでもある。

「できるだけのことはする。だが、繰り返して言うが、二日が限度だ。むろん援護するが、進捗がなければあきらめろ。ロヤコーノ、総力を挙げて当たろう。できることがあれば、わたしも手伝う。きみたちは――」ロマーノとアラゴーナに顔を向けた。「女生徒の件にこれ以上新しい事実が出てこないなら、捜査を終了して家庭裁判所に引き渡し、こっちの加勢を頼む」

ロマーノはアラゴーナを一瞥して言った。

「午前中いっぱいください、署長。そのあとは、なんでもやります」

パルマはロマーノに指を向けて念を押した。

「よし、午前中だな。事後報告を頼む。さあ、頑張ろうじゃないか、諸君」

そして、署長室に消えた。

アラゴーナはうっとりして言った。

「いいなあ、こういうのたまらないよ」

第三十四章

ロヤコーノが大学生活を送ったのははるか昔、遠くの別の州だった。アレックスの場合はつい最近で、学び舎は大理石の胸像や石の大階段のある、市内の荘厳な古い建物だった。そうした違いはあるにせよ、キャンパスに入ったふたりはともに、郷愁と若者のなかに紛れ込んだおとなの疎外感を抱いた。

寄せては返す波のように、大勢の学生が行き来する。単独で、あるいは数人で笑いさざめいて歩き、人にぶつかっては「ごめん」「失礼」と言い合う。眼鏡、ポニーテール、長い顎ひげ、滑稽な口ひげ、トップを染めたモヒカンカット、コンバットブーツ。各人各様だが、目つきや身振りは似通っている。コルクボードの巨大な掲示板を、種々雑多なビラが重なり合って埋めていた。アルバイト求む、アパートメントを探しています、ペットの里親募集中、バイク売ります、古着売ります、家庭教師します、ベビーシッター時給〇〇ユーロ。若者たちがその前にミツバチのごとく群れ、電話番号の記された短冊をちぎり取って去っていく。

上階へ続く階段に学生たちがグループになって座っていた。こんな陽気でなければ太陽を浴びて試験の苦労話や恋愛談議に花を咲かせているのだろうが、ここ数日の寒さで落書きだらけの壁際のベンチは凍てつき、外には管理人や門番に玄関から追い出された筋金入りの喫煙者たちしかいない。

訪問することは、オッタヴィアから連絡してもらった。フォルジョーネ教授と、遺体を発見したショックが激しくて十分な聴取ができなかった息子のレナートの両人に確実に会う必要があった。

グラツィアを取り巻く世界には多様な側面と人間関係があったが——恋人、父親、モデル事務所など——、兄のビアージョはこの壁の内側だけで生きていたのだろう。

最上階に到着すると、すぐ目の前に廊下が伸びていて大きな窓から日が射していた。階下にあった喧騒はまったくない。書類に占領されたオフィスにいた女性が案内に立ち、先ほどよりも狭い廊下を進んで短い階段を上ると、ある部屋のドアをノックした。帰るときも案内してくれるだろうか、とロヤコーノは不安になった。ひとりで出口にたどり着く自信はなかった。

工業バイオテクノロジー部生化学科のアンティモ・フォルジョーネ教授が、刑事たちを出迎えた。年は六十前後で恰幅がよく、目鼻立ちが息子そっくりだった。背はあまり高くないが、きれいに撫でつけた半白の髪と力強い顎が威厳を漂わせ、広い肩幅と少し目立ち始めた腹、上等なブルーのブレザーとレジメンタルタイが貫禄を添えている。

悲しそうな、作り物ではない微笑を浮かべた。

「ようこそ。いらっしゃることは、きのう連絡を頂いた。市内で会合があるのだが、なるたけ早く会っておきたかったので、出席を見合わせました。こんなことになって、ビアージョが気の毒でね。みんな、ショックを受けています」

あまり広くない教授室は整頓されているとは言いがたく、いかにも仕事場という雰囲気があった。教授も一緒になって、デスクの前の椅子二脚に積んであった科学雑誌や図表を片づけた。

「散らかっていて申し訳ない。こうした紙類が、あっという間に溜まってしまって。デジタル化について何年も前から検討されているのに、いつになったらその恩恵にあずかれるものやら。さあ、かけて。どうすれば、捜査の役に立てるのかな。わたしたち大学側は、協力を惜しみませんよ」

ロヤコーノは一礼した。

「とくになにかを探るというよりも、なるたけ多くの情報を集めようとしていましてね。ビアージョはどんな青年だったのか、親しくしていた人はいたか、最近、口論などをしていなかったか。そうしたことについて、お聞かせ願いたい」

「口論？　ビアージョが？　そうか、彼に会ったことがないのだから無理もないな。穏健で心のやさしい若者だった。こっちがあきれるほど、礼儀正しくて真面目でね。こんなことがよくあった。ここに来ると、ちょうどきみたちのいるあたりに立って、しゃべる許可をもらうまで黙って待っているんだよ。わたしが忙しくて気づかないと、いつまでも。この部の誰かと口論をするなど、あり得ない」

アレックスはメモを取った。

「ビアージョと知り合ったのは、いつですか」

フォルジョーネは額に皺を寄せた。

「いつだったかなあ……あれはたしか六年前、生化学の試験のときだった。突出した成績だった。天賦の才があったね。冷静で慎重な性格の裏に、豊かな才能と直感力が隠れていた。彼のような学生はここにはあまりいない、不幸なことに」

「どういう意味でしょう？」

「ここの学生のほとんどは、ほかの学部に入れないから来たんですよ。医学部、薬学部、工学部は入学試験が難しい。そこで当座しのぎにここに入って、第一志望の学部に再び挑戦する。そんなわけで初年度はかなりの人数がいるが、次の年には激減してしまう。本気でこの分野に取り組もうとする学生は、ほんのわずかだね。重要で興味深いだけでなく、キャリアとしても将来有望なのだが、なかなかそれを理解してもらえない」

「ビアージョ・ヴァリッキオは違ったんですか?」ロヤコーノが質問する。

「ビアージョはここが第一志望だった。非常にまれだが、さいわいにもたまにいる。試験のあとすぐ、欠かさずに授業に出てきた。感心なことに、成績目当てではなく、学問に対する正真正銘の情熱を持っていた。わたしにとっては息子同様だった」

アレックスが見たところ、教授は心から悲しんでいるようだった。

「では、ビアージョとはほかの学生よりも親しくしていらしたんですか」

「ええ。わたしの息子に会ったでしょう。わたしは運のいい父親だ。レナートは優秀で、しかもわたしと同じ道を進んでくれている。いまや、信頼できる助手のひとりに成長した。ま、それはともかく、ビアージョは息子の親友だった。学部の二年生のときから一緒に勉強し、共同で研究をしていた。重要な論文をいくつも科学雑誌に共著しているし、ふたりが始めた研究のなかには提携しているアメリカの大学で実施されているものもある。ふたりとも、わたしの自慢の種だ」

「では、ビアージョのことを知る機会は多かったんですね?」

フォルジョーネの表情が暗くなった。

「もちろん。自宅にしょっちゅう来ていたからね。レナートと深夜まで勉強したあと、明け方にキッチンで本の上に突っ伏していることが何度もあった。いつも柔和で謙虚だった。立派な青年だったよ」

「彼のここでの役割はなんだったんですか」ロヤコーノが質問した。「具体的にどんな仕事を？　学生の指導ですか？」

「指導もしていたが、主要な仕事は別にあった。ここでは各人の能力を見極めて活用するようにしている。息子もそうだが、ビアージョの最大の強みは研究だった。ふたりが一緒になると、目ざましい力を発揮した。だから、ビアージョの死がこの先息子にどんな影響を与えるかと、父親として心配でならないのだ。レナートは大きなショックを受けていて、この二日というもの、口を利こうとしない。それでビアージョだが、彼はほとんどの時間を実験室で過ごし、研究に励んでいた」

「研究と言いますと？」

フォルジョーネ教授はデスクの上の書類を漁った。

「ビアージョはわたしの指導で『代謝酵素の生物工学への応用』というテーマで優れた卒業論文を書いて学位を取得した。かなり革新的で、話題性というよりはこの分野の進歩を予感させた点で重要だ。言うまでもないが、優等で卒業した。ああ、あった、あった」

教授は光沢紙を使った雑誌をデスクの上で広げた。『バイオテクノロジーの若き獅子たち』のタイトルの下で、眼鏡をかけたビアージョ・ヴァリッキオが大いに照れて刑事たちを見つめていた。

「持って帰ってかまわんよ」教授は言った。「これは学内誌で、ほかの学生ももう読んだから。ビアージョと息子はかなりの評価を得ていてね。ふたりでタンパク質の組換えを研究していた。

それについての説明を聞きにきたのではないだろうが、お望みとあれば——」

ロヤコーノは片手を挙げてさえぎった。

「いや、せっかくですが遠慮しておきます。言いにくいんですが、たとえば嫉妬などはなかったんですか？　ビアージョのポストを欲しがる者が……」

フォルジョーネはきっぱり否定した。

「いや、断じてない。各人が割り当てられた研究をし、それぞれ異なることをしているのだから、対抗意識の生じるはずがない。そもそも情けないことに、争うほどの金はない。院生のもらう額などたかが知れている。みんな研究が好きだから、いつかはこの分野の企業で職につきたいと夢見て、頑張っているのだよ」

金の話が出たのをさいわい、ロヤコーノは訊いた。

「最近、ビアージョが金を必要としていると感じたことはありませんでしたか？　報酬の前払いを頼んだ、誰かに借金を申し込んだ。そうしたことは？」

教授はしばらく考え込んでいたが、しまいに首を振った。

「いや、思い当たる節はないね。そもそも、そんなことをする道理がない。金に困ったら、わたしを頼る。わたしは誰に対しても常に門戸を開いているが、それは主にビアージョのためだった。院生の報酬の支払いはいつも遅れてね、警部。にっちもさっちも行かなくなって、わずかな報酬の一部を前借りしたいと頼んできたことはあった。そして、ほかの院生たちと同様に困難を乗り越えていた」

「このところ、ビアージョに変化はありましたか。様子がおかしかったりしませんでしたか」アレックスが訊いた。

教授は再び考え込んだ。体裁を繕うこともなく、どんな質問にも真剣に向き合ってくれるのが、ロヤコーノはありがたかった。

「じつは」フォルジョーネはしまいに言った。「想像に難くないだろうが、最近は科学ではなく事務的な仕事に時間を割かれて、実験室にはあまりいないのだよ。もっとも、意思の交流に努めてはいる。どんな研究をしているのか尋ねたり、雑談程度ではあっても定期的に話し合いをしたり……科学者には健全な精神、自由な発想、集中力が欠かせないからね。先ほどの質問の答えは息子に聞いてもらわないとわからないが、正直なところビアージョは最近めっきり口数が減って、心ここにあらずといった態《てい》だった。常に目覚ましい研究結果を出していたが、このところ停滞していて、レナートがずいぶん手助けし、その割合が増していたようだ。ふたりともわたしが気づいていないと思っていたようだが、わたしの目はごまかせない」

「ビアージョの変化はなにが原因だったとお考えですか」アレックスが訊いた。

教授は肩をすくめた。

「さあねえ。だが、息子は妹が来たせいだと考えている。わたしは会ったことがないが、妹がビアージョの生活を乱した、と。妹の行動に戸惑っただけかもしれないがね。彼をわたしの所有するアパートメントに家賃なしで住まわせていたことは、ご存じだろう。そこで、管理会社がちょっとした……いざこざを知らせてきた」

「というと？」

「ひと月ほど前、妹が共同玄関で恋人と大喧嘩をしたらしい。二階に住んでいる老婦人が恐れをなして、アパートの理事会で苦情を申し立てたそうだ」

ふたりの刑事は顔を見合わせた。これが、被害者の隣に住んでいるパコ・マンデュリーノの話していた喧嘩に違いない。グラツィアとニック・トラッシュの関係は、たしかに熱く激しいものだった。

「ありがとうございました、教授」ロヤコーノは言った。「では、ビアージョが研究をしていた部屋を見せていただけますか。それから、ご子息からあらためて話を聞きたい。なにか思い出したかもしれません」

フォルジョーネは立ち上がった。

「ああ、かまいませんよ。では、こちらへ。実験室へ案内しよう」

第三十五章

丘のターミナル駅で、アントネッラ・パリーゼがケーブルカーから降りてきた。しなやかな長身、軽やかな足取り、束ねた赤毛は、寒さをついてそれぞれの勤め先へ急ぐ人々で混雑したなかでもよく目立った。

ロマーノとアラゴーナは物陰から出て、アントネッラの前に立った。

アントネッラは気づかないふりをして行き過ぎようとしたが、アラゴーナが素早くまわり込んで行く手をさえぎった。

「おはようございます。ずいぶん急いでいるようだけど、コーヒーを付き合ってもらえないかな」

アントネッラは素っ気なく突っぱねた。

「なんの権利があってわたしの邪魔をするの？　すぐにやめないと、あなたたちの上司に苦情を言うわよ。わたしも家族も悪いことなんかなにもしていない――」

「では、ご主人に会って直接説明しましょうか」ロマーノが口を挟む。「ご主人は娘さんの学校で自分がどんなふうに思われているか、まったく知らないんでしょ。そうだ、これから一緒に会いにいきましょうよ」

アントネッラは無言で刑事たちを睨みつけ、身をひるがえして駅のバールに向かった。

小さなテーブルを前にして三人とも腰を下ろしたところで、引きつった声で言った。

「何度言えばわかるの？　根も葉もないんだから、調べたってなにも出てこないわよ。娘は……空想してそれを作文に書いたのよ。どうってことないでしょう」

「あのね、奥さん」アラゴーナがおもむろにサングラスをはずす。「そんなにむきになって弁解する必要はないんだ。全部、マルティナの作り話だってことは承知している」

「え？　では……なんで来たの？　わたし、仕事があるからいつまでも――」

ロマーノは声を潜めて言った。

「なぜ、そういう結論に達したか、聞きたくありませんか？　娘さんは、汚らわしくおぞましい罪をご主人に着せようとしたんですよ。本来なら、精神科医や司直も関わって徹底的に究明すべき問題だ。そうなると、結論が出るまで長々とつらい思いをし、人生がめちゃくちゃになりかねない。ひとりではなく、何人もの人生がね」

アントネッラは沈黙したまま、ロマーノの言葉を単なる憶測として否定するかのようにゆっくり首を横に振った。と、片方の目から涙がひと粒頰を伝い、それを乱暴に手で拭った。

「聞きたくないわ。今後わたしたち、とりわけ主人をそっとしておいてくれるのか、それだけ教えて。主人はいい人なんだからこんな疑いは理不尽――」

アラゴーナはぶしつけな笑い声をあげた。

「おや、奥さん、またもや意見が一致したね。ご主人はいい人だから、こんな疑いは理不尽だ。それに、理不尽なことはまだほかにもたくさんあるんでしょ。違うかな？」

こいつ、わざと不愉快な態度を取っているな、とロマーノは思ったが咎める気にはならなかった。

「ご主人との関係に口を出すつもりはありませんよ」ロマーノは言った。「さいわい、警察の出る幕ではないからね。ただし、娘さんは父親に性的虐待を受けていると周囲の人に思わせた。その人たちを納得させて告発をしないようにするためにも、娘さんがあんな行動を取った理由を知る必要がある。あなたが説明を拒むのなら、ご主人と話すほかありませんね」

しばらくのあいだアントネッラはいっさい表情を変えず、身じろぎひとつしなかった。が、ふと堰を切ったように話し始めた。まるでふたりが刑事ではなく、聴罪司祭であるかのように。

主人は安月給なのよ。ものすごく少ないわけではないし、もっと少ない給料で家族を養っている人がいることはわかっている。子どもだって、ひとりとは限らないしね。それが、わたしたちの失敗だったのだろうと、ときどき思うの。きょうだいがいれば、ろくでもないことを考えずにすんだんじゃないかって。

マルティナは賢い子よ。ものすごく賢い。それに、悪知恵が働く。同じ年の子よりもずっとませているわ。人の弱みを見抜いて優位に立ち、自分の思いどおりに操《あやつ》るのが上手なの。娘のことをこんなふうに言うなんて、ひどい母親だとあきれるでしょうけど、事実なのだからしかたないわ。

親は子どもにとって最善のことをしようとするけれど、実際にそれが最善とは限らない。たとえば、わたしたちはマルティナを専門職や実業家の子どもたちが通うエリート校に行かせたかった。そうすれば、もっと上の社会に入る機会がある、うまくすれば平凡な環境から救い出してくれる人に出会うかもしれないと期待したの。

わたしたちは間違っていた。

間違っていた。娘は自分がその場にそぐわないと感じてしまったの。自分自身であることを捨てて、人の真似をすることを覚えた。そして、嫉妬するようになった。

入学したその日から、友だちを、いえ正確にはクラスメイトをうらやんだわ。その子たちの靴、ジャケット、バックパック、運転手付きの車での送り迎え、サロンでのパーティー。なにもかもうらやんだ。でも、服や遊ぶ場所で張り合うのは無理だから、ボスになろうと決心した。そして、成功した。

父親を嫌うようになったのは、三年前。望んだものが手に入らないのは、父親のせいだと決めつけた。ついには、自分たちが当然得るべきものを与えることのできない、甲斐性無しの父親としてしか見ることができなくなってしまったの。ママは美人だから、とわたしには当たらないわ。美人だから金持ちをつかまえて、あたしも金持ちにしてちょうだい、というわけ。それに引き換え、父親は邪魔者でしかない。

勤め先の店主パスクアレに抱かれるようになったきっかけは、マルティナよ。彼との関係が始まったのは、あの店に勤める前。マルティナを連れていった歯医者の待合室で知り合ったの。マルティナは彼のことをリノおじさんと呼んでいる。彼はマルティナにプレゼントをしてうわべだけの愛と沈黙を買い……わたしとの……もう知っているんでしょうね……わたしとの時間を手に入れている。

自分を汚らわしいと感じるか、と訊きたい？　ええ、汚らわしいわ。でも、あなたたちが考えている類の汚らわしさとは違う。

主人はわたしの浮気を知っているわ。半年くらい前に、マルティナがばらしたから。そうすれば父親が家を出ていく。父親がいなくなれば、パスクアレは妻と離婚し、三人で贅沢な生活を送ることができる。あの子はそう考えたの。もちろん、そんな都合よく行くわけがない。百ユーロかそこらで娘を追い払って母親とセックスを楽しむのと、自分の人生を台無しにするのとは、まるきり別の話でしょ。そもそも、すべて奥さんの名義になっているから、離婚したら彼は文無しになる。

それを娘にわからせようとしたけれど、うまく立ちまわれば成功すると言って、聞く耳を持たないの。唯一の障害はセルジョだと信じている。わたしの浮気を聞かされるとセルジョは、信じない、たとえこの目で見ても信じない、とわめいた。仕事をやめろとも言わなかった。わたしが仕事をやめたら、生活が苦しくなるもの。車を売ったり、引っ越したりしなければならない。事態がもっと悪くなるかもしれない。だったら、現実から目を背けてなにもなかったふりをしたほうがいいわ。

近ごろマルティナが熱を入れているのが、性的虐待のでっち上げ。父親が出ていかないなら警察に逮捕してもらおう、と企んだのよ。子どもへの接近禁止令を受けた父親を題材にしたテレビ番組を見て、思いついたんですって。まったくね。

正直なところ、もう主人を愛していないの。マルティナを妊娠したとき、わたしたちは子どもだった。でも、愛していなくても、主人がおぞましい罪を着せられるのを望んだりしない。このまま前に進んでいきたい。後戻りはできないもの。

後戻りできないって、わかっているの。

ロマーノとアラゴーナは、無言で彼女を見つめるばかりだった。

それからふたりそろって立ち上がり、勘定をすましてバールを出た。店に入ったときにはなかった苦悩で、心が重くなっていた。

事件を解決済みとして処理する前に、しなければならないことがあった。

第三十六章

ロヤコーノとアレックスはフォルジョーネ教授のあとをついて、通路と階段から成る迷路を進んだ。ロヤコーノは確信した。熟練した案内人がいなければ、ここで囚われの身となって一生を終えるだろう。

実験室は意外にも広く清潔で、整理整頓が行き届いていた。そろそろ、この街が不潔で猥雑だという偏見を捨てなければいけないな、とロヤコーノは反省した。

レナートはガラス細管と試験管で構成された複雑な装置の前に立っていた。顔色に血の気はなく、焦点の定まらない目をして白衣の打ち合わせをひっきりなしにいじくっている。親友を失った悲しみとその遺体を発見した心の傷は、そう簡単に癒えるものではない。

教授の登場で、ほかに十人近くいる学生や研究者に緊張が走った。教授はめったにここに来ないと見え、誰もが好印象を与えようと努めていた。

「やあ、みんな、おはよう」教授は口を切った。「実験の邪魔をしてすまないね。知ってのとおり、この学部はもとより大学としても、大切な仲間だったヴァリッキオ博士の死に心を痛めている。こちらのふたりは捜査を担当しておられる。協力を惜しまず、いかなる質問にも答えてもらいたい」

ロヤコーノは教授の口添えに感謝した。

「ありがとうございます、教授。いまは息子さんだけでけっこうですよ。それに、前に会っています」

刑事たちを見つめていた全員が肩の力を抜き、無言で作業を再開した。

レナートがそばに来て挨拶する。

教授は三人を実験室の一隅にある小部屋に案内した。仕切りはガラス壁だが、音は完全に遮断されていた。

「レナート」教授は息子に話しかけた。「刑事さんたちはビアージョの最近の様子を知りたいそうだ。なにか悩んでいるふうはなかったか？　わたしは知っている限りのことを伝えたが、なんといってもおまえは親友だったのだからね。おまえが研究をかなり助けていたことも話した」

息子は口をとがらせた。

「父さん、そうじゃないって何度も説明したじゃないか。ビアージョは──」

教授は息子の腕をそっと押さえた。

「わたしが気づいていないと、本気で思っていたのか？　ここでみながなにをしているか、そしてなにをしていないか、すべて把握しているのだよ。ここ六ヶ月というもの、おまえたちふたりに割り当てられたプロジェクトの大部分はおまえが進めていた。ま、それは重要ではない。ビアージョが突出した才能と手腕を持っていたことは間違いないし、少し待てば不調を脱すると信じていた。あいにく、そのときは来なかったが」

レナートは口を開けかけたが、すぐに閉じた。眼鏡をいじる手が震えている。

それまで黙っていたロヤコーノはその場の主導権を握るべく、アレックスに先んじて口を開いた。

「ありがとうございました、教授。これ以上手間をかけては申し訳ない。あとはこちらにお任せください。息子さんにちょっと話を聞いて、すぐに退散します」

「要するに、わたしがいると息子が話しにくいだろうと心配しているんだろう？　だが、わたしと息子のあいだに隠し事はないし、そもそも――」

レナートがきっぱりと言った。

「父さん、ぼくひとりで刑事さんたちと話をさせてよ。ビアージョは、ぼくだけに打ち明けたことを父さんに知られるのを喜ばないと思うよ」

教授はうなずいた。

「ああ、そうだな。では、失礼しよう。なにか用があったら、いつでもどうぞ」そう言って、小部屋を出ていった。

教授が挨拶を交わして実験室をあとにすると、レナートの緊張が解けた。支配的な父親の圧力を常に感じているのだろうと、身に覚えのあるアレックスはレナートの暗い目を見て思った。

レナートは彼女の視線に気づいて、ため息をついた。

「父は偉大な科学者で人格者でもあるけど、ときどき空気が読めなくて」

ロヤコーノは請け合った。

「気にすることはない。教授はとても協力的で、あまりそういう人にお目にかかれないこちらとしてはじつにありがたかった。ところで、あのアパートメントで会ったときは、遺体の発見者として話を聞かせてもらった。きょうはビアージョの友人として話してもらいたい。彼がどんな人間だったのか、よく知りたいんだよ。妹についても。ふたりの人生をさかのぼって――」

レナートは手を振ってさえぎった。

「ええ、わかっていますよ。なんでも訊いてください。ぼくだって、こんな……こんなひどいことをしたやつに罪を償わせたいと誰にも増して願っている」

これまでの優柔不断な態度がなくなると驚くほど父親に似ていることに、アレックスは気づいた。

「教授の話では、最近ビアージョは研究に集中できていなかったようだね。具体的にはどんなふうだった？」

レナートはわずかに頭をうなずかせた。

「ここでの研究というのは、直感的なひらめきを基にして、根気のいる長い手順を踏んで進めていくんです。ある仮説が正しいか誤っているかを証明するために、計量や照合、実験を繰り返す。ちょっとうっかりしただけで、本来ならこれまでの説を覆す反応や一連の作用を見逃してしまう。危険がいっぱいと言えばいいかな」

「それで？」

「ビアージョは直感が鋭いばかりでなく、証明の過程においても決断力と注意力を発揮できる優秀な研究者だった。ところが最近は集中力をなくしていたから、ぼくがデータをもう一度チェックしなければならなくて、研究結果が出るのが遅れていた。父はこのことを言ったんでしょう。ぼくは自分の意思で手伝っていた。ビアージョは学部のときもそのあとも勉強を手助けしてくれたから、お返ししみたいなものかな」

アレックスは詳細を質した。

「では、計算だかなんだか知らないけれど、ビアージョのやったことをやり直さなければならなかったの？」

「うん、それもあったけど、とにかく実験室にあまり来なくなってね。家でノートパソコンを使って仕事をしていると話していたけど、仕事の成果を持ってこなくなった。ほかのことに気を取られていたんじゃないかな」

「きみになにも打ち明けなかった？」ロヤコーノが訊いた。

レナートは肩をすくめた。

「ビアージョは研究のほかはなにもしていなかったせいもあって、あまりしゃべらなかった。自分の決めた仕事のゴールに到達したら、もっと外に出て付き合いを広めると話していたけどね。実際は、たったひとりの友人のぼくに対しても内気だった」

「でも、ある程度の見当はつくんじゃないか？」

「そりゃあ、毎日十時間から十二時間、一緒に過ごしていたんだ。なにを考えているのか、見当くらいはつくさ。妹のせいだろうね」

「そのことで、なにか話していた？」と、アレックス。

「うん。大学にいるときはいつも一緒に昼食をとったし、実験で夜遅くなると、あいつは車を持っていなかったから家まで送っていった。そうしたときに、ちょっと雑談をする」

レナートはスポイトのように情報を小出しにした。仕事柄だろうか、とロヤコーノは思った。

「妹のせいだと考える理由は？」

「パコとヴィニーの話を聞かなかった？　グラツィアはビアージョの生活を引っかきまわしたんだ。以前は秩序のある質素で静かな毎日を送っていたのに、彼女が来たとたん騒動ばかり。ビアージョは実験室が閉まったあとも仕事が残っていると、ぼくの家に来たがった。学生時代に一緒に勉強したように。だから少し会わないでいると、心配になる。このあいだの朝、アパートメントに寄ったのは、そういう事情があったからだ」

「『騒動ばかり』とは？」

「グラツィアの恋人が出入りして、ふたりで激しい喧嘩をするんだ。それに、グラツィアを故郷に連れて帰るから取り戻しにいく、と父親に脅されていた。ビアージョは怯えていた。父親は気性が激しくてすぐに暴力をふるい、なにをするかわからないって。おまけに、写真の件で大揉めに揉めたしね」

「写真の件？」

「グラツィアが、モデル事務所の仕事で撮った写真をビアージョに持って帰った。小さなビキニを着けただけの全裸に近い恰好で、上のほうに彼女の名前が入っていた。ところがたまたま恋人がそれを見てしまって、写真をびりびりに破ってグラツィアに殴りかかった。ビアージョは争いを好まないけれど、妹を守らないわけにはいかないじゃないか」

ロヤコーノはニック・フォーティ並びにモデル事務所のカヴァの事情聴取を思い返した。このエピソードはふたりの供述と一致し、ニックの反応は彼の性格と矛盾しない。

「ビアージョはどうするつもりだったんだろう？」

「あいつは妹をすごくかわいがっていた。まるで父親みたいに。学費を稼ぐだけでも大変なのに、血の出るような思いをして働いて妹の養育料として叔父に渡す金まで工面したんだ。彼がとりわけ困っているときは、ぼくも金銭面で援助した。きっと妹に力を貸してやりたかったんだろうけど、美人というほかに取り柄のない娘だったからね。結局のところ、モデルになるのは悪くない考えだったし、ビアージョは満足していた。ただ、恋人と父親が賛成する見込みはなかった」

「それで？」アレックスが先を促す。

「それで、ビアージョは悩んでいた。解決策を見つけることに慣れていた頭脳が、打つ手が見つからない難問に直面して疲れきっていた。気の毒に」

「金銭面といえば」ロヤコーノは質問した。「最近、借金を頼まれたことは？　たとえ少額でも、ふだんより余分に必要としている様子は？」

「いや、まったく。金を貸してくれと頼まれたことは一度もない。ぼくの説明の仕方が下手だった。いつもぼくのほうで、苦しいんじゃないかと察しをつけて手を差し伸べていたんです。たとえばアパートメントは、何年か前に下宿屋で夜に小さなランプを点けて勉強をしていると知って、こちらから言い出した。食料や洗剤なども定期的に配達させた。ほかの日用品も、実験室でも使うものは一緒に購入して不足しないようにしていた。少なくとも、妹が来るまでは十分だったはずですよ。とにかく、ビアージョから頼んできたことは一度もない」

ロヤコーノはアレックスとうなずき合った。

「そうですか。いろいろ教えてもらって助かった。またなにかあったら――」

「ビアージョほど素晴らしい人はいない。最高の友人だった。歴史に名を残す偉大な科学者になったのに。父はぼくのほうが優秀だと思っているが、それは間違いだ。あいつは内気で、学内誌にインタビューされたときもやたら恥ずかしがっていたけれど、ずば抜けた才能があった」

「ええ、そのようね」アレックスは静かに言った。

レナートはアレックスを見据えた。レンズの奥の目に涙があふれていた。

「大切な友人だった。大好きだった。彼がいなくなって一番悲しんでいるのは、このぼくだ」

第三十七章

ティツィアーナ・トラーニ校長は、刑事たちがこれほど早く再訪するとは予想していなかった。正直なところ、マルティナ・パリーゼの作文が絵空事と判明して、二度と刑事たちの顔を見ないですむことを願っていた。

そこで、校長室の入口に秘書に伴われたふたりが現れると、どきっとした。

ロマーノが口を切る。

「いきなり押しかけて申し訳ないが、重要な話がありまして」

校長は眉をひそめてじろじろ見ていたが、秘書に向かってうなずいた。秘書はドアを閉めて出ていった。

「では、ほんとうだったのね？　わたしたちが勘繰りすぎたのではなかったのね？　なんてひどいことを――」三人きりになると校長は言った。

アラゴーナは恒例の深刻な表情をこしらえて、サングラスを取った。

「違うんですよ、校長先生。ある意味、もっとひどい。マッキアローリ先生を呼んでもらえますか。先生にも聞いてもらおう」

二年B組は眠気を催す音楽の授業中だった。教師がソルフェージュについて説明を——正確には老いた教師がソルフェージュについて独白を展開し、生徒たちの大部分は机の下で携帯電話を操作してメッセージを交換していた。

ノックの音に続いてエミリア・マッキアローリが顔を覗かせ、クラス全員の注目を浴びながら陰気な声でマルティナ・パリーゼの名を呼んだ。マルティナはうしろの席に座っているクラスメイトふたりと意味ありげに顔を見合わせて教室を出た。

校長室へ向かうあいだ、マッキアローリはひと言も話しかけず、いっぽうマルティナは先ほどの勝ち誇った表情を消し、虐待された少女にふさわしい内気で傷ついた様子を装っていた。

トラーニ校長の前にロマーノとアラゴーナが座っているのを見て、マルティナはびっくりしたふりをした。このふたりが視学官だとは一秒たりとも思っていない。ついに縄が締まってきた。頭の悪いママが全部を否定するリスクはもちろんあったけれど、夫が娘を性的に虐待した場合、妻が現実を否定することは珍しくないと読んだ覚えがある。ママを信じる人はいないだろう。そして、あたしはもうすぐ新しい生活を楽しむことができる。

マルティナは、甲斐性無しの父親が刑務所に入ろうが、まったく気にならなかった。厄介払いをしたい一心だった。そもそも、二十五人いるクラスメイトのうち、十九人の親が別居か離婚をしていて、子どもは父親の罪悪感と母親の恨みを利用していい暮らしをしているのだ。

校長は前置きなしで本題に入った。

「マルティナ、このあいだはあなたにほんとうのことを話さなかったの。こちらのふたりは視学官ではなく、警官です」

——ほら、やっぱり。

「このかたたちは、あなたが課題文に書いたことや、このあいだの説明に納得がいかなくて、少し調べることにしたのよ」

——素晴らしい。

相棒よりはまともな警官が、ごつい顔を振り向けた。

「そのとおり。で、よく調べたらきみが書いたことは事実らしいと思えてきた。たとえきみが空想だと言い張るとしても」

——やった！

「ところが、事実だと証明できない」

——どんな証拠が欲しいのよ、おっさん。ＹｏｕＴｕｂｅの動画とか？

「そこで、証拠を探し出すか、きみが告訴をして事情を詳しく明確に説明するかのどっちかなんだよ」

——告訴か。いいじゃん。昼のワイドショウでインタビューされるかな、新聞に写真が載るかも……残念、あたしは未成年だから顔にモザイクをかけられちゃう。

もうひとりの、変な服を着て何十年も前に流行ったダサいサングラスをかけた警官が言った。

「証明できないし、きみのお母さんが否定しているから、告訴をしたら少なくとも捜査のあいだは、グループホームにいてもらう」

――このバカ、なに言ってるんだろう？

「あの……グループホームってなんですか？」

ダサいサングラスの警官は澄まして答えた。

「ここから遠いところにある、心理学者やボランティアのもとで共同生活をする家だよ。刑務所に入るほどではない軽犯罪を犯した問題児、家族に虐待された子なんかが収容されている」

――要するに、哀れな負け犬や不良の集まりじゃない。

「だから、転校しなければならないね。だけど、心配はいらないよ。今度行く学校は、市内のもっと荒れた地区で立派な成果を挙げているし、スタッフはきみみたいな状況に置かれた生徒の扱いにも慣れている」

ごつい顔の警官が、余計なことをしゃべるなと言いたそうにじろりと睨んだ。

――まだ終わったわけじゃない。大丈夫。ママに証言させよう。あたしの言いなりだもの。

マルティナは虚ろな目をし、しょんぼりして小さな声で言った。

「でも、もし……もし、ママが全部事実だって証言したら？」

ごつい顔の警官は気の毒そうな顔になった。

「今朝、お母さんと話したんだよ。性的虐待などあり得ないと、きっぱり否定した」

その場にいる全員――校長、マッキアローリ、ふたりの警官の視線がマルティナに注がれた。

――みんな、意見が一致しているんだ。

ダサいサングラスの警官が繰り返した。

「心配はいらない。言うまでもなく、以前の環境から切り離す必要があるので、グループホームでは携帯電話、コンピューター、タブレットを所持できない。ここのクラスメイトとの連絡も禁じられるけれど、きみみたいにひどい目に遭った女の子たちがいるからすぐに友だちができる」

マルティナは小さく飛び跳ねた。屈託のない無邪気な笑みをこしらえる。

「じゃあ、信じたんですね！　時間を無駄にさせてごめんなさい。話にリアリティーを持たせたかったの。将来は小説家になりたいので、試してみようと思って」

仰天したアラゴーナは、声も出ない。

マルティナは澄まして見返した。

「そんなにびっくりしないで、おまわりさん。うちはとても幸せな家庭なのよ。ものすごく幸せなの」

ロマーノが声を荒らげる。

「悪ふざけをするにしても、やっていいことと悪いことがある。そんなこともわからないのか。きみのお父さんは抜き差しならない立場に追い込まれるところだったんだぞ」

マルティナの笑みは消えなかった。

「パパがそんな立場に追い込まれたら、そのままにしておくわけがないじゃない、おまわりさん。みんなが真剣に考えてくれるように書きたかっただけ。もう教室に戻っていいですか？

音楽の授業で興味深い話をしているから、聞き逃したくないんです」

トラーニ校長はため息をついた。

アラゴーナは言った。

「小説家じゃなくて、女優を目指したら？　そっちのほうが向いているよ」

「ほんとに？　ありがとう。覚えておきます」足取りも軽くドアへ向かう。

ハンドルに手をかけたところへ、それまで無言だったマッキアローリが怒気のこもったかすれ声を投げつけた。

「近いうちに口頭試問をしましょう、パリーゼ。恵まれた家庭環境だから、さぞかし勉強がはかどるでしょうね。結果が楽しみよ」

マルティナは、振り返りもせずに出ていった。

だが、耳たぶが真っ赤になっていた。

第三十八章

オッタヴィア・カラブレーゼ副巡査部長はデスクについて、コンピューターに向かった。先ほど息子のリッカルドの学校に呼び出されて、戻ってきたところである。緊急事態が起きた場合、ふだんは夫が対処するが、今回は連絡がつかなかったためだ。

オッタヴィアが帰宅するまでは、リッカルドに関することは全部夫がやることになっている。長年のあいだにできた暗黙の了解だ。夫のガエターノは十五人余の部下を率いる優秀なエンジニアで、不況のご時世でも公僕である彼女の二十倍は稼いでいる。家計の経済効率という観点から見れば彼の時間のほうがはるかに重要だが、それが話題になったことはなく、ガエターノも触れたことがない。

リッカルドの状態に責任を感じているからだわ、とオッタヴィアはメールにアクセスしながら思った。自分の持っている遺伝子のせいで自閉症の息子が生まれ、妻の人生を台無しにしてしまったと確信しているらしい。

だって、そのとおりだもの。オッタヴィアは心のなかで毒づいた。あなたのせいよ。

事実、夫には精神的な障害を持った変人の大叔父がいた。そして、彼が二十歳でバルコニーから投身自殺をするまで義理の両親と兄弟たちは家に閉じ込めて隠していた。

結婚当初ガエターノは子どもを作らないように用心していたが、数年後オッタヴィアの願いに負けてしまったのも事実だ。

それに、オッタヴィアがリッカルドを受け入れることができず、無理やり背負わされた十字架ととらえていることも、また事実であった。

しかし皮肉なことに、オッタヴィアがそばにいるときだけリッカルドの心を覆っている硬い殻にわずかなひび割れが生じて、床にぺたんと座って体を二つに折り、たったひとつの言葉を延々とつぶやき続ける――マンマ、マンマ、マンマ……呼びかけるでもなく、祈るでもなく、責めるでもなく。

ガエターノはリッカルドに着替えや入浴をさせて、学校に連れていく。その際、刺激を与えることの重要性を教師たちに懇々と説くことも忘れない。数多の医者を渡り歩き、現在もなお探し続けている。医学文献を読み漁り、保護者の会に加入し、あちこちの大学のクリニックに問い合わせの手紙を出す。

オッタヴィアはたまに夫を傷つけたくなって、ルルドかメジュゴリエからニュースレターは来たのか、高い地位についている友人に頼れそうか、などと意地悪く訊く。するとガエターノは、いっときの嵐だ、と頭を振って離れていく。

いっときではなくいつもなのよ、とオッタヴィアは声を大にして言いたくなる。家にいるあいだはいつも心のなかで嵐が吹き荒れている。いくらか治まるのは犬を散歩に連れていくときだけだった。仕事をしているときが一番幸せだった。

一日の気分の変化を折れ線グラフにしたら、こうなるだろう。午前七時から午後五時まで右肩上がり、午後五時から午後七時まで下降、退庁時にパルマに挨拶をする際にいったん跳ね上がって急降下。低迷状態は翌朝まで続く。

パルマ、パルマ、パルマ。いつも皺くちゃの服を着て、疲れたやさしげな目をしたハンサムな署長に出会ったことで、オッタヴィアは微笑を取り戻した。同時に不安になったり、悩んだり、戸惑ったりし、希望を感じたりもする。鏡の前に裸で立って、不満な部分を点検するようにもなった。思い過ごしかもしれないが、パルマはほかの人たちに対するのとは違うふうに微笑んでくれる気がする。

オッタヴィアはコンピューター越しに、〝ほかの人たち〟に視線を飛ばした。

リッカルドの件で外出しているあいだに、ロマーノとアラゴーナが戻ってきていた。性的虐待を受けている可能性のある女生徒に関してなんらかの進展はあったのか、解決したのか、と訊いたが、ふたりとも言葉を濁すばかりだった。あまり相性のよくないペアだわ、とオッタヴィアは思った。もっとも、アラゴーナと相性のいい人などいるだろうか。なにしろ、変人だもの。

〝変人〟に思わず苦笑いした。変人は突拍子もなく派手なシャツを着て現れるのがせいぜいのアラゴーナではなく、息子のリッカルドだ。

今朝、息子は教室で机に上がって放尿した。前の席の気の毒な男子生徒は、生温かい液体が降りかかるまでなにも気づかないでいた。

学校まで片道十五分、抱えて教室から連れ出そうとする守衛ふたりに抵抗してわめき暴れる息子を落ち着かせるのに、三十分。校長、担任教師、被害に遭った子の母親への説明と謝罪、懇願に一時間——息子はときどき、自分がなにをしているのかわからなくなるんです。どうか理解してやってください。署に戻るのに十五分。こうして二時間が失われるあいだ、いつもは頼りになる夫は仕事に没頭しているのか、あいにく電波の届かない場所にいるのか、連絡がつかなかった。母親業のなんたる素晴らしいことよ！

ようやく刑事部屋に戻ってくるとロマーノとアラゴーナ、ピザネッリはいたが、アレックスいる。

とロヤコーノは捜査に出ていた。パルマが外出しているときの常で、署長室のドアは閉まって

また本部に呼び出されたのだろうか。うまくいくといいけれど、とオッタヴィアは心配でならなかった。

旧体制のときに起きたスキャンダルで傷ついた自尊心は、分署の閉鎖問題に刺激されて燃え上がり、自分も新しい同僚たちも世間が考えているようなろくでなしではないと証明したかった。リッカルドのことを考えるたびに希望を失って投げやりになるが、ここではひとつの目標を目指して仲間と闘い、生きていることを実感できる。そうした環境を失いたくなかった。

パルマの話からすると、そのためには兄妹殺しの容疑者を早急に見つけることが最低条件のようだ。アレックスとロヤコーノが新しい手がかりをつかんでくることを願った。

席をはずしているあいだに受信したメールをチェックしていくうちに、待ちかねていた一通を見つけてうれしくなった。捜査会議で発表するに足る内容だった。

パルマは挨拶をして、県警本部長室をあとにした。これで何度目になるだろう、またもや実りのない会議だった。

情勢は思わしくなかった。ピッツォファルコーネ署への信頼は皆無だ。むろんパルマを前にしてはっきり口に出しはしないが、察しはつく。これに先立つ捜査の成功例は幹部連の記憶から早くも薄れたのか、以前に起きた押収薬物密売で被ったダメージを回復するには至っていな

かった。もっとも、要点はほかにあるとパルマは睨んでいる。

つまるところ、同僚たちは役立たずどころか有害な欠陥品をうまく排除したと悦に入っていて、それが間違いだったと認めたくないのだ。とくに、パルマのような新米署長がろくでなしどもを捜査班と呼ぶにふさわしいチームに変身させたなどとは、頑として認めない。

シチリア人警部はマフィアの内通者だと疑われてサン・ガエターノ署に飛ばされ、コンピューターでカードゲームをして時間つぶしをしていた時期もあるが、超一流の捜査官だった。ポジリッポ署で口の達者な容疑者を素手で絞め殺しそうになった凶暴な男は、じつは規律に忠実で知性的だった。分署のなかで発砲した頭のいかれた若い女は、思いやりと決断力を兼ね備えた警察官に変身した。有力なコネがなければ、無能を理由に警察から追い出されていたに違いない道化師まがいの若造は、直感が鋭く抜け目がない。そして、スキャンダルの嵐の生き残り組ふたり――常軌を逸した夢追い人の老副署長と、秘書程度に見られていたコンピューターの達人にしておだやかで賢明な女性警察官――は情報の宝庫だった。だが、バカは死ななきゃ治らないと決めつけている人々は、容易に納得してくれない。

パルマは分署に戻る車中で、県警本部長との会話を思い返した。部下はみな優秀な刑事だと断言したのに対し、本部長は見切りをつけろと忠告した。老年の直属上官は、熱心で頑固なパルマに若き日の自分を重ねているのか、目をかけてくれる。キャリアに傷がつきかねないと案じて、名誉ある撤退を勧めているのだ。だが、きっとできる。部下たちは優秀であるばかりでなく、自分たちの力を世間に知らしめたい意気込みを持っている。

それに、論戦の最中に思いがけない味方が現れた。ラウラ・ピラース検事補である。妥協や過ちを決して許さない厳しい姿勢で知られているが、ピッツォファルコーネ署が再出発した当初から温かく見守ってくれている。さいわい、なにひとつ看過せず遺漏のない彼女の意見は重視されたし、重大事件はたいてい彼女が担当することになる。

要するに本部長とピラースが弁護側、残りの市警察官全員が検察側だ。多勢に無勢だな、とパルマは独語した。しかも、マスコミの圧力が増している。広報の女性は捜査を邪魔させないよう頑張っているが、事件は世間に多大な不安を与えている。いつまでも沈黙を守っているわけにはいかないだろう。

寒さと不安で身震いが出た。一刻も早くなにか見つけなくては。どんなことでもいい。捜査班も自分の判断も信じているが、これまであまり運に恵まれたことがない。運が巡ってくるよう、心から願った。部下たちを、ピッツォファルコーネ署のろくでなし刑事たちを失いたくなかった。

とりわけ、オッタヴィアを失いたくなかった。

パルマは唇をきつく結んで、アクセルを踏んだ。

第三十九章

パルマとほぼ同時に、ロヤコーノとアレックスも戻ってきた。

見るからに不安げな署長は、挨拶抜きですぐに話し始めた。

「現在の状況はこうだ。幹部連はいますぐにでもヴァリッキオ兄妹殺人事件の捜査権をわれわれから取り上げようとしている。このくそいまいましい街のテレビや新聞が大騒ぎしているのに、捜査が進展していないからだそうだ。むろん、声を大にして主張したとも。われわれは身を粉にして働いている、この件では関係者が多数いる、せめて全員から聴取する時間をもらいたい。お高く止まったバカどもも声を大にして反論した。その内容は、きみたちには聞かせたくない」

日頃は言葉遣いのていねいな署長の口から罵言が飛び出した。よほど感情が昂っているのだろうと、オッタヴィアは察した。

ロヤコーノがみなに代わって訊いた。

「それで、結果は？」

「言い負かしてやった。われわれの捜査のどこがいけなかったのか、自分たちだったらどうしたかを文書にしてくれ、とね。さいわいピラース検事補が出席していて、支持してくれた。担当検事補として状況を把握したうえで、われわれに多大な信頼を置いている。幹部連は苦虫を噛み潰したような顔をしていたが、黙るほかなかった。いまのところは」

あちこちで安堵の吐息が漏れた。

ピザネッリが珍しく大声を出して、みんなをびっくりさせた。

「よくやった、署長！　連中の顔が目に見えるようだ。どの分署の署長も、この管轄区が欲しくてたまらないのだよ。市の中心に位置しているから知事夫妻、市長夫妻、県警本部長夫妻とお近づきになれる」

「図星だな。それにも増して、われわれを邪魔にしている連中は、自分たちが正しくて、わたし、本部長、ピラースが間違っていると証明したいのさ。ま、それはさておき、ロマーノとアラゴーナ、虐待の件はどうなった？」

ロマーノは簡潔に言った。

「解決しました、署長。案の定、生徒の空想だった。注目を浴びたかったんですよ。その点は確認済みです。告発はあり得ません」

パルマは満足して、ロマーノとアラゴーナを見やった。

「ご苦労だった。状況が落ち着いたら、詳しく聞かせてもらう。きょうから全員でヴァリッキオ事件に取り組んでもらいたい。ロヤコーノ、ディ・ナルド、進展はあったか？」

アレックスは手帳をめくりながら、今朝の大学への訪問も含めた捜査状況を報告した。

それが終わると、オッタヴィアが口を開いた。

「こっちにもあるわ。監察医の報告が届いたの。ずいぶん速かった。きっと向こうにも圧力がかかっているのね。読み上げましょうか？」

「頼むよ」とパルマ。

「では。まず、兄のほう。遺体の後頭部と頭頂部左側の境目に複数の放射状打撲傷及び裂傷。

頭皮表面に多数の点状の陥没があることから、突起のある鈍器で連続して殴打され――」

「つまり、何度もぶん殴られた」アラゴーナがぼそっと言った。

オッタヴィアはコンピューターの画面に視線を据えて続けた。

「……頭蓋骨膜の軟部組織を除去したところ、左後頭部から頭頂にかけて複数の線状亀裂、うち二本は全層に及ぶ」

「全層に及ぶってどういう意味?」アレックスが訊く。

ロマーノがぶっきらぼうに答える。

「頭を割られたんだよ。完璧に」

オッタヴィアが結論を読み上げた。

「左後頭部大脳と小脳に出血と複数の打撲傷。右前頭葉にも反動による平面的打撲傷」

感情を伴わない医学用語がかえって犯行の凄惨さを際立たせ、誰もが背筋に冷たいものを感じて言葉を失った。

「背後から襲ったな」非情なアラゴーナが言った。「怒り狂ってガツンと一発、また一発って。よほど頭に来てたんだろう」

ロヤコーノがいつもの無表情な顔で、教え諭す仏僧のようにうなずいた。

「うん。そして、激怒したことで力が倍増した」

「次は妹」オッタヴィアは深いため息をついた。「顔面の深部組織に出血性梗塞、鼻中隔破損、右頬弓骨に円形の亀裂。舌骨上筋群及び下筋群に出血性梗塞、舌骨小角骨折。気管及び気管支に血液性泡状物質。頸椎の骨質部分を検査した結果、脊柱左上面に断裂が認められた。以上により死因は頸部組織の血液浸潤を伴う、暴力による機械的窒息と考えられる」

オッタヴィアは最後のほうは声を震わせ、無意識のうちに喉に手を当てていた。

アレックスは目を丸くした。

「つまり犯人は最初に顔を殴って、そのあと首を絞めたの？　そういうこと？」

「いや、殴ったとは限らない」ロヤコーノは言った。「声を出されないよう、口を塞いだんじゃないか。それから首を絞めた。いずれにしろ、すさまじい暴力をふるったわけだ」

ロマーノがうなずく。

「警部の見立てが正しいと思う。打撲傷について触れていないから、殴ってはいない。大声を出されたくなかったんだ」

ピザネッリが教会にいるかのように、低い声で言った。

「兄の場合とは違うな。兄に対しては激しい怒りがあったが、妹のときは無我夢中だったようだ」

アラゴーナはオッタヴィアに顔を向けた。

「うん。だけどさ、犯人はヤッたのか？　彼女はレイプされていた？」

こんな身も蓋もない言い方ではないにしろ、その疑問は全員の舌先に出かかっていた。

オッタヴィアは画面をスクロールして、中断した箇所まで戻った。

「頸部への暴力による機械的窒息の影響。血管収縮、交感神経抑制、心肺停止。性的暴行に関連する残存物質なし。会陰部、膣、口内のスワブ検査陰性。皮膚、粘膜に他の生体による擦過痕なし。死亡前の性交痕跡なし」

重苦しい沈黙が刑事部屋を覆った。ベッドに横たわった美しいグラツィアが、現場を目にしたロヤコーノとアレックスには実際の記憶として、ほかの刑事たちには想像として瞼の裏に浮かんだ。

アラゴーナがつぶやいた。「そうか。レイプされなかったんだ。抵抗したのかな。そこへ兄貴がやってきて――」

ロヤコーノがさえぎる。

「いや、違う。兄はデスクで書き物をしていた。遺体はペンを握っていたからね。その推測だと辻褄が合わない」

アレックスは首を振った。

「怒り。すさまじい怒り。ビアージョは静かにデスクについていた。グラツィアに性的暴行の痕跡はなかった。つまり……」

同じことを考えていたのだろう、ピザネッリが淀みなくあとを続けた。

「誰であってもおかしくないな。写真の件で怒り狂った恋人」

ロマーノ。「……娘を連れ戻しにきた父親……」

アラゴーナ。「……モデル事務所のカヴァかな。グラツィアが仕事をやめるのを許せなくて……」

オッタヴィア。「……三人の青年の誰か。大学の同僚、隣に住んでいるふたり。そのなかの誰かが……」

パルマは頬をさすった。

「おいおい、ひとりずつ順番に、そして予断を入れないで頼む。さもないと、こんがらがるばかりだ。科学捜査研究所から報告は？」

オッタヴィアはすでに受話器を耳に当てていた。簡潔に言葉を交わして、受話器を戻した。

「あと少しで終わるので、午後に報告を送ってくるとのことです」

「よし」ロヤコーノが言った。「ヴィニーとマンデュリーノにもう一度話を聞く時間があるな。ふたりとも家にいるといいんだが。あと、金の問題がある。グラツィアはモデル料金としてカヴァに三千七百ユーロ請求したが、どうにも中途半端な金額だ。なんに使うつもりだったんだろう」

ピザネッリが両腕を大きく広げた。「銀行家の友人に問い合わせたところ、兄妹は近辺の銀行に普通口座も預金口座も持っていない。承知のとおり、口座開設の記録は一元化されているから、ふたりともこうした大手銀行との取引はなかったと考えていい。それに、わずかな額のために身元を偽ったり、特殊な金融機関を使ったりしやしないさ。そもそも、居直り強盗の線はまったくないんだろう？　アパートメントに金がないなら、使ってしまったんだろうよ」

「そうだな。でも、なにに使ったんです？」パルマが訊く。「それはひとまず、棚上げにしておくとして、ロヤコーノ、アレックス、ヴァリッキオ兄妹の隣人のところに寄ってみてくれ。

ロマーノとアラゴーナは昼食のあとで科学捜査研究所へ行って、報告書を直接受け取ってもらいたい。時間の節約になる。必要なら、待っていろ。ついでにアパートメントで見つかった品の一覧ももらうように。床のタイルの下に金が隠してあったなんてことになるかもしれない。あとでまた、それぞれの情報を検討しよう」

第四十章

レオナルド神父はテーブルに身を乗り出して、ピザネッリ副署長の皿のフライドポテトを指さした。

「食べないのかい？　だったら、もらうよ」

小柄な親友の大食いぶりに、ピザネッリはいつもあきれている。そもそも、時間を節約するために口の両側で同時に咀嚼する人間は、彼しか知らない。トラットリア〈イル・ゴッボ〉で椅子にクッションを敷いて嵩上げし、サンダル履きの素足を床から数センチのところでぶらぶらさせて食事をしている神父の姿は、ほかの客の微笑を誘う。

「修道院でちゃんと食べさせてもらえないのかね？」ピザネッリはからかった。「あんたより大きな修道士たちが全部平らげてしまうのか？」

「忘れたのかい？」神父はポテトを頬張って、もごもごと言い返した。「わたしは修道院長だよ。そのうち、修道士たちをまわりにずらっと並べてグレゴリオ聖歌を歌わせて、ひとりで食事をしよう。合唱を聞いていると、驚くほど食欲が増す。だが、わたしがせっせと食べるのは、食欲とは関係なく、食べ物を無駄にしたくないからだ。いいかね、みんながこうやって残したものを集めたら、アフリカ大陸の人々を長いあいだ飢えから救うことができるんだぞ」

「なるほど。じゃあ、夕方にそれをもう一度話してくれたら、夕飯をケニヤの村に送るとしよう。最近は前ほど食べられなくてさ」

レオナルドが眉をひそめると、庭に置く陶製の人形そっくりになった。

「どんな具合だね、ジョルジョ？　調子はいいのか？　治療を受けろと口を酸っぱくして言ってるだろうが。まったく頑固なやつだ」

ピザネッリは片手を挙げて制止した。

「そこまで！　これについては話さないって、約束したじゃないか。わたしの健康問題は車と同じく、店の外の駐車場に置いておくって。さもないと、昼飯はなしだ。勘定はいつもこっちが持つんだから、せめて約束は守ってもらいたいね」

レオナルドはなおも言い募った。

「そうやって命を粗末にするのは、神に対する犯罪行為だ。なんでそれがわからない？」

ピザネッリはポルペッタ（ミートボール）を半分に切って、口に放り込んだ。

「むむむ……このポルペッタのトマトソース煮込みは、神の存在を信じさせてくれる。神がいなければポルペッタは生まれなかったかもしれないし、あったとしても原始の混乱のなかでトマトソースと離れ離れになっていたかもしれん。それではあまりに残念だ」

レオナルドは思わず吹き出した。

「神を冒瀆する不信心者め。ところで話題を戻すが、おまえさんが勘定を持つのは当然だ。わたしは清貧の誓いを守っているのだから。それで、最近なにか楽しいことはあったかね」

「楽しいことなど、あるものか。カラブリア出身の若い兄妹が殺された事件で、みんな大忙しだ。この事件のことは耳に入っているだろう?」

「もちろん。その話で持ち切りじゃないか。若い身空でかわいそうに。捜査は進展したのかね?」

「いや、あいにく暗闇のなかで手探りしている状態だ。だが、一致協力して捜査している。それに、事件を直接担当しているロヤコーノとディ・ナルドは腕利きだ。必ず解決してみせるよ」

レオナルドは横目でちらりと見た。

「そうか。で、おまえさんは? どんなことをしているんだね」

「いつものように、情報集めだよ。それに、興味があるなら教えておくが、例の失意の人たちの件も追っている。これについては何度も話し合ったな」

「うん、そしてわたしは何度も言った。おまえさんは余計な手出しをしている、と。生きる意欲を失った人たちを助けようとするのは見上げた行為だが、謎の自殺製造者がいるというのはあまりに突飛だ。妄想だよ」

ピザネッリは窓の外に目をやった。わずかな人々が寒風から避難できる場所を求めて、まだ営業している店を探し歩いている。

「『謎の自殺製造者』か。悪くないな。小説のタイトルにぴったりだ。フィクションを書いたらどうだい、レオナルド？　きっと成功する」

「ふふん、おまえさんにユーモアがあるのはわかったよ。しかし、同僚たちはおまえさんの正気を疑っているんじゃないかね」

「たぶんね。でも妄想だとしても、この調査はわたしを前向きにしてくれる。朝起きて仕事に行き、次の日に備える原動力だ。わたしを現世につなぎ止めているんだよ。これがなければ、とうに人生に終止符を打って逃げ出しているさ」

レオナルドは口を動かすのをやめて、親友をまじまじと見た。そうか、ジョルジョ、おまえさんは病を治す気はなくとも、生きていたいんだな。悪魔に身を託す恐れはないと知って、主は安心なさるだろう。

「で、その妄想……ではなく、調査はどうなった？　このあいだ、アンニェーゼという女のことを話していたな。彼女はうちの教区民だと知っていたかね。つまり、教会に来ればの話だが、どうやら信仰を捨て、ひいては生きる意欲も捨てたようだ」

ピザネッリは神父に目を戻した。

「それは違う、レオナルド。そうではない。彼女はさんざん苦しい目に遭ってきた。赤ん坊を失い、夫に捨てられ、母親を亡くした。仕事もなければ、友人もいない……」

「だったら、わかるだろう？　それほど年老いてもいないのに人付き合いがないのは、世の中に興味を失っている証拠だ。信仰に安らぎを求めようともしないし、それに――」

「そこだよ」ピザネッリは語気鋭くさえぎった。「そこが違うんだ。死を望んでいるから信仰を捨てた、と言いたいんだろう。そうじゃない、レオナルド。信仰を持たなくとも、人は生きていける」

レオナルドは動じなかった。

「そうか。では、アンニェーゼのどんなところに生きる意欲を感じるのだね。突如、絶望感に襲われて、あした、または来週、ガス栓を開いたり薬をひと瓶飲み干したりする恐れはないと信じる理由を話してもらおう。わたしを納得させておくれ」

毎週恒例の昼食の席で向かい合うふたりの友人。ひとりは人生に疲れた病気持ちの老警官。傍目には突飛な妄想を糧《かて》にして生きている。もうひとりはおとぎ話に出てきそうな小柄な神父。無邪気そのものの風貌だ。よもやこれが、ひとりの人間の生死を決定する秘められた審判の場であるとは、誰も夢にも思わないだろう。

ピザネッリは、トマトソースのこびりついた皿の横に置いた手を見つめて言った。

「雀だ」

レオナルドは澄んだ青い目を細くした。

「え？」

「雀だよ、レオナルド。あんたに初めてアンニェーゼのことを話したとき、なんと言ったか覚えているかい？　国立図書館の前にある公園で、鳥に餌をやっている彼女と知り合ったと話しただろう」

神父はうなずいた。

「そのあとほとんど毎日、あそこへ行って彼女の様子をたしかめている。ベンチで横に座って微笑みかけると、向こうもにっこりする。初めのうちは、ひと言も話さないから、本能だけで生きていると思っていた。あんたの言う〝自殺製造者〟には理想的な人物だ、次の餌食になるのではないか、と心配でたまらなかった」

レオナルドはもじもじした。

「ジョルジョ、聞いてくれ――」

「いや、こっちの話を最後まで聞くんだ。いろいろと話題を振っても、たしかに聞いてはいるがろくに返事をしないで鳥にパン屑をやっていた。それがだんだん、話すようになってね。そして、きのう奇妙なことが起きたんだ。彼女があそこにいただけでもびっくりした。この寒さのなか――」

「うん、だが――」

「待て。きのう、彼女が言ったんだよ。雀がライモンドだと。息子が雀になって会いにきた、と」

「息子？　ライモンド？　だって、この世に生を授からなかったのだろう？」

ピザネッリは素早く周囲を見まわして、聞き耳を立てている者がいないことを確認した。

「ああ。でも、胎内に宿していたのだから、生を授かっていたと彼女は信じている」

「バカバカしい。そんな話が理解できるか？」

「そもそも、どんな形態であっても生命であることに変わりはない、受胎した瞬間から全体性を備えた生命であると主張しているのは、あんたたち聖職者じゃないか。違うかね」

「では、アンニェーゼは息子が雀になって会いにくるから、生きていたい。これがおまえさんの論理かい？　おまえさんまで頭がおかしくなったのか」

ピザネッリはぴしゃりとテーブルを叩いた。ナイフやフォークがカタカタと音を立て、近くのテーブルの客たちが振り向いた。

「頭がおかしいとは失敬な！　ついに共通の場に立って、対話ができるようになったと言っているだけだ。バカバカしく聞こえようが、アンニェーゼはわたしに心を開いている」

レオナルドはしばらく無言で親友を見つめていた。

「おまえさんは重大な責任を負っている。自覚しているかね？　施設に入れたほうがいいかもしれない。そうすれば――」

ピザネッリは手を握り締めた。

「だめだ、レオナルド。それじゃあ、殺すようなものだ。彼女はようやく自分を取り戻し始めた。間違いない。あともう少しだ」

神父の目は苦悩に満ちていた。

「わたしは、あさってから霊操があるので十日ほど留守にする。わたしがいないと、危険が増すぞ」

ピザネッリは目をぱちくりさせた。

「危険？　どういう意味だ。誰に危険なんだ」

神父は、テーブルに置いたピザネッリの手を撫でた。

「おまえさんにも、アンニェーゼにも危険なのだよ。二つの魂が、呪わしい孤独な世界を漂うのだから。それに、ここのランチはどうする？　おまえさんひとりで、全部食べなくてはいけないんだよ」

「無理だよ、レオナルド。絶対に無理だ」

第四十一章

ロヤコーノとディ・ナルドは、セコンド・エジツィアカ通り三二のアパート前にいた。〝ヴァリッキオ――アモルーゾ＆マンデュリーノ〟の変色した名札上のインターフォンのボタンを押す。これで三度目だ。返事を待ちながら、やはり留守かと肩を落とすのも三度目だ。昼を過ぎたいまでも寒さがゆるむ気配はなく、二重殺人事件の現場となったアパート付近はとりわけ寒かった。ロヤコーノの手足の先端はかじかんで感覚がなくなっていた。この冬は決して終わらないとの思いが、一刻ごとに強くなる。街全体が長い悪天候に対処することができずに、不自然な静寂に包まれていた。話し声も怒声も街角から消え、窓を開け閉めする音もせず、クラクションまでもが沈黙を守る誓いを立てたかのようだ。

あきらめて踵《きびす》を返しかけたところへ玄関ドアが開き、タータンチェックのショールを巻きつけたパコが顔を覗かせた。警戒心を露《あらわ》にしてロヤコーノたちをじろじろ眺めてドアをもう少し開き、なにも言わずに玄関ホールの薄暗がりに引っ込んだ。

「インターフォンの調子が悪くてさ。前からずっと。鳴ることは鳴るけど、声が聞こえないし、ドアを開けるには下りてこなくちゃならない」

不満を言い終えたパコは階段へ向かい、ロヤコーノとアレックスはあとに続いた。なかに入る前に、ふたりともヴァリッキオのアパートメントのドアに目をやった。ドアの中央に裁判所の警告が粘着テープで貼ってある。

室内は外よりいくらかましな程度だった。観音開きのガラス窓にぼろきれを詰めてあるものの隙間風が吹き込み、電気ストーブの効果はないも同然だった。

パコはショールを取り、このあいだと同じ黒一色の装いとなってぶっきらぼうに訊いた。コーヒーをどう?　彼は不作法なわけではない、とアレックスは気づいた。もともとこういう口の利き方なのだ。

ふたりの警官は丁重に辞退した。

「また邪魔をして悪いが」ロヤコーノは言った。「どうしても——」

「ヴィニーはいないよ。大学に行った。だいじな試験が数日後に迫っているから、教授にいろいろ聞いておきたいって。いつ戻るかわからない」

「そうか。ちょっと教えてもらいたいことがあるだけで、きみでもかまわない。もし必要なら、また来るよ」

パコは返事をせずにテーブルの前に座って、うつむいた。髪を短く刈った頭のてっぺんが、薄くなり始めていた。顔を上げずに言った。

「ここはもう、地獄だよ。マスコミが四六時中いる。ヴィニーは話し好きだから、しゃべりまくって楽しんでいるけど、ぼくはごめんだね。うっとうしくてさ。これが続くようなら引っ越すって、レナートに言うつもりだ」

「大変ね」アレックスは言った。「でも、大事件だもの。世間の関心の的になるのも無理はないわ。結着がつくまでは、辛抱するしかないのよ」

「それはわかるけど、耐えられないんだ」

ロヤコーノは愚痴をさえぎって質問した。

「ところで、事件の前になにかふだんと違うことはなかった？　事件の数時間前、あるいは何日か前。たとえば、グラツィアかビアージョが言ったこととか――」

パコはロヤコーノを見上げた。

「そうだなあ……グラツィアがすることはいつもふだんと違っていたからね。つまり、規則的な生活ではなかった。外出する時間は日によって違うし、電話をかけて大声で笑ったり、わめいたり。恋人のほうも、似たようなものだった。あのふたりが方言で怒鳴り合いを始めると、なにを言っているのかさっぱりだった」

「恋人は最近、来ていた？」

「いいや、しばらく顔を見なかったな。思うに、あいつはグラツィアに振られそうで不安だったんだ。だから、しょっちゅう喧嘩をしていたのさ」

おおざっぱな説明だが、ロヤコーノはフォーティとグラツィアの関係に納得がいった。

「きみたちは、別の口論も聞いているね。そっちはどんな感じだった？　言葉は理解できなかったとしてもなんとなくわかるだろう」

「うーん。たしかなのは、ふたりの男が言い争っていて、ひとりはビアージョだったってことくらいだな。ビアージョが大声を出すなんて、すごく珍しかった」

「ヴァリッキオ兄妹の仲はどうだったの？」アレックスが訊く。「仲がよかった？　お互いが好きだった？」

パコはアレックスを見つめた。表情が次第にやわらかくなる。

「あのさ、ヴィニーってすごく変わっているんだ。気に入ったやつは親友、気に食わないやつは敵になる。ぼくはもう、そういうのは慣れたけどね。グラツィアは美人で、性格もよかった。だけど、彼女の美しさは他人を引き寄せもしたけど、遠ざけもした。美人には美人なりの苦労があるのかもしれない。ぼくにはわからないけど」

ロヤコーノとアレックスは黙って待った。パコは自分なりの方法で答えているのだ。

「それに、恋人や電話での会話、道で会った人たちに対して、グラツィアは勝ち気で陽気な女を装っていた。実際はまったく違うのに。ビアージョといるときだけ、ほんとうの自分でいることができたんだよ」

アレックスは好奇心が湧いた。

「それで？」

「最近、ふたりは一緒にいることが多かった。以前は、ビアージョはいつも大学に行っていて、ここの階段を上り下りしているときに出くわす程度だった。口数の多い男じゃないから、挨拶するだけ。レナートと四人で夜に会うことも幾度かあったけれど、それ以上の付き合いはなかった。そのうち、家で仕事をすることが多くなった。実験室でやる必要のない作業をやっていたんだろうね」

ロヤコーノは聞き逃すまいとするかのように、首を傾けた。

「で、グラツィアは？　そういうとき、ビアージョと一緒に家にいた？」

「とんでもない。どんな用があったのか知らないけど、いつも出かけていた。でも一緒にいるときは、ふたりだけの秘密があるみたいに、顔を見合わせてはにんまりしていたな」

ロヤコーノはなにやら考え込んでいた。警部はなにを思案しているのだろう、なにに思いを巡らしているのだろう、とアレックスは自問した。

「ビアージョが主に家で仕事をするようになったのは、いつから？」

パコは少し考えたあとで言った。

「あれはヴィニーが民事訴訟手続きの試験勉強をしているときだったから、三ヶ月くらい前だね。ヴィニーは難しい試験の前はこのテーブルから一歩も動かないで、四六時中ぼくにコーヒーを淹れさせる。ぼくはついでにビアージョに持っていってやっていた。少しでも風が通るように、お互い玄関のドアを開けっ放しにしていたからね。いまは冷蔵庫みたいだけど、暑いときはまるでオーブンなんだ。それで、向こうとこっちで玄関のドアと全部の窓を開けておく。ここは元々、一戸のアパートメントだったんだ」

ロヤコーノは念を押した。

「では、ビアージョは家で研究していたんだね？」

「コンピューターの画面を睨んではメモを取ってキーを叩き、またメモ、ポータブルＨＤＤに入れて持ち歩いている文献やデータベースをチェックしてまた画面を睨む。その繰り返しだった。ぼくには研究をしているように見えたな。刑事さんたちはどう？」

一種独特な形で質問に答える人だな、とアレックスはパコの返答を楽しんだ。

「ビアージョに会いにきた人はいた？」

「ない、ない。いきなり顔を突き出して、妹が帰ったら大学の実験室にいると伝えて、と頼んでいくことはあったね。で、二時間くらいで戻ってきてまたコンピューターにかじりつく。あんなに仕事熱心なやつは見たことがない」

「なにか口論を聞いたことはあった？　口喧嘩や――」

「ビアージョが？　まさか。だから、このあいだはぼくもヴィニーもぶったまげたんだ。初めてだったから。訪ねてくる人はほとんどいなかったと思う。レナートを別にすればね。レナートはビアージョのことを気にかけて、食料を持ってきてやったりしていた。そういうときに天才くんが居眠りをしていてインターフォンに気づかないと、ぼくたちがドアを開けてやっていた。一度なんか、デスクに突っ伏して大いびきをかいていた。みんなで大笑いしたのなんのって。うん、ほんとうにおだやかな男だった」

「ビアージョが実験室に行ったりして留守のとき、グラツィアが誰かを連れてきたりしなかった？　もしくは、誰かが訪ねてこなかった？　見慣れない人に気づいたことは？」

アレックスはカヴァの冷ややかでよそよそしいまなざしと、オフィスの窓の外のなにもない空間を見つめていた姿を思い浮かべていた。あの男はどことなく気味が悪い。

パコは記憶を探りながら答えた。

「いいや。下の玄関は、上階《うえ》から解錠することができないんだ。各戸の呼び鈴は踊り場にあるけど、下でインターフォンを押すと両方のアパートメントで鳴る。だから、ビアージョのところに誰かが来ればぼくたちも気づき、ぼくたちのところに誰かが来ればビアージョも気づく。おまけにこの建物のなかは携帯の電波が入らない。そこで下の玄関を解錠してもらいたければ、手当たり次第にインターフォンを押すしかない。誰かが玄関まで下りていかなければならないけど、別に当番なんか決めていない。誰も動かないときは、誰か行けよってみんなで怒鳴り合う」

ロヤコーノはしきりに考え込んでいた。

「つまり、こういうことだね。インターフォンは鳴るけれど、通話はできない。携帯の電波も入らないので、誰が来たのかわからない。下の玄関のドアは、誰かが直接開けてやる必要がある。そして、ビアージョのところへは誰も訪ねてこなかった」

「グラツィアの恋人のほかはね」パコは正確を期した。「でも、最後に来たときはアパートメントへ上がっていかなかった。これは間違いないよ。あいつが何度もインターフォンを鳴らしたらグラツィアが下りていって、ホールで大喧嘩をやらかしたんだ。それで、アパートメントを何戸も所有しているレナートの父親に苦情がいった」

アレックスが質問する。

「このあいだの午後、口論を聞いたときは?」

「ビアージョが下りていって下のドアを開けた。だから、ぼくらは誰が来たのか知らない。少ししたら怒鳴り声が聞こえてきて、それからドアがバタンと閉まった。あとは、次の日の朝にレナートがあれを見つけてぼくたちを起こすまで、とくになにもなかった」

ロヤコーノは身動きひとつしないで、虚空の一点に目を据えていた。

アレックスが沈黙を破った。

「あなたは、この事件をどう思っているの? 犯人はどんな人かしら」

室内の温度が急に下がったかのようだった。パコは再びテーブルに視線を落とした。

「さあねえ。恋人は暴力をふるったりしたかもしれないけど、グラツィアを本気で愛しているようだった。愛している人にあんなことはしない。ひっぱたいたり、捨てたりはしても、あんなことは絶対にできない」顔を上げてロヤコーノと目を合わせた。「あんなことをしたのは、恨みか憎しみ、または恐怖のためだ。愛じゃない。愛のために殺したりしない」

第四十二章

男は再び目を開けた。頭痛がさらにひどくなっていた。ズキン、ズキンと絶え間なく痛み、その音が聞こえてくるようだった。永遠に続くドラムの乱打だ。

またも吐物にまみれている。自分自身に、人生に、世界に、このいまいましい街にうんざりした。

ここに来てどのくらい経つのだろう。着いたときに三日ぶんの料金を払い、いまのところ従業員が追い出しに来ていないから、あまり長いあいだではない。

いや、来たけれど気づかなかったのかもしれない。とりあえず椅子に座ろう。

ドラムの乱打と思ったのは、ノックの音だったのだろうか。

立ち上がってドアの前に行き、ほんの少し開けた。汚いカーペットを敷いた廊下が闇に沈んでいた。どこかの部屋から、ベッドが壁に当たるリズミカルで鈍い音が聞こえてくる。黒人の商売女がこの安宿に自分を連れてきたことを、思い出した。あれは彼女だろうか。さて、どうだろう。

吐き気とめまいをこらえて、ドアを閉めた。こんなところにもういたくない。黒人の商売女にも自分自身にも嫌気が差した。

吐物の悪臭で鼻が曲がりそうだ。カビのにおいもする。天井近くについているラジエーターが重く湿った不健康な熱気を吹きつけてきた。息苦しくなって、よろよろと窓の前に行った。錆と埃で固くなった掛金を苦労してはずすと、寒気が凶暴な獣のごとく襲いかかってきた。はっとして、頭のもやもやが吹っ飛んだ。

寒さにもかかわらず、街路はにぎわっていた。宇宙飛行士のように着ぶくれた男が、スクーターを走らせていく。

深々と息を吸った。男は寒さが好きだった。寒さは自由を意味した。刑務所は大勢の人間と悲しみ、汚れた体、苦悩がもたらす熱で、いつも暑かった。この部屋みたいな不健康な暑さだ。寒さを味わえるのは中庭だけだった。中庭にいると刑務所の外に出た気がした。外の世界では人生を取り戻すことができる、取り戻そうと夢見た。

ところが違った。外に出ても人生を取り戻すことはできなかった。別の刑務所に入っただけだった。

居場所か金。たいていどちらかを取り上げられて、それに恋い焦がれるのが世の常だ。刑務所には居場所、外の世界には金がある。その違いを除けば、両方ともさして変わりはない。

あいつは言った。金をやる。彼女にかまうな、好きなようにやらせてやれ。ぼくのこともかまうな。そうすれば金をやる。

その言葉を思い出すと身震いが出た——金をやる。

金なんか、どうでもいい。男は故郷の言葉で言い返した。ふたりとも何年も使っていなかった故郷の言葉で。金なんか、どうでもいい。どうやって手に入れたのか、知りたくもない。こんなぼろアパートで本に埋もれて貧乏暮らししているくせに。

あいつはまだ乳臭いくせして、一人前に突っかかってきた。男が誰でどこから来たのか、なぜ来たのか、忘れたみたいに。鼻と鼻を突き合わせて、眼鏡の奥から睨みつけてきた。その目に気づかないわけにはいかなかった。刑務所の割れた鏡に映った目、塀の外に出てまぶしい日光に細めた目と同じ目だった。

あいつの胸ぐらをつかんだ。

怒鳴って、胸ぐらをつかんだ。

自分の血でもあり肉でもある。十六年以上ものあいだ、来る日も来る日も外に出ることを夢見た理由だ。

果てしない夜を生き延びることができた、ただひとつの原因だ。沈黙に耐えた、唯一の動機だ。

男は視線を逸らさなかった。赤ん坊か仔羊であるかのように、あいつの喉に手を当てた。

その手に力を込めなかったのは、目の前にいるのが誰なのかを思い出したためではない。怒りが消えたためではない。あいつの目に恐怖が浮かんでいなかったからだ。哀れみが浮かんでいたからだ。

金をやる、とあいつは言った。

男はもう一度深々と息を吸った。そして泣き出した。

第四十三章

ロマーノとアラゴーナが科学捜査研究所から戻るのを待つ面々は、不安でいっぱいだった。三日目がそろそろ終わろうとしているのに、まるきり光明が見えてこない。

「最悪なのよ。あそこは犯罪にうってつけなの」アレックスはこぼした。「管理人はいないし、防犯カメラが期待できる銀行やオフィスが周辺にはまったくない。そればかりか、レストランもバールもないのよ。あれば、誰かがアパート内の不審な出来事に気づいたかもしれないのに」

オッタヴィアは、いつものようにコンピューターの画面に目を凝らしていた。

「ウェブでも、発見はゼロ。どうってことのない、おしゃべりばかりよ。大学でビアージョ・ヴァリッキオと知り合いだった、一緒に試験を受けたと書いている人は大勢いるけれど、最近言葉を交わしたり、付き合ったりした人は皆無。故郷のロッカプリオーラも同じよ。みんなグラツィアを話題にしているけれど、彼女の美しさをたたえるばかりで役立つ情報はひとつもないわ」

デスクの端に腰を乗せたパルマが、努めて明るく言う。

「いま持っている情報を検討してみようじゃないか。隣人は、先ほどディ・ナルドとロヤコーノが報告したように、訪問者の顔は見ていないが方言で口論していたことは間違いないと証言している。怒鳴っていたのは、ビアージョの父親と考えていいだろう。ほかに有力な手がかりが期限前に見つからない場合は、父親が犯人だと結論するしかあるまい」

「証拠がありませんよ」ロヤコーノが言った。「それに、カラブリア出身者は市内にごまんといる。証拠もないのに犯人扱いするよりは、負けを認めるほうがましだ。父親とぜひとも話をしたいな。とくに娘との関係を聞き出したい。それに、口論したのが父親なら、ドアを叩きつけて出ていく音を隣人が聞いている。辻褄が合いません」

パルマも簡単には譲らない。

「では、父親はどこにいる？　なぜ、姿を現さない？　我が子ふたりが殺されたことは、耳に入っているはずだ。それに、ドアを閉めて出ていっても、また開けてもらえばいい。しばらくして、後悔したふりをして戻る。息子はドアを開けてやって再びコンピューターの前に座る。そこを襲って殺し、娘が戻るのを待って彼女も殺す」

「なるほど。それも考えられるけど、あくまでも仮説だし、ちょっと無理があるんじゃないですか。これまでの経歴を見ると、コジモ・ヴァリッキオは衝動的に行動する男らしい。いったん考えたうえで戻ってきて、殴り殺すかな。よほど確たる動機が見つからない限り、同意できませんね。なぜ、ふたりを殺したのか。敬意を払ってもらえなかった？　ゴミ扱いされた？　金のため？　おれたちの知らない確執があった？　どれも絶対にないとは言いきれないが、やはり面と向かって、目を見ながら話をしたい」

ロマーノとアラゴーナが、凍えきって戻ってきた。

「ああ、ほっとする。外はノルウェーのツンドラ同然だ。コーヒーはまだある？」

パルマはアラゴーナをじろりと睨んだ。

「のんびりコーヒーを飲んでいるときではないだろう。さっさと報告したまえ」

ロマーノは束になった書類をデスクに置いた。

「向こうはずいぶん頑張ってくれました。管理官がよくできた人で、最優先でやってくれた。できる限り迅速にやってくれたけれど、いくつかの検査はもう少し——」

「わかった、わかった。とにかく報告を頼む。なにか有力な手がかりは？」

ロマーノは眉を寄せた。

「あいにく、決定的なものはなにも。大部分が事実の確認ですね。妹の衣類に精液の付着はなかった。レイプされていなかったことは監察医から聞いていましたが、これで生前も死後も性行為が行われなかったことが確実になった。爪に残っていた物質は生体組織ではなかった。つまり、犯人を引っかいた結果ではない。マルトーネ管理官によると、この物質を検査できたのは検察からただちに許可が出たためで、きわめて異例だそうです」

「血液の検査結果は？」ロヤコーノが訊いた。「ビアージョやグラツィアの遺体周辺の血痕はどうだった？」

アラゴーナがコーヒーをすすりながら答えた。

「どっちも被害者のものだった。犯人は無傷だったんだろうな。それから、言うまでもなく凶器は見つかっていない。だけど管理官の補佐で、たしかビストロッキとかいった冴えないおっさんが、遺体の傷跡から判断するとおそらく金属製の鈍器だろうって」

誰もががっかりして黙りこくった。グラツィアの爪から生体組織が見つかるか、あわよくば血痕の一部が被害者のものと一致しなければ、少なくとも捜査の糸口になったのだが。

「金はどうだった？」ロヤコーノが訊いた。

ロマーノが書類をめくる。

「ここに押収した品物の完全なリストがあるけど、金はビアージョの財布に入っていた七十四ユーロとグラツィアのバッグの十八ユーロ七十セントだけだな。でも、これが残っていたということは泥棒の線は消えたね。ふつうは洗いざらい持っていく」

「カヴァの渡した三千七百ユーロはどうなったのかしら」アレックスが誰にともなく言った。「銀行に預けていないし、家にも置いてなかった。借金の返済に使ったのかしら。それとも買い物をした？」

アラゴーナが顔をしかめた。

「げーっ、なんだこのコーヒーは。グイーダのやつ、しょうがないな。ええと、家のなかに新品で金目のものはなかったか、マルトーネ管理官に訊いたんですよ。そうしたら、ないという返事だった。あの金でなにか買ったとしても、家には置いてなかったんだな」

パルマがむっつりして訊いた。

「指紋は?」

ロマーノは右の人差し指で書類を軽く叩いた。

「指紋はわずかながらも助けになりそうですよ。少なくとも、推測は裏づけられた。被害者の父親が現場にいたことは間違いない。一般的な粉末検出法で採取した父親のものとおぼしき指紋を前科記録と照合した結果、一致しました。疑問の余地はない、と管理官は断言していた」

パルマは満足感を隠そうとしなかった。

「ああ、そうか。よし。どこで見つかった?」

「大きいほうの部屋には至るところにいくつもあったそうです。妹の部屋にはひとつもなし」

「電話の通話記録は調べたって?」とロヤコーノ。

「もち」アラゴーナが答える。「ビアージョのデスクに携帯電話が置いてあった。もっとも聞いたところによると、あそこは電波が入らないそうだから使えないけどね。最新の着信は二日前。親友のレナート・フォルジョーネの電話からだった。最後の発信は殺された夜の十八時三十二分、妹にかけている。これは言うまでもなく、アパートの外から。通話時間は六分と数秒」

ロマーノは書類を確認して目を丸くした。

「どうやって、全部覚えた? 今度、説明してくれ。妹の電話は玄関ホールのサイドテーブルの下で見つかった。きみが見つけたんだって、アレックス? マルトーネ管理官に聞いたよ。そうそう、よろしくって」

アレックスは照れ隠しに空咳をした。

「通話は？」

ロマーノはうなずいた。

「これがじつに興味深い。ディスプレイ画面が割れているので、単に落としてテーブルの下に入ったのではなく、床に叩きつけられたらしい。ゴム製ケースに入っていたのに、完全に割れている。ケースを見せてくれたが、ウサギの耳のついた悪趣味な代物だった。グラツィア以外の指紋はついていない。つまり、妙ではあるけどグラツィア自身が投げたか、犯人が手袋をしていたかだな」

アラゴーナは耳の穴をほじった右手の小指を検分しながら、弛緩した口調で締めくくった。

「兄からの電話のあと、彼女の電話には六件の着信があった。発信源は全部同じで、十八時三十四分から二十一時十三分のあいだ。最初と四度目の電話に出ていて、通話時間は最初が三分十五秒、次が二分二十六秒」

ロマーノが再び目を丸くする。

「テレビのクイズ番組に出ろよ。こいつはおれと一緒に一度読んだだけなんだ。おれはいまこうして見ていても、ろくに思い出せない」

ピザネッリが笑った。

「頭が空っぽだから、いくらでも覚えられるんだよ。で、誰がかけてきたんだね？」

アラゴーナは副署長に向かって舌を突き出しておいて答えた。

「カルロ・カヴァ。モデル事務所の」

ほかの刑事たちは驚いて顔を見合わせたが、アラゴーナは言った。

「なんでそんな顔をするわけ？　おっさんがグラツィアの虜《とりこ》になってたとしても、ちっとも不思議はない。どのみち有力容疑者のひとりだったんだから、驚くことはないじゃないか」

「そのとおりだ」ロヤコーノは、顔の筋ひとつ動かすことなく言った。「それよりも時間のほうが気になる。あそこで携帯の電波が入らないことは、遺体が発見された日に経験している。アレックスは電話をかけるために表に出なければならなかった。つまり、グラツィアは午後九時十三分にアパートの外にいたことになる」

ロマーノが情報を補足した。

「研究所で調べたところ、携帯が壊れる前、グラツィアは大音量でプレイリストの音楽を聞いていた。ということは、イヤフォンをしていたわけで、争う音などはいっさい聞こえなかった。鍵はバッグに入っていた。自分でドアを開けて鍵をバッグにしまったか、インターフォンを鳴らしたかだろう」

「隣人はインターフォンの音を聞いていないわ」アレックスが言った。

パルマがうなずく。

「うん、鍵を使ったんだな」

全員が考え込み、刑事部屋は静まり返った。ロヤコーノが沈黙を破った。

「遺体の近辺に、なにか変わったものはなかったか？　……書類、手紙、チケット……」

ロマーノはリストを目で追った。

「いや、とくには。ビアージョの財布に入っていたのは、身分証明書、さっき報告した現金、学食の食券、入館証、書留郵便の受領証、バスの回数券、運転免許証、ピオ神父のお祈りカード。グラツィアのバッグは……ええと……あ、あった。口紅が濃淡各一本、アイシャドウ、アパートメントの鍵、ペーパーバックの恋愛小説、極小サイズの折り畳み傘、財布。財布の中身は小銭、身分証明書、母親らしき人の写真、『これをきみに。愛している』と記されたカード。カードはおそらくプレゼントに添えられていたと思われるが、一見したところ最近のものではない。というわけで、とくに変わったものはなし。必要ならコピーがあるぞ、みんな」

「室内や抽斗のなかはどうだった？」

「ビアージョのデスクとソファベッドの上にあったのは、生化学に関する資料ばかりだった。コンピューターは解析中で、最終結果が出るまでもう少し時間がかかるけれど、インターネットに接続していなかったそうだ。つまり、メールやサイトの閲覧履歴はなく、計算などに限って使用していたということ。グラツィアの部屋にあったのは、ぬいぐるみ、衣類、壁に貼ってある写真数枚——警部たちは実際に見たでしょう。それに、カヴァの事務所で署名した、水着キャンペーンの写真使用許諾書のコピー。知ってのとおり、報酬に関する記載はなし」

刑事部屋はまたもや静まり返った。数多の細切れ情報のなかに宝物が紛れているかもしれない。ふたりの若者を殺した犯人とその動機を示す、重要な要素が隠れているのだろうか。それとも動機もなにもない、正気を失ったうえでの犯行だったのか。

パルマは疲労を感じて、急に年老いた気分になった。

「そうか。ひと晩ゆっくり考えてみようじゃないか。なにも考えつかなかったら、何事も起きなかったら、あしたは最後の捜査会議をしたあと、本部に捜査権を渡す。さぞや立派な捜査をしてくれるだろうよ。では、みんなよい夜を」

第四十四章

みんな、よい夜を。

笑いさざめき、楽しみ、くつろぐがよい。長い労働で疲れた体に安らぎを与えろ。心に溜まった滓《おり》を捨てて、生まれ変われ。少しの犠牲を払って努力すれば、生まれ変わることができる。心をとらえて離さない、よからぬ思いを捨てることができる。

必ずできる。少なくとも、試すことはできる。

ロヤコーノが浴室の鏡の前でひげを剃っていると、マリネッラがやってきて化粧道具を取り出した。

「パパ、いつから日に二回、ひげを剃るようになったの？」

ロヤコーノは、はぐらかした。

「久しぶりに会う友だちなんだ。むさくるしい恰好をしていって、爺臭くなったと思われたくないのさ」

マリネッラは吹き出した。

「パパったら！　あたしの友だちはみんな、パパの大ファンなのよ。学期が始まるときに一緒に来たのを見て、かっこいいって大騒ぎしていた」

「まいったな。頭がくらくらしてきた。そっちこそ、レティツィアのところに夕飯を食べにいくのに化粧をするのか？　大げさじゃないか？」

「本物の女は化粧をしないで外に行ったりしないのよ、パパ。ほら、歌にもあるでしょ。『薄化粧にハイヒール』って」

ロヤコーノは鏡のなかで横目を走らせた。

「本物の女？　まだ子どものくせに。それを忘れちゃいけない。いいか、レティツィアの仕事が終わるまでレストランにいて、そのあとすぐ寝ること。次の日の数学のテストに備えなくちゃ」

鏡に映った二つの顔は驚くほど似ていた。目尻の上がった細い目、高い頬骨。片方はシェービングクリームにまみれ、もう片方は化粧の途中。

「大丈夫だってば、パパ。心配ないわ。数学は大好きだもの」

よい夜を。

よい夜を過ごすことができるよう、努めよう。

真剣に。また機会があるとは限らない。ただの時間つぶしと考えてはならない。ふだんと同じに見えても、きっと特別な一夜になる。

今夜を逃したら、あとはない。

アレックスは自分の部屋のドアに耳を押し当てた。物音ひとつしない。

会議のあとで同僚たちとピッツァを食べにいくかもしれない、と両親にあらためて言っておいた。そして気の進まないふりをして、投げやりな口調で説明したのだった。署長が捜査課の連帯感を強めたがって、そろって外食をしようとうるさいの。あまり行きたくないけど、みんな行くからそうもいかなくて。

そして着替えをする前に、お休みを言った。鍵を持っているから、先に寝ていてね。じゃあ、あした。

ロザリアのことで頭も心もいっぱいだった。体がロザリアを待っていた。

Tバックとプッシュアップブラがセットになった、セクシーな下着を選んだ。家からも分署からも遠い店に行って買ってきたものだ。ガーターベルトをつけて網タイツを穿く。

黒っぽいドレスを着た。超ミニではないし、ネックラインも深くないが、体にぴったりしていてほっそりと引き締まった体型を強調してくれる。濃い色の頬紅を塗ると頬がこけて見え、獣のような感じになった。これでよし。

今夜、わたしは狼になる。鏡を凝視して思った。覚悟して。あなたはわたしの餌食になる。

今夜指示を出すのはあなたではなくわたしよ、マルトーネ管理官。

コートを着てバッグを持った。部屋を出て、廊下を少し進めば玄関だ。

ドアを開けると、ナイトガウンを着た父親が目の前にいた。

アレックスはぎょっとした。コートを着ておいたことを神に感謝しながら、襟をきつく合わせて細い金のネックレスを隠した。

「まだ起きていたの、パパ？　びっくりさせないで」

父親は娘をしげしげと眺めた。父親の虚ろなまなざしが心のなかに入り込み、よからぬ思いを掘り出すようで、アレックスは子どもだったときと同じように不安に駆られた。

「職場の会議にそんな恰好で行くのか？　化粧なんかして」

鼓動が耳朶《じだ》を打った。どうしよう。なんて言おう。

「別に……その……たしかに会議だけど、そのあとみんなで夕飯を食べにいくから……」

驚いたことに、〝将軍〟は微笑んだ。

「おまえはもう、立派なおとなだ。わたしたちだって、そのくらいわかっているとも。なにも言う必要はない。おまえは引っ込み思案で、あまり進んで話をしたがらないが、同僚のなかに好きな人がいるんだろう？　よかったな。おまえにふさわしい、真面目で立派な青年であることを願っているよ」

「やめてよ、パパ。そんな人、いないわ。それに……」

父親はウィンクをした。齢《よわい》二十八にして初めてそれを見たアレックスは、吐き気を催した。

「さあ、行っておいで。あしたの朝、その気になったら様子を聞かせておくれ。だが、母さんに話すとあれこれうるさいから、黙っているんだよ。心配性だからな。よい夜を過ごしておいで」

よい夜。

よい夜とは真逆の夜になるかもしれない。

真珠のネックレスに紛れ込んだ本物そっくりの模造真珠。今夜は、模造真珠のような夜かもしれない。紛れ込んだ理由はわからない。

そう思うのは、いつも抱えている寂寥感のせいだろうか。朝になれば痕跡を残さずに消え去る夜かもしれない。

夜にならなければいいのに。夜が憎い。昼間は仕事にいそしみ、雑事に追われて気が紛れるが、夜になればもうひとりの自分と直面しなければならない。夜が憎い。

〝よい夜〟に殺されるかもしれない。

ロマーノが車のエンジンを切って二秒後に、ヒーターの効果は消え去った。外は異常な冷え込みだ。

なかも異常な冷え込みだ、とロマーノは思った。

二日以上は我慢できなかった。毎回、二度と来ないと自分に誓うが四十八時間後にまた来てしまう。今夜のように氷点下何十度かに冷え込んでいても。昼間さんざん働いて、疲れてぼうっとしていても。その気になれば、毛布にくるまって寝ていることができても。

こうして、ジョルジャのアパートの外にいる。

実際はジョルジャの母親の家だ。ジョルジャの家の鍵は、ロマーノのポケットに入っている。だが、ジョルジャのいない家に戻る気にはなれない。ジョルジャは手紙を一枚置いて、あの家を出ていった。

四階でテレビの青白い色が瞬《またた》いていた。テレビを見るよりも、もっと楽しい夜を一緒に過ごすことはできないか？　おれと一緒にいるほうがよくないか？

冷え込みがさらにきつくなった。フランチェスコ・ロマーノ、別名ハルクはびくともしなかった。身震いもくしゃみも出なかった。怒りが力を与えるというのはほんとうだ、とロマーノは確信した。おれが緑の怪力人間に変身するというのも、きっとほんとうだ。怒りがふつふつと煮えたぎっているんだ、ジョルジャ。ふつふつと。

皮肉なもんだ、とロマーノは苦笑した。分署で、おれはこんな申し立てを扱うことがあったかもしれないのだ――聞いてください、フランチェスコ・ロマーノ巡査長。わたしは夫にひっぱたかれたので家を出ました。え？　一度きりです。でも、力いっぱいひっぱたいたんですよ。それで母のアパートメントに身を寄せていますが、夫が二日に一度、夜にアパートメントの下に来て窓を見上げているんです。被害届を出したら、フランチェスコ・ロマーノ巡査長は夫をつかまえて警告してくれますか？　こんなことを続けていると、面倒なことになるぞって。ところがいまや、おれがその男だ。こうして車を停めて、窓を見上げている。そして、待っている。

なにを待っているのか？　ロマーノ自身にもわからなかった。訊かれても、答えることができなかっただろう。

ジョルジャが外出するのを待っているのだろうか。たぶん。彼女は自由な国の自由な市民だ。たとえばダンスに行きたくなるかもしれない。たぶん。彼女には権利がある。おれは市民のそうした権利を守るために給料をもらっている。もし、外出するのを見たら、あのすてきな脚、栗色の髪、ふっくらした繊細な唇を見たら、どう話しかければいいのだろう。ディナーとダンス、そのあと誰かとのベッドが待っているかもしれないジョルジャに。

おれはなんて言うだろう。

なにをするだろう。

浴室の小さな窓から、明かりが漏れてきた。きっと、外出の支度をしているんだ。明かりはすぐに消えた。なんだ、用を足しただけだった。

ロマーノはもぞもぞと座り直して、コートの襟を立てた。両手を腋の下に差し込んでぬくもりを保ち、再び待った。

フランチェスコ・ロマーノ巡査長、よい夜を、と心のなかでつぶやいた。

よい夜を。

第四十五章

ロヤコーノは確信した。なにかがある。絶対に、なにかが。ことによったら、〝なにか〟以上のものが。

それは、夕方に検察局の駐車場で会ったときから明らかだった。ラウラは、化粧をしてドレスアップしていた。ハイヒール、短いコートから覗くスリットの入ったスカート、美容院から直行してきたような髪、深紅の口紅。街灯を反射してきらめく大きなイヤリング。

なにかあると感じたのは、ロヤコーノひとりではなかった。ラウラと出くわした弁護士三人はさりげなく挨拶を交わしたあとで小突き合い、首を巡らして彼女のうしろ姿を見送った。近くでぶらぶらしていた若者ふたりは、大声で野卑なほめ言葉を投げつけた。

そして、ラウラがベントレーに乗り込むかのような優雅な身のこなしでロヤコーノの小型車に乗ったときも、その感は強くなった。いきなり、唇に軽くキスをしてロヤコーノの度肝を抜いたのだ。

ロヤコーノは一張羅を着ていたものの、とたんに気おくれした。車や靴、平凡至極なアフターシェービング・ローションに引け目を感じた。床屋に行かなかったし、ラウラを高級レストランに連れていく余裕もない。警官どうしで交わす粗野な会話しか知らないから、気の利いたことひとつ言えない。ふだんは誇りを持って堂々とシチリア訛りで話しているが、ラウラの取り巻きが使う洗練された物言いとは大違いだ。

車を停めたときは、もっと引け目を感じた。歩道や障碍者専用、駐停車禁止、車両出入口、歩行者出入口を避けて正しく駐車をした結果、レストランまでの数百メートルをハイヒールで歩かせることになってしまったのだ。だが、ラウラは不平ひとつ言わずにロヤコーノにもたれて歩き始め、ロヤコーノは予想外の展開に驚くばかりだった。

ラウラはでこぼこの道路に足を取られてよろめくたびに冗談を言い、ロヤコーノはレストランまでの道のりを楽しんだ。そして、わき腹に触れて揺れるラウラの胸のふくらみに心が波立った。コートやジャケットに隔てられていても、その感触はロヤコーノの五感を揺さぶった。凍りつくような寒さだが、ロヤコーノは永久に歩いていたかった。

期待と不安を抱えて今夜の外出を準備する際、知人に遭遇する恐れのないことを最優先して店を選んだ。

店は落ち着いた雰囲気で感じがよく、大きな窓が海に臨み、地元の味に斬新な工夫を加えた料理が高い評価を得ていた。用意されたテーブルは、眺望を確保しながらも中央から少しはずれた目立たない位置にあって、申し分なかった。

ラウラに手を貸してコートを脱がせたとたん、ロヤコーノは白旗を掲げた。

ラウラは自分の魅力を最大限に引き出す服装でこの場に臨んでいた。異例に長い時間をかけて中心街を歩きまわって選び、バッグに入れてオフィスに持っていって鍵をかけて着替えたドレスは、ネックラインが深く切れ込み、胸に自信のある女性のみが着ることができるデザインだった。すぐに絹のスカーフを羽織ったため、第三者に与える衝撃はある程度減った。さもなければ、男性客や従業員はラウラから目を離すことができなかったことだろう。もっとも、ロヤコーノには手遅れだった。出会った当日に感じた彼女の肉体的な魅力は、いまの光景を目の当たりにして確実になった。ロヤコーノの頭のなかで、ディナーはラウラを抱きしめるための序章になった。

夕食は楽しい雰囲気で進んでいった。共通の知人や、複雑だが比類なく美しいこの街について語り合った。よそ者のふたりには異質な街だが、またとない機会も与えてくれた。ラウラとの出会いは、それまで持っていた負の感情を帳消しにする喜びであることを、ロヤコーノは認めないわけにいかなかった。

どちらも過去についての話題を巧みに避けた。互いの持っている孤独感を理解し合えたらもっとよかったのだろうが、悲しみや苦悩が待ちに待ったこの夜に暗い影を落とすことを、ふたりとも恐れたのだった。

ラウラはロヤコーノの目や鼻、肩、力強く大きな手を順に眺めていった。体の芯がとろけるような感覚を覚え、それを長いあいだ拒絶していた自分に腹が立った。ロヤコーノが欲しかった。出会ったときから欲しかったのだ。こんな感情が起きたのは、おとなの女になったと自覚して以来初めてだった。最初の恋人カルロは、運命の人になると予感していたが、何年も前に他界した。その後、幾度か恋愛関係を持ったものの、どの男も心を覆った殻にかすり傷ひとつつけなかった。こんなときめきは感じなかった。この機会を逃してはいけない。ラウラは微笑んで食事を続けたが、あとで味を思い出すことはできそうもなかった。

ロヤコーノはマリネッラの話をしながら妻のソニアの思い出を探したが、なにも思い浮かばなかった。過去の話だ、おれはもう別世界の人、別人になった。過去と決別するときが来た。

食事が終わると、ロヤコーノもラウラも、海上で瞬《また》く船の明かりを見ながらワインを飲んで永久に話していたいと願ういっぽう、一刻も早く席を立ってふたりきりになりたくもあった。

宵の雨が上がりかけるときのように会話が途切れがちになって、視線が絡み合った。ラウラはロヤコーノの手を取って、ささやいた。「出ましょう」

ラウラの自宅までの道のりは短いようで長かった。ラウラはようやく勝ち得た親密な関係を失いたくないとばかりに、ロヤコーノの太ももをやさしく撫でていた。ロヤコーノのラウラを求める気持ちは、狂おしいほどだった。互いの激しい鼓動を聞きながら、玄関前の階段を上った。

出ましょう、とラウラがレストランで言ったのを最後に、どちらもひと言も発しなかった。言葉は不要だった。小さなエレベーターのなかで、ロヤコーノと向かい合ったラウラの胸は速まる呼吸とともにせわしなく上下した。

ラウラは室内に入るや、窓から入るわずかな光のもとでドアにもたれかかった。ロヤコーノはコートを脱いで彼女の前に立った。抱き合ってキスをするうちに、寄り添った体は次第にひとつになっていった。ラウラはつま先立ちになって、ロヤコーノは顔をうつむけて唇を合わせ続けた。ラウラが恍惚としてうめき、ロヤコーノはその背を撫でた。

　そのとき、ふたりの携帯電話が同時に鳴った。

第四十六章

　アレックスがちょうど車のエンジンをかけたとき、携帯電話が鳴った。

　ロザリアは挨拶を省略して性急に切り出した。

「レストランなんかやめにして、うちにいらっしゃいよ。おいしいペンネ・アル・ポモドーロ（トマトソース・ペンネ）を作ってあげる」

　アレックスは笑って答えた。

「それ、大好きなの。レストランで頼むつもりだったわ」

「よかった。アトリ通り八番よ。名字を教える必要はないわね。アパートの駐車場はないから、公共の駐車場に停めて」

　目的地に着き、息を切らして急な階段を上ると、アパートメントのドアは開け放たれていた。

　ロザリアがキッチンから声をかけてくる。

「入って。すぐ行く」

照明を落としたリビングルームではテーブルに食器が二セット用意され、長いキャンドルが壁を埋めた本やDVD、テレビ、快適そうなソファに光を投げていた。デザインよりも快適さを重視した家具、趣味のよい置物、カーペット、テーブル・センター、ナプキン。ロザリアの繊細で女性的な配慮が、アレックスは意外だった。ロザリアの家は、本人とは別の人格を持っているように見えた。もっと近代的で、金属やガラスを多用した機能的で冷たい雰囲気を想像していた。予想がはずれて、うれしかった。

書棚の隅に置かれた香炉からほのかな香りが漂ってくる。アレックスはコートを脱いで、書名を見ていった。ロザリアはジャンルを問わない、本の虫だった。カミュ、ブレヒト、アーマド。がらりと趣向を変えてレックス・スタウト、それにカルロット、カッリージ、カロフィーリオなど現在活動中のイタリア人作家。ガルシア・マルケス、ボルヘス、ガレアーノ、デ・カルロ、バリッコの全集までそろっている。

「こんなにたくさん、いつ読むんだろう?」アレックスは半ば独り言のようにつぶやいた。

「その気になれば、時間は作れるものよ」うしろでひそやかな声がした。

くるりと振り向くと、赤ワインのグラスを二つ持ったロザリアと目が合った。華やかな色合いのドレスをまとい、その上にかけたエプロンにトマトソースが散っている。薄化粧をした笑顔がこの上もなく魅力的だった。

「あなた、最高にきれい」ロザリアは言った。

アレックスは頬を染めてグラスを受け取って、ロザリアのグラスと軽く合わせた。

見つめ合って、少しずつ口に含む。アレックスはそのときになってようやく、本のあいだに隠されたスピーカーから、やわらかな女声のブルースが流れていることに気づいた。

「いけない、ソースが！」

ロザリアはグラスをテーブルに置いて、キッチンに駆け込んだ。戻ってくると、大きく息をつく。

「まったくもう。あと一秒遅れたら――」

口をぽかんと開けて絶句した。視線の先には、ソファに横たわっている全裸のアレックスがいた。

「いまは欲しくないの。そっちは」アレックスはマルトーネをひたと見つめた。低い声は、満足して喉を鳴らす猫を連想させた。

ロザリアは自分が先導してアレックスの感覚を開花させ、慣例や社会的抑制を超越した自己に慣れさせていかなければならないと信じ込んでいた。アレックスがとっくに心理的な障壁を乗り越えていたことを、知らなかった。遠く離れた薄暗い秘密のクラブへ出かけていって仮面をつけ、肉体のつかの間の平穏を得たことを知らなかった。両親という名の看守が熟睡している家の寝室で、ひそやかに蓄積していった鬱屈や諦念、幻想を知らなかった。

ロザリアの知らなかったことが、もうひとつある。アレックスはここに来ることを決心するまでさんざん迷ったが、いったん心を決めるとすぐ、今夜の計画を立てたのだ。

ロザリアも心の準備はできていた。バールで出会う、肉体的な関係だけを求めている女性では飽き足らず、もっと心のこもった真剣な交際を渇望していた。悲しみや喜びを分かち合い、肩を寄せ合って映画を鑑賞したり、喧嘩をしたりする恋人、丸ごと好きになることのできる恋人を欲していた。

何時間も、考えられる限りの形で愛を交わした。互いの肉体を試し、未知の快感を幾度も経験した。女どうしのセックスは男性には想像のできない美しさ、豊かさがある。荒々しい情熱が過ぎ去るとやさしさが取って代わり、果てることも欲望が尽きることもなく、対等な立場でいつまでも続いていく。

相手の目にあふれる歓喜を読むたびに、欲望がよみがえった。新しい愛し方を発見し、導き合って高みに上り、この世をかなたから見下ろした。

数えきれないオーガズムのにおいに包まれて、ロザリアは記憶に刻み込もうとするかのように、アレックスの顔の輪郭をなぞった。

「あなたが欲しい」ロザリアは言った。「いまも、あしたも、あさっても。あなたと離れていたくない」

アレックスは、新しくもあり懐かしくもある音楽を聞くように、ロザリアの声に耳を傾けた。人生で一番素晴らしい夜だ。

「わたしも。すてきだったわ」

ロザリアは愛撫を続けながら、静かにうなずいた。

「肉体だけではないの。あなたの人生が欲しい。そして、わたしの人生をあなたに捧げたい」

アレックスは返事をしないで、自分の鼓動に耳を澄ました。

ロザリアは再び言った。

「一度セックスをしただけでこんなことを言うなんて、変に思うでしょう？　でも、出会った瞬間に、わかったのよ。あなたがどういう人かわかったし、一緒に歩む将来が見えた。年のせいかもしれない。頭がおかしくなったのかもしれない。自分自身を取り繕うことに疲れたのかもしれない。理由はともかく、あなたが欲しい。時間と欲望を分かち合いたい」

アレックスは目を半ば閉じて聞いていた。混乱して頭が破裂しそうだった。わたしもあなたがどういう人かわかったのよ、と声に出して言いたかった。わたしの幸せはこのベッドに、あなたの手に、あなたの唇にある。肉体と魂を切り離しておくことに疲れたわ……

――おまえはわたしを失望させるようなことはしない。そうだな？

――もちろんよ、パパ。

ロザリアを失わないためには、なんと言えばいいのだろう。ロザリアのような勇気がないことや、わたしをつないでいる鎖が彼女の想像より何千倍も強いことを悟られたくない。

「困らせるつもりはないのよ」ロザリアは続けた。「あなたは若いし、わたしとは違う人生を歩んできた。わたしと同じ気持ちでないのなら、同じように考えていないのなら、いまここで言ってちょうだい。あなたの心にわたしの居場所はあるの？」

アレックスはきつく目を閉じた。心のなかで嵐が吹き荒れた。これまで怪しげな場所での出会いからひそかに快楽を得ていても、間違ったことをしている、主義に反していると感じたことは一度もなかった。だがいまは信頼を裏切り、罪を犯し、不誠実だと感じた。同時に、これまでになく幸福だった。

返事をしようと口を開いたとき、携帯電話が鳴った。

第四十七章

別々に行こう。ふたりはそう決めた。県警本部長から直々に招集されたピラースには、検察局の車が間もなく到着する。パルマ署長に呼び出されたロヤコーノは、自分の車を使う。

またもや肝心なときに邪魔が入ったと知って、ふたりはしばし見つめ合った。ピラースはロヤコーノの頬を撫でて、ちらっと微笑んだ。

「またね」ゆっくり言った。「待っているわ」

「わかった」ロヤコーノは答えた。そしていまは、県警本部へと夜道を急行している。アレックスも向かっていることだろう。

ロヤコーノは渦巻に投じられた心持がした。ラウラへの渇望と美しい夜景に加え、激しい情熱を持つことができたという自信が、若さを取り戻させて希望をもたらした。再び幸せを得ることができそうな気がした。だが、犯罪や暴力と日々対峙する警察官の職務は、彼を現実に引き戻した。ここは多くの問題を抱えた大都市だ。その大都市に、いまは娘のマリネッラもいる。

恐ろしい犯罪が起きるたびに、ロヤコーノの頭には当然のごとくマリネッラのことが浮かぶ。無辜《むこ》の人の死を捜査するときも、狂気や悪意が引き起こした事態に対処するときも。

娘の姿が目に留まったのは、こうしたことを考えていたときだった。

最初は気のせいだと思った。思考に影響された目が、ありもしないものを見たのだと。

車は海岸沿いの渋滞した道路に入ったところだった。折しも街のナイトライフが最高潮に達していて、厳寒を無視して氷入りのドリンクを提供するシャレー（屋外レストラン）が連なるあたりへ人波が切れ目なく流れていた。ロヤコーノの車は四車線の二番目をのろのろ進み、マリネッラは十メートルほど横にある歩道を反対方向から歩いてきた。

じっと目を凝らすと、やはり幻覚ではなかった。たしかに、マリネッラだ。髪を風になびかせて笑っている。こんな楽しそうな顔は見たことがない。切れ長の目を輝かせて顔を仰向け、その視線の先にはどことなく見覚えのあるすらりと背の高い青年がいた。青年は身振りを交えてしきりに話しかけている。

うしろで苛立たしげなクラクションの合唱が起きて、やむを得ず前進した。

車を停める場所を探して、きょろきょろした。追いかけていってコートの襟元をひっつかみ、詰問したかった。なんでこんな深夜に、男と連れ立ってうろうろしている？　この街には強姦魔があふれている。そいつもそのひとりかもしれないんだぞ。テディベアを抱いて寝ているはずだろうが。だが、二重駐車どころか三重駐車をする隙間さえなかった。おまけに、県警本部でみんなが待っている。

悪態をつきながら、指をもつれさせてジャケットの内ポケットから携帯電話を引っ張り出した。娘の番号を打ち込む。ルクレツィア・ボルジアに劣らず悪賢い娘は、携帯の電源を切っていた。そうしているあいだにも、車は交通の流れに従って娘からどんどん遠ざかっていった。

憤怒が驚愕に取って代わった。信頼して娘を預けたのに。頭に血が上ったまま携帯を操作して、レティツィアの番号を探し出した。急発進と急ブレーキを繰り返す不安定な運転は、後続車にはいい迷惑だった。たまに前方に空く数メートルを早く詰めればいいものをと、後続車の不運な若者四人は次第に苛立ちを募らせていった。

電話に出たのは、ウェイターだった。深夜でもレストランは活況を呈していて、音楽と話し声が聞こえてくる。

レティツィアが電話を代わった。取り乱した声のように、ロヤコーノには聞こえた。

「レティツィアか？　おれだ。どうだい、万事、順調かな？」

「あら、ええ。もちろんよ。あなたは？　楽しんでいる？」

「おれ？　うん、ありがとう。マリネッラに代わってくれないか」

「マリネッラに？　どうして？　なにか用なの？」

「いや、別に。話をしたいだけだ。そこにいるんだろう？」

「ここに？　ええ、いるわよ。でも、少し頭痛がするとかでベッドに行ったわ。起こしたくないの……」

ロヤコーノは思わせぶりな沈黙を挟んで言った。

「友情の基盤は誠意だとおれは考えている。互いに信頼することができてこそ、友人と言える。誠意がないところに友情は成り立たない」

レティツィアは涙声で訴えた。

「ペプッチョ、あたしは……あたしはマリネッラを娘のようにだいじにしているわ。悪いことはさせないし、危ない真似も許さない。あたしは……」

ロヤコーノの怒りが爆発した。

「まず、ひとつ。二度とペプッチョと呼ぶな。それから、マリネッラはきみの娘ではない。おれの娘だ。娘になにが危険か危険でないかは、おれが決める。娘に起きることは、すべておれの責任だ。あいつはこんな深夜に、危険がいっぱいのこの街でおれの知らない男と出歩いている。きみのせいだ。きみを買いかぶっていた、おれのせいでもある」

電話を切り、その後すぐにかかってきたレティツィアの着信を拒否した。捜査に集中しなくては。娘と友人の共謀に気を取られて捜査に支障をきたすことは許されない。

県警本部の中庭に車を停めたところへ、マリネッラから電話がかかってきた。交通の騒音と人々のざわめきが交じっている。電源を入れ、なにがあったのか悟ったのだろう。

「パパ、あたし。ごめんなさい――」

寒風に吹かれ、警備の警官ふたりが見守るなか、ロヤコーノは叱りつけた。

「いますぐ、家に帰れ。いますぐ。わかったか?」

「でも……パパ」マリネッラは口ごもった。「あたしは悪いことはしていない。映画を見て、ホットドッグを食べただけよ！　学校の友だちはみんな夜に外出して――」

「友だちがなにをしようが、関係ない。いますぐ、帰れ。あとで話し合おう。家に着いたら、固定電話を使っておれに電話をしろ。それなら、ほんとうに帰ったとわかる」

「帰ると言っただけでは信用しないの？　証拠が必要なの？　あたしは――」

「信用できない娘だと示したのは、誰だ？　レティツィアのことも信用してはいけないようだな」

「レティツィアは悪くないわ。あたしはもう子どもじゃない。おとななのよ、パパ。なんでわかってくれないの？　映画を見にいっただけなのに！　悪いことはひとつもしていない！」

ロヤコーノに睨まれて、警備の警官ふたりが目を逸らす。

「おれはおまえに責任がある。おまえの母親に対しても。仕事があるから、おまえの年ごろの子どもに対してすべきように、あとをついていって面倒を見る暇はない。荷物をまとめてシチリアに帰れ」

赤いボタンを押して通話を切り、足早に正面玄関を入った。

第四十八章

男は中背で肩幅が広く、テーブルに置いた大きな手は節くれだっていた。無精ひげが目立ち、不潔な白髪交じりの髪の襟足が長く伸びている。厚手の上着とセーター。もとは青だったとおぼしきシャツは襟がほころびていた。吐物のきつい悪臭が漂ってくる。大酒飲みなのだろう、目が血走って鼻が赤い。

なにもかもが貧しく惨めな人生を物語っていた。

だが、背筋をまっすぐに伸ばした姿勢や冷静で疑り深い険しいまなざし、頑丈な顎、断固とした口元は相反する印象を与える。

ロヤコーノが入室したとき、男とドアの脇に立つ制服警官ふたりのほかに、五人がいた。ピラースは、大胆なドレスを地味なスーツに着替えていた。パルマ署長は深夜であるにもかかわらず、妙に高揚していてふだんより精気がある。本部長は六十代で禿頭、でっぷりしていて常に仏頂面だ。初めて見る派手な服装の取り澄ました四十男は、機動隊の指揮官フランチェスコ・ジェラルディと紹介された。最後が旧知のサン・ガエターノ署のディ・ヴィンチェンツォ署長。彼はシチリアから飛ばされてきたロヤコーノを飼い殺しにした末にピッツォファルコーネ署に放逐したが、それがロヤコーノにさいわいした。

ロヤコーノが目で問うと、パルマ署長は肩をすくめた。

ディ・ヴィンチェンツォが加わった理由を、本部長が明らかにした。

「現在行っている捜査に早期の進展が見込めない場合は、ディ・ヴィンチェンツォ署長にピッツォファルコーネ署を支援してもらう。そこで、出席してもらった」

「支援する可能性が高そうですな」ジェラルディがつけ加えて、立ち位置を明確にした。

出席者は二派に分かれていた。ジェラルディとディ・ヴィンチェンツォはピッツォファルコーネ署閉鎖派。ラウラ、それにたぶん本部長は継続派だ。

「まだ、そうと決まったわけではない」パルマがむっとして反論する。

ドアが開いてアレックスが入ってきた。コートのボタンを一番上まで留め、化粧はなし。会釈をして隅のほうに腰を下ろす。

パルマは口調をやわらげて続けた。

「さて、これでそろった。捜査を担当しているロヤコーノ警部とディ・ナルド巡査長補のために、最初から説明する。ここ数日、各所に手配写真が配布されているのでいまさら言うまでもないが、こちらがコジモ・ヴァリッキオ氏、セコンド・エジツィアカ通りの被害者二名の父親だ。およそ四十五分前に自主的に本部に出頭し、尋問はまだ行っていない」

コジモ・ヴァリッキオはせせら笑った。

「あんだけ手配写真が出まわっているのにさ、大手を振って歩いてこれたんだぜ。ぼんくらばかりだな」

機動隊の指揮官が語気鋭く言った。

「質問されたとき以外は口を閉じてろ、ヴァリッキオ。立場をわきまえて――」

ヴァリッキオは指揮官を振り向こうともしなかった。

「だんな、立場は承知しているよ。我が子ふたりが殺されたと知って、駆けつけてきた父親。それがおれの立場だ。違うか？」

金属で氷を引っかくような声で冷静に言う。カラブリア訛りが強い。

本部長は正式な形式で尋問を進めるべく努めた。

「違っていないよ、ヴァリッキオ。なにはともあれ、お悔やみを申し上げる。ふたりとも気の毒なことをした。しかし、三日も経ってから突然姿を現すのは、妙じゃないか。それにあんたは——」

「カラブリア人で前科者だから、最有力容疑者だ。そうだろ？」

今度は、ディ・ヴィンチェンツォが憤った。

「そうではない！　事件が起きた日に行方をくらまし、いまになってようやく姿を現したからだ。いままでなにも知らなかったと言っても、誰が真に受けるものか」

ピラース検事補は以前からディ・ヴィンチェンツォを嫌っていた。そこで、冷ややかに彼を睨んで言った。

「ディ・ヴィンチェンツォ署長、わたしの知らないあいだに規則が変わったのでなければ、尋問は担当司法官の役目よ。それを否定する証拠がない限り、この事件の担当司法官はわたしです。関連性のある質問がないなら、口を閉じていて。それができないなら、退出してもらいます。そもそも、あなたはここにいる正当な権利がないのよ。いかが？」

激しい舌鋒にその場の誰もが驚き、パルマは思わずにんまりした。

ピラースはヴァリッキオと向かい合った。

「ヴァリッキオさん、わたしはラウラ・ピラース検事補。いまお聞きになったように、お子さんが殺された事件の捜査を監督している司法官です。ここにいる全員に納得のいく説明をお願いしたいわ。なぜ、事件後三日も経ってから出頭したんです？」

「たいしたことはしていない。酔っぱらって商売女のところへ行った。そのあと寝て、また酔っぱらった。で、もう一回寝て、ようやく起きた。それからコーヒーを飲みに出て、バールのテレビで事件を知った。ここまでの道順を教えてもらって、やってきた」

ジェラルディは、ピラースになれなれしく話しかけた。

「ねえ、検事補、こんな口の利き方を我慢していいんですか。こいつは――」

ピラースは蠅でも追い払うかのように手をひと振りして、黙殺した。

「では、三日間どこにいたんです？」

「中央駅の近くの安宿。たしか〈ラ・ルチア〉ってとこだった。商売女に連れていかれたんだ。三日ぶん、前払いした。酒は持ち込んだ」

パルマはピラースに断って、質問を挟んだ。

「お子さんたちに会うために、こちらに来たんですか？　いつ会いました？」

「グラツィアを連れ戻したかったんだ。一緒に故郷に帰ってりゃ、こんな目に遭わずにすんだのにさ。あいつらが住んでいる……住んでたアパートメントに行ったが、娘は留守だった。息子しかいなかった」

ロヤコーノはピラースをちらっと見やって、質問した。

「それは何時だった？」

「列車が一時間遅れて、駅に着いたのは午後五時三十五分だった。その足でアパートメントへ向かった。歩きだったから、三十分くらいかかった。だから、六時前後だと思う」

「アパートメントにいた時間は？」

ヴァリッキオは眉を寄せてしばし考えた。

「たぶん、二十分くらい。時計を見たわけじゃないからね」

アレックスはヴァリッキオを子細に観察した。父と娘。愛はないが所有欲はある。

「その二十分間になにがあったのかしら？」

ヴァリッキオはアレックスに顔を向けた。

「息子には長いあいだ、会っていなかった。おれは父親なんだぜ。なのに、あいつは会おうとしなかった。あんた、おれの過去を知ってるだろ？　あいつは刑務所に一度も面会にこなかったし、出所して村に戻ってからも会いにこなかった。道ですれ違っても、息子とわからなかったろうよ。血には声があるって言うけどさ、おれは耳が遠いらしい。そんな声は聞こえなかった」

アレックスは重ねて訊いた。

「質問に答えて。アパートメントでなにがあったの？」

「息子に言ってやったんだよ。勝手にしろって。親父のことが恥ずかしいんだろ。おまえはここで勉強した、いつも自分のしたいようにしてきた。今後、家族はいないと思え。好きなようにしろ。だが、グラツィアは連れて帰る。あそこがあの子の居場所だ」

「息子さんはどう答えた?」ロヤコーノが訊く。

ヴァリッキオの険しい顔に冷笑が浮かんだ。

「おれが人殺しをして刑務所に入ったせいで家族が壊れたんだとさ。自分たちにかまわないでくれ。グラツィアみたいに善良で素晴らしい人間は幸せな人生を送る権利がある。そう言ったから、言い返した。幸せな人生って、どんな人生だ? 街で体を売ることか? ごくつぶしの歌手と暮らすことか?」

台本でも読んでいるかのように、淡々と言う。ピラースが口を挟んだ。

「では、話し合っているうちに口論になったということ?」

「おれは父親なんだよ。あんなこと言われちゃ、堪忍できない。一発、殴ってやった」

思いがけない告白に全員が戸惑った。

「つまり、暴力をふるったのね?」

「一発、殴ったと言ったんだ。父親が息子を殴って、なにが悪い? それとも世界がすっかり変わって、いけないってことになったのか?」

本部長が咳ばらいをした。

「息子さんは殴り返したかね?」

ヴァリッキオは唇の隅をぴくぴくさせた。

「おやおや、最近は息子が父親を殴り返すようになったのかい? いいや、あいつは殴り返さないで、こう言った。出ていかないと警察を呼んで逮捕してもらう。親父には刑務所がふさわしい。村には二度と帰らない。妹も帰らせたくない」

「で、あんたは？」

訊いた。あんなガキに脅されたところで屁とも思わない。じゃあ、出ていかなかったらどうする、と訊いた。ケツをどやして追い出すか？　そしたら、態度を変えやがった。『グラツィアもぼくも、立派なおとなだ。あんたが刑務所に入ったときに置いていった子どもじゃない。金をやるよ』ときた」

「金？　金とは？」ロヤコーノが即座に訊く。

ヴァリッキオの顔に再び冷ややかな笑みが浮かんだ。

「たんまり稼ぐ当てがあるんだとさ。その金でグラツィアになんの不自由もない暮らしをさせ、おれも村で働かずにのんびりさせてやるって。だからさ、あのしょぼい部屋を見まわして笑ってやった。いやはや、たしかに金持ちらしいな。しこたま稼いでるってわかったよ、って」

いまやロヤコーノの集中力は最大限に達していた。

「金について、ほかになにか言わなかったか？　たとえば、どうやって――」

ピラースの沈黙令は時効に達したと判断したのか、ディ・ヴィンチェンツォはしびれを切らして本部長に問いかけた。

「こんなことを訊いてなんになるんです？　この男は殺人罪で服役していて一年足らず前に出所したばかりなんですよ。そして、故郷からこの街に来て哀れな若い兄妹を殺したのか？　われわれはそれを突き止めたいんじゃないですか？　わたしには質問の真意が――」

ピラースがくるりと振り向いてぴしゃりと言った。上唇から犬歯を覗かせ、虎のような形相だ。

「ディ・ヴィンチェンツォ署長、さっき警告したでしょ。ただちに退出しなさい。あなたに捜査権はありません」

ディ・ヴィンチェンツォは真っ赤になって、本部長に訴えた。

「本部長、ここは検事局ではなくあなたのオフィスだ。つまり、率直に言えば検事補から命令される筋合いは――」

本部長は椅子の上で反り返った。

「きみが正しい、ディ・ヴィンチェンツォ。だから、わたしがピラース検事補と同じことを命じる。家に帰りたまえ。尋問の結果については、必要があれば知らせる。ご苦労だった」

ディ・ヴィンチェンツォはぎこちなく席を立ち、眉ひとつ動かさないロヤコーノを憎々しげに睨んで出ていった。

ピラースはヴァリッキオに向き直った。

「質問に答えてください。息子さんはお金を入手する方法を話しましたか」

ヴァリッキオは首を傾げた。

「いや。もう少し時間がかかる、仕事関係だ、としか。どうせ、出まかせだろ。だから、おれは帰った」

アレックスが疑わしげに訊く。

「もう暴力はふるわずに？」

ヴァリッキオはそちらへ身を乗り出した。

「いけないかい？　息子を殺せばよかったのか？」

毒を含んだ返答に、みな二の句が継げなかった。

この男には感情がないのだろうか、とパルマはあきれ果てた。我が子を殺したとしても不思議はない。

ロヤコーノひとりが平然としていた。

「いいか、よく考えて答えてくれ。どうやってアパートメントに入った？　帰るときに誰かと会ったか？」

誰もが少々面食らい、ヴァリッキオは眉を寄せて記憶を探った。

「ええと、インターフォンを鳴らしたら、息子が下りてきて入口のドアを開けた。おれが誰だか、あいつはすぐわかった。おれはあいつを見ても、誰だかわからなかっただろうから助かったよ。帰るときは……誰にも会わなかったな。腹が立ってたから、ドアを叩きつけて出てきた」

パルマはピラースに目配せした――容疑を払拭《ふっしょく》するに足るアリバイはない。

ピラースがうなずいたのを確認して、パルマは訊いた。

「アパートメントを出たあとは？」

ヴァリッキオは肩をすくめた。

「グラツィアが帰ってくるかと思って、下で少し待っていた。だけど、体を売ってるなら帰ってこないだろうし、寒くてさ。それでそこらを歩いて、バールを見つけて入った。酒を飲んだあと、街で商売女を探した」

パルマは質問を重ねた。

「商売女を拾った時間は？」

「さあねえ。飲んでたから、覚えてない」

少し間を置いて、アレックスが口を開いた。

「要するに、あきらめたってことですね。最初の拒絶で。遠くから何時間もかけて来たあなたを、息子さんは撥ねつけた。電話をすればよかったのに。時間も労力も無駄にしないですんだでしょう」

「あきらめたわけじゃない。ただ、ふたりとももう子どもじゃないからな。おれの手の届かないところにいっちまった。おれが無駄にしたのは、ここに来るための時間じゃない。あいつらにまた会うことを夢見て、刑務所で過ごした十六年間だよ。いまじゃ、ふたりとも見ず知らずの異邦人だ。そして、おれは十六年間で自分がどんな人間になったかわかった。役立たずのゴミさ。ほんとうの罰は、自由を奪われたことじゃない。自分というものを殺されたことだ。おれはいまや、ずっと前、酔ったあげくに殴り殺しちまったあの気の毒な男よりも、死んでいる」

「だったら、なぜ村に帰らなかったの？　さっさと列車に乗って帰ればよかったでしょう？」

「村の連中になんて言えばいい？　我が子に捨てられたって言うのか？　息子たちと一緒にいるって思わせたかったんだよ。何日か泊めてもらってるって。パパ、これまでのことを話したいから、しばらくここにいて、とせがまれたって」

本部長は制服警官ふたりに命じて、ヴァリッキオを別室に移した。夜が白々と明けようとしている。

ピラース検事補は疲れた目をこすった。

「どう思います？　ヴァリッキオにはアリバイがなく、動機と機会があった。アパートメントにいたことも認めましたしね」

本部長はうなずいた。

「前科もあるし、怒りを制御できない性分だ。服役中にも二度、殴り合いに関わっている」

機動隊指揮官ジェラルディはディ・ヴィンチェンツォの二の舞を恐れて沈黙を守っていたが、チャンス到来と踏んだ。

「どのみち、ピッツォファルコーネ署の捜査のおかげでないことはたしかですな」

パルマは憤慨した。

「ふざけるな。われわれはずっと彼の足取りを追っていた。中央駅近くの安宿にこもっていたのだから、容易に探し出せるわけがない」

ピラースが援護する。

「署長の言うとおりよ。では、逮捕するということで、これで解散します」

ロヤコーノが面々の度肝を抜く発言をした。

「ヴァリッキオが犯人でなかったら？　憶測だけで刑務所に送るのか？　我が子ふたりを亡くしたばかりの男だぞ」

パルマは飼い犬に手を噛まれた心境なのだろう、仏頂面でロヤコーノを睨んだ。

「どういう意味だ？　あいつにはアリバイがない……あの口の利き方でわかるだろう。父親よりもわれわれのほうが兄妹の死に心を痛めているくらいだ！　それに検事補も——」

ロヤコーノは立ち上がった。

「悲しみに対処する方法は、人それぞれだ。あんな態度を取ったのは、深く傷ついているせいかもしれない。無実だとは言ってませんよ、署長。ただ、まだいくつか疑問が残っている。たとえば、なぜふたりを殺さなければならなかったのか。どうやったのか」

ピラースは苦い顔でロヤコーノを見つめていた。ピッツォファルコーネ署がやっと閉鎖の危機を脱しそうになったのに、よりによってロヤコーノが立ちはだかった。

「どうやったのか？　最初に息子を殺し、大きな音を立ててドアを閉めて喧嘩のあとで出ていったように装い、娘の帰りを待って殺した」

ロヤコーノは首を傾げた。

「そうかな。おれは確信が持てない。単なる私見に過ぎないが」

本部長も立ち上がった。

「よし、少し寝れば、みんな頭がすっきりするだろう。差し当たって今夜は留置だな、ラウラ。ヴァリッキオが自分で弁護士を手配できないならこちらで用意し、詳細を話し合おう。これで記者会見を行って、容疑者逮捕を発表することができる。さあ、帰ろう」

本部を出ていく途中で、パルマはロヤコーノの横に並んだ。

「きみのことがときどき理解できなくなるよ」ぶつくさ言った。「午前中に捜査会議をして、今後の方針を決める。いいか、捜査班全体の方針だぞ、全体の」

ロヤコーノはうなずいて、車へ向かった。

第四十九章

アラゴーナは口笛を吹きながら、意気揚々とピッツォファルコーネ署の玄関を入った。今朝は並々ならぬ努力をして、異例に早く、始業時刻の三十分近く前に出勤した。先にデスクについて、刑事部屋に入ってくる同僚たちを驚かせたかった。いつもの嫌味を言い、からかう機会を失ってがっかりする顔は、さぞや見ものだろう。

なによりも、署長の逆鱗に触れないようにしたかった。二重殺人事件の捜査が失敗に終われば、指揮下にある分署が閉鎖の憂き目に遭いかねず、パルマは苛立っている。触らぬ神に祟りなし、である。

足取りも軽く階段を上って刑事部屋のドアを開けたアラゴーナが目にしたのは、神妙に黙りこくっている捜査班の面々だった。アラゴーナはサングラスを取って腕時計をたしかめ、壁の時計と見比べて狂っていないことを確認した。両腕を大きく広げた。

「なんだってまた……みんなここで寝たのか？　受刑者が更生プログラムで旅公演するときみたいに？　嘘だろ。まだ八時前だぜ！」

「黙れ、アラゴーナ。みんな、おまえの相手をする気分じゃないんだ」ロマーノが不機嫌に答える。「七時半集合、という署長のメールを読まなかったのか？　早く来てよかったな。一生忘れられない叱責を食らわずにすんで」

アラゴーナはポケットから携帯電話を出した。

「あ、電源を切ったままだった。だけど、常に入れておくって規則はないだろ？　それにしても、何事だい？」

パルマが現れた。ふだんと違ってネクタイと上着をつけ、髪に櫛目が通り、きれいにひげを剃ってある。ファイルを手にしていた。

全員が出勤していることを確認してロヤコーノに一瞬目を留め、席についてセコンド・エジツィアカ通り事件のファイルを前に置いた。

「おはよう。朝早く来てもらって、すまない。すでに知っている者もいるが、昨晩、殺害された兄妹の父親コジモ・ヴァリッキオが県警本部に突然出頭した。そこで本部長並びに機動隊指揮官ジェラルディ、われわれが失敗した場合に捜査を引き継ぐ予定だったディ・ヴィンチェンツォ分署長出席のもとで、ピラース検事補による尋問が行われた。その場にいなかった諸君に伝えておくが、ディ・ヴィンチェンツォはピラース検事補に追い払われた。溜飲が下がったよ」

誰もが降って湧いた勝利に驚いた。もっとも例外がいた。アレックスはオッタヴィアに向かってあるかないかの微笑を浮かべたのみで、ロヤコーノは感情を表さなかった。

パルマは再びロヤコーノに目をやって、話を続けた。

「ヴァリッキオの尋問結果が決定的だったことを受け、昼前に記者会見を行って二重殺人事件がついに解決したことを発表する。わたしも招かれた。つまり、ピッツォファルコーネ署の功績が認められたということだ。種々の難題がいくらか減って、非常に喜ばしい結果となった。閉鎖の危機は完全には去っていないが、われわれが優秀な警官だと示すことはできた」

刑事部屋にそこはかとない不安が漂った。署長はなぜ、言葉とは裏腹な沈んだ口調で話すのだろう？

ピザネッリが、全員の持っている疑問を代弁した。

「署長、うまくいったのに、なにが不満なのかね？　心配事でも？」

パルマは表情を変えずに答えた。

「じつは、こういう事情がある。明け方に尋問が終わった際、われわれの最大の敵ジェラルディの前で、ロヤコーノ警部がヴァリッキオ有罪説に強い疑問を呈してね。つまり、ヴァリッキオ兄妹を殺した犯人が誰であるか、捜査班内部で意見が割れていることを露呈したというわけだ」

誰もが気まずい思いで沈黙した。パルマは険しい顔で睨んでいたが、ロヤコーノは視線を逸らさなかった。

「ヴァリッキオはなんと供述したんです?」ロマーノが訊いた。「自白はしていないようですね」

パルマはぶっきらぼうに言った。

「犯人は自白すると決まっているのか? 自白した者だけを刑務所に入れるなら、刑務所の過密問題は難なく解消するだろうよ。ヴァリッキオは自白していない。だが、アリバイがないところへもってきて動機があり、アパートメントへ行ったことも、息子と口論したばかりか暴力をふるったことも認めた。しかも我が子が無残に殺されたのに、ろくに関心を示さず冷淡だった。弁護士の要求もしない」

オッタヴィアはロヤコーノに尋ねた。

「警部、彼が犯人でないと考える理由は?」

ロヤコーノはパルマが素っ気なくうなずいたのを受けて、説明した。

「犯人でないとは言っていない。決定的な証拠がないと言っているんだ。実際、ヴァリッキオの立場はグラツィアの恋人や、事件が起きたときにアリバイのない者全員と変わらない。ヴァリッキオの言ったことはほんとうだ。前科者でカラブリア人だから、無実と証明されるまでは有罪とみなされる」

パルマが声を荒らげる。

「わたしがそんな偏見を持っていると本気で思っているのか？　だったら、きみたちはひとりとしてここにいない。ヴァリッキオのアリバイは――」

ロヤコーノは冷静に口を挟んだ。

「ヴァリッキオは息子と口論したことを否定することもできた。愛情を持って迎えられた、隣人が聞いた口論についてはなにも知らないと白を切ることもできた。嘆き悲しむ親を演じることもできた。娘と意見の相違があったことを否定することもできた。その場合、逮捕する根拠はひとつもない」

アラゴーナが言った。

「人を殴り殺したくらいだから、おとなしい男じゃないことはたしかだよな。兄妹があんなふうに殺されたってことは――」

ロマーノがさえぎる。

「口の減らないやつだな、アラゴーナ。一度しくじったら、半径三百キロ以内で知人に起きたことの責めを負わなきゃいけないのか？　おれは警部に賛成だ。決定的な証拠が見つかるまで、捜査を続けるべきだ」

アラゴーナはむくれて肩をすくめ、会話に興味を失ったふりを装って、近くのロヤコーノのデスクに載っていた雑誌を取った。

パルマはあきれ顔でロマーノを見た。

「きみまで異議を唱えるのか。捜査は終わりに近づいている。むろんまだ続けるが、そのあいだに捜査権を奪われることはない」

アレックスが独り言のようにつぶやいた。

「そしてそのあいだ、無実かもしれない男は留置場で失敗した人生を幾度となく振り返り、我が子の死に間接的な責任があったのかもしれないと自分を責め続ける。地獄なんてもんじゃないわ」

パルマは頭を掻いた。

「では、こうしよう。ヴァリッキオ有罪説をひっくり返してみろ。彼が犯人ではないという根拠をひとつでもいいから示してくれ。いいかね、ヴァリッキオは三日間、完全に姿を消していた。警察が捜していることは知らなかったと主張しているがね。釈放したら即座に行方をくらますに決まっている。二度と見つけることはできないだろう」

オッタヴィアが加勢する。

「署長の言うとおりよ。どのみち、わたしたちは捜査を続けられるようになった。ほかに犯人を見つければヴァリッキオは釈放されるし、そうでない場合は裏づけ捜査を続ける。確たる証拠なしに、疑わしいというだけでは起訴されないわ」

「おれには納得のいかない点がいくつもある」ロヤコーノは言った。「息子を殺害し、大きな音を立ててドアを閉め、出ていったように見せかける。そして娘の帰りを待って殺し、レイプされたように工作する——怒りに駆られて衝動的に行動する男が、こんなことをするだろうか。

しかも……」書類をめくる。「十八時三十二分に兄の携帯から妹に電話がかけられ、六分間通話している。ヴァリッキオが娘を殺す意図のもとに、建物の外に出て息子の携帯で娘に電話をかけて帰宅を促し、それからアパートメントに戻った？　うーん、どうだろう」

パルマは肩をすくめた。

「理論的には可能だ。事実はもっと単純で、ヴァリッキオがあとで戻ってきたのかもしれない。要するに、ヴァリッキオを逮捕したのも、彼が無実かもしれないと考えるのも、推測をもとにしているということだ。しかし、われわれの手で捜査を続ける唯一の方法は――」

「お金」アレックスがつぶやく。「お金の問題が解決していない」

「どういう意味だね？」ピザネッリが訊いた。

アレックスはピザネッリのほうを向いた。

「気になってしかたないんです。グラツィアが写真のモデル代として受け取った三千七百ユーロはどうなったのかなって。グラツィアは、もっと稼げることを知っていた。カヴァは高額の契約金を提示したんですもの。その話はほんとうだと思う。彼がグラツィアに執心していたのは、電話の回数からも明らかだわ。だったら、なぜグラツィアはあの金額を欲しがったのか。それも緊急に」

ロヤコーノが会話に加わった。

「それだけではない。ビアージョは、レコードを作る金を出すとフォーティに約束した。コジモ・ヴァリッキオの証言からも、ビアージョが自身と妹を支えるに十分な経済的基盤を確保したことが窺える。おまけに、父親に手切れ金まで持ちかけた。明らかに、近いうちに確実に大金が入ると知っていた。三千七百ユーロよりもずっと多額の金が」

パルマは譲らなかった。

「父親から解放されたい、妹の恋人と良好な関係を保ちたい。そうした理由で出まかせを言ったんだろう。あるいは、科学的な競馬必勝法を編み出した。冗談を言っている場合ではないか」

アラゴーナは椅子にだらしなく座って雑誌をめくっていたが、バールで世間話でもするような調子で言った。

「この家族って、三千七百ユーロに取りつかれてるな」

パルマの顔が怒りで真っ赤になった。

「アラゴーナ、真剣に話し合っている最中につまらない軽口を叩くな。そういう態度は——」

ロヤコーノは好奇心を起こして、アラゴーナを見た。

「どうしてそんなことを言う？」

「この学内誌を読んでない？」アラゴーナは答えた。「写真を見ただけとか？」

ロヤコーノはアレックスと顔を見合わせた。

「単なるインタビュー記事だとフォルジョーネ教授が話していたし、なにも——」

アラゴーナは、一ヶ所を指で叩いて示した。

「ほら、ここ」

ロヤコーノは声に出して読んでいった。

「『ヴァリッキオ博士、あなたはもっとも将来を嘱望されている若手科学者のひとりです。若者たちが科学の研究に興味を持ち、その道に進みたくなるようなことを話してください』答え：『多くの人が研究の世界は金銭的に恵まれず、まともな収入を得られないと考えていますが、それは誤解です。たとえば、特許。三千七百ユーロ前後で特許を取得すれば、研究成果を企業に売ることが可能になり、大金持ちになる場合もある。科学研究は突出した収入を得る手段と考えることもできますよ』」

刑事たちは当惑してちらちらと顔を見合わせた。

「それで？」ロマーノが訊く。「どうってことないだろ」

アレックスがいきなり立ち上がった。ロヤコーノを見つめる目は、輝いていた。

「特許だわ。グラツィアは、兄が特許を取る費用を出したのよ。最近数ヶ月、ビアージョが家で仕事をしていたのは、そのためだった。大学研究室の便利な環境を捨てて、インターネットのない不便を我慢したのよ」

パルマはまごついていた。

「しかし……だから？　父親が訪ねてきたこととは関係がないだろう？」

ロヤコーノはデスクの上の書類を漁った。

「ロマーノ、あのリストは……くそっ、どこだ……たしかビアージョの札入れに……あ、あった！」誇らしげに一枚のコピー用紙を掲げて振った。「札入れに書留郵便の受領証が入っていた。宛先がはっきり読めますよ、署長。『特許商標庁　ローマ』これだ！」

パルマは助けを求めるかのように、オッタヴィアに問いかけた。

「どういうことだか、さっぱりだ。いま調べているのは、ビアージョが研究室ではなく家で仕事をしていた理由ではない。特許を出願したから、何なんだ？」

アレックスはパルマの言葉を聞き流して、ロヤコーノに言った。

「鍵を持っていたのよ。ドアを開けてもらう必要はなかった」

ロヤコーノはうなずいた。

「彼は説明を求めにいった。どういうことか、と。これまでのことすべてに説明を求めた。自分にはその権利があると思った」

「ええ。援助していたから――それは彼にとって〝買った〟を意味した」

いまやロヤコーノとアレックスはほかに誰もいないかのように、ふたりきりで会話をしていた。ロマーノは卓球の試合を観戦している気分になった。

ロヤコーノがつけ加える。

「そして、誰もなにも知らなかった。それは、双方に好都合だった」

アレックスの顔に微笑が広がった。

「妹が来るまではね。それを境に事態はとめどなく悪化してしまったのね」

アラゴーナはふたりのやり取りにうんざりして言った。

「あのさ、おれたちにもわかるように説明してよ」

ロヤコーノは立ち上がってコートを取った。

「署長、記者会見は延期だ。まったく違う声明を出すことになりそうです。その際はおれたちのことをしっかりアピールしてください。署長は正しかった。ピッツォファルコーネ署の警官は優秀も優秀、最優秀だ。さあ、行こう、アレックス」

刑事部屋のドアに向かう途中、アレックスは目を丸くしている全員の前でアラゴーナの頰にキスをした。

「マルコ・アラゴーナ一等巡査、あなたって天才」

アラゴーナはもったいぶってサングラスを取った。

「そんなの、言われなくてもわかってる。だけど、あとでちゃんと説明しろよ」

アレックスはとうにロヤコーノを追って、階段を駆け下りていた。

第五十章

前回来たときの記憶があやふやで心もとなく、道順を教えてもらってそこへ向かった。歩きながら、作戦を手短に打ち合わせた。簡単にはいかない。決定的な証拠を握っていないため、容疑者が理論武装すれば形勢を逆転される恐れがある。だが、情緒不安定な性格であるところへもってきて、ここ数日の緊張が積もり積もっていれば冷静さを欠くかもしれない。それに賭けることにした。

悔恨の情があれば、それもこちらに味方する。手札は少なく、彼がアリバイをひねり出して防壁を築く前の一度きりのチャンスをつかまねばならない。我が子を失ったばかりの父親に濡れ衣を着せないために。

過去に犯した過ちが、全人生に影を落とさないために。

アレックスは昨夜、ヴァリッキオの供述を聞くや否や、自分の環境をもとにして彼を犯人と決めつけたことに罪悪感があった。カラブリア人家族間の秘められた複雑な感情を自分のそれと照らし合わせ、ヴァリッキオが娘の思春期を奪い、次に実際に生命を奪ったと思い込んだ。真相を理解したいまは、正義をもたらしたいと強く願っている。

それはロヤコーノも同じだった。正義を求めることは自分の信条でもあり、警察官になった動機でもある。それを曲げるのは自分のためにならないし、そもそもヴァリッキオが犯人とはどうしても考えられなかった。金銭欲や不寛容、無知などがときにこうした殺人事件を引き起こすのは、残念ながら事実である。だがヴァリッキオは、娘を連れ戻すためにやってきた。これまで長年閉じ込められていたところとなんら変わりない、故郷という名の刑務所で孤独に老いていきたくなかったからだ。あれほど無残に殺すはずがない。

明け方につかの間ベッドに入って天井を眺めてまんじりともできず、服のまま寝入ったマリネッラの苦しげな呼吸を聞いているうちに、ロヤコーノは娘への愛情が切々と込みあげてきて、なにが起きようと娘に憎しみを持つことはあり得ないと確信した。同時に、コジモ犯人説への疑問がいっそう増し、コジモが激怒したあげくにまず息子を、次に計画的に娘を殺したというあまりにも短絡的な仮説を崩す決意を固めたのだった。

そして、アラゴーナがインタビュー記事を読んだことで、ついにジグソーパズルのピースがすべてあるべき場所に収まった。完成した絵は悲劇がどのように、そしてなぜ起きたかをあますところなく表していた。最初の一片を置いたときから筋は通っていたが、いまようやく全体の図柄が見え、どの疑問にも答えを与えていた。

だが、問題を解決する役には立たない。

誰も気づいていないのをいいことに、ふたりの刑事は実験室の日常を五分ほど観察した。防音ガラスを隔てているので無声映画を見ているようだ。研究者たちは熟練した身のこなしで数多の機器のあいだを移動し、なにひとつ壊しも落としもしない。ときに誰かの冗談に笑い、顔を見合わせ、ときにコンピューターの画面でデータを読んで話し合う。共同作業を行う場所はどこも似ている、とふたりは思った。互いに協力し、交流する様子は刑事部屋のそれとそっくりだった。

レナート・フォルジョーネはひとり離れて隅のほうに座っていた。土気色の顔をして、ぼんやりと目を見開いている。みな避けているのか、言葉をかける者はいない。

ふと顔を上げてロヤコーノたちに気づいた。恐ろしい幻覚を振り払おうとばかりに、目を瞬《またた》く。ロヤコーノには、白衣の下で肩を落としたように見えた。

レナートは実験室を出てふたりの前に来ると、抑揚のない口調で言った。

「どうも。ぼくに用ですか。なにかわかったんですか？」

少し間を置いて、ロヤコーノはコートのポケットから数枚の紙を取り出した。

「率直に言おう。きみは十月二十一日にビアージョ・ヴァリッキオがローマの特許商標庁に自身の名で特許を出願したことを知っているね？」

レナートは平手打ちを食らったみたいに目をぱちくりさせた。

「ぼくが？　そんなことを知っているわけが――」

アレックスは最後まで言わせなかった。

「学内誌でインタビュー記事を読んだあと、ヴァリッキオのアパートメントに行ったのは、その件について話したかったからよね？」

レナートが一歩あとずさる。

「なんの話？　ぼくはなにも知らない。そもそも、いつビアージョに会いにいったと言うんだ？」

ロヤコーノがとどめを刺した。

「金曜の夜遅くにきみがビアージョのアパートメントにいたことは、わかっている。きみは下の玄関を自分の鍵で開けて入った。きみの父親はあの建物のなかのアパートメントをいくつか所有している。だから、きみも鍵を持っていた。そして、グラツィアがイヤフォンで音楽を聞きながら帰宅した数分後に、きみはアパートメントを出た。あそこにはほかに誰もいなかった。つまり、二重殺人はきみのいるときに起きた。凶器も見つかった。いま、指紋を鑑定している」

アレックスは息を詰めた。

レナートは反射的に声を震わせて反論した。

「嘘だ。あの像はうちに――」

アレックスは息を吐いた。やった。

ロヤコーノは切れ長の目でレナートを見据えた。

「落ち着いて。もう苦しまなくていいんだ。さあ、行こうか」

第五十一章

あなたたちはぼくの父を知らない。どんな人だか、わかっていない。

ぼくはずっと、プレッシャーのもとで生きてきた。もし父がなにかを強要したり、暴力をふるったりしたなら、ぼくは自衛し、自分の人生を生きたことだろう。でも、父はそんなことはしなかった。黙ってぼくを見るだけだった。

そうしたときの父の目つきは心に突き刺さって、鞭で百回打たれるよりもつらかった。苦々しく、悩ましげな目はこう言っていた。おまえはわたしを憎み、恨んでいるな。そんなことだから、立派になれないのだ、優秀な人間になれないのだ。

ぼくは、偉大で立派な父のひとりっ子だ。重荷を分かち合う相手がいない。そうした点では、ビアージョのほうが幸運だった。

変ですか？　父親をほとんど知らずに育ったけれど、妹がいるという理由だけでビアージョを幸運と呼ぶのは。でもね、やはりビアージョのほうが幸運だと思う。彼には家族があった。

ぼくの父は家族ではなく、偉大な科学者だ。何年か前にはノーベル賞候補に挙げられた。そのことは、極秘のルートで伝わってきた。ぼくらの閉ざされた分野では、父は世界的に有名なんです。ぼくらの分野。そう、ぼくが父と同じ道を進むことは、当然のこととして決まっていた。

ぼくは音楽が好きだった。子どものころは、見よう見まねでギターを弾いていた。自分が人より優れていると思えたのは、あれだけじゃないかな。レッスンを受けたいって父に頼んだんですよ。そうしたら、勉強以外のことに気を取られてはいけないって。あのときの父の顔を見せたかったたな。まるで、背中にナイフを突き立てられたみたいな顔してね。だめだよ、レナート、ギターのレッスンなどとんでもない。絶対に、だめだ。

ビアージョと知り合ったのは、大学に入って二年目のときだった。そうそう、話しておかなくちゃ。ぼくは丸暗記や知識の詰め込み、試験前の徹夜勉強なら誰にも負けない。でも、直感力がない。まるきりゼロ。想像力もないから、独創的なアイデアが浮かばない。ほかの人に見えないものを見ることができない。ビアージョはできた。何事も瞬時に理解して、その事象をさまざまな方法で証明してみせた。すると、そのどれもが文献に記されているとおりなんだ。

学部生のほとんどと同じく、ビアージョも医者になりたかった。でも、入試を受けもしなかった。あいつなら国内で最高の成績を取って、やすやすと合格したろうけど、経済的に許されなかった。卒業まで何年もかかるし、長い時間勉強しなくてはならない。学費も高い。ビアージョは文無しだった。

ビアージョがバイオテクノロジーを選んだのは、早く仕事につきたかったからだ。生活費を稼ぐために、なんでもやっていた。引っ越し屋の手伝いまでした。信じられないでしょう。あいつが家具や段ボール箱を運んだなんて。そうやって、自分だけではなく、妹のために送金までしていた。

ぼくたちは学年末試験のときに知り合った。しゃべっているうちに、一緒に試験勉強しようということになった。それからずっと、一緒だった。

グラツィアが来るまでは。

それまでは、なにもかもうまくいっていた。

ぼくはビアージョに金を渡していた。というか、ぼくが全部払っていた。

うちはかなり裕福だ。父は莫大な収入を得ているけど、金にはまったく興味がない。名誉のために働いているのであって、ほかのことには無頓着なんだ。だから、少々の金をビアージョに渡すのは、わけもなかった。そうやって、ビアージョがぼくを置き去りにして仕事をしないですむようにした。

ぼくたちはひとつのチームだった。わかります？　チーム。ビアージョがひらめきを得て道を切り開き、ぼくはそこを黙々と進む。共著の形で論文を発表した。金と引き換えにぼくひとりの名で発表することもあった。そうすれば、〝偉大な科学者〟は天才の息子を自慢できるし、足手まといのカラブリア人と性懲りもなく付き合っていることを大目に見てくれる。実際は、ぼくのほうが彼の足手まといになっていたんですけどね。〝偉大な科学者〟も、ときには間違う。

そうやって、何年も続けていくはずだった。ぼくは大学に残り、講座を持つようになって足元が固まったら、ビアージョはぼくと同じ道を取るか、企業に就職するか、好きなようにする。そのころには父は引退しているから、ぼくたちは晴れて自由の身になるという算段だった。うん、きっとそうなっていた。

ところが、妹がやってきた。

あの像は彼女が十六歳のときに浜辺のミス・コンテストで優勝してもらった賞品で、兄にプレゼントしたんだ。ビアージョは論文が発表されることより、そっちを自慢していたくらいだ。グラツィアは娘と妹と恋人を合わせたような存在で、ビアージョは彼女の言いなりだった。ぼくに初めて彼女を紹介したときなんか、舞い上がっていたよ。バカなやつ。

そして、いろいろ打ち明けた。妹にはレゲエ歌手を目指しているろくでなしの恋人がいる。殺人罪で服役していた父親が近いうちに妹を連れ戻しにくる。実際、そうなった。父親は娘を連れ帰ることになったもの。

ビアージョは、妹の人生を切り開いてやろうと固く心に決めていた。方法はともかく、必ずやり遂げるつもりだった。ぼくには、ビアージョが妹のために描いていた壮大な夢を経済的に支える力はない。あまりに大きな金額を使い込んだら、〝偉大な科学者〟だってしまいに怒る。あと少し我慢してくれ、とビアージョに頼んだ。一年以内に採用試験があるから、勉強を手伝ってもらいたい。ぼくが大学のポストを手に入れたら、きみはもっと収入を得ることのできる道を選べばいい。

でも、ビアージョは待ちたくなかった。

あいつが単独で仕事をしていることに、早く気づけばよかった。気づくべきだった。ビアージョは以前から、酵母を用いて従来の半分のコストで工業用エタノールを製造する方法を模索していた。大学で遅くまで実験し、データを持ち帰っていた。ぼくは愚かにも、それは妹に目を配るためだと思っていた。

特許の申請料をどうやって工面したんだろうな。あれはけっこう金がかかる。たしか四千ユーロくらいするけど、ビアージョにそんな金はない。きっと、妹が体を売って都合したんだ。たしかに、美人だった。議論の余地なく。若いころの母親そっくりだと、ビアージョは話していた。

そして、あのインタビュー記事が出て、ぼくはやっと悟った。まさに、目から鱗だった。なにもかもが明らかになった。写真、特許への言及、研究から莫大な収入を得る、等々。なぜ大学に来なくなったのか、なぜ新しい論文やぼくとの共同研究に取りかからないのか、理解した。あいつはぼくを置き去りにして、自分のために金を稼ごうとしていた。

そこで、ビアージョのアパートメントへ行った。あれだって、ぼくのものだ。ぼくのアパートメントだ。ぼくのアパートメントに住んで、ぼくの将来や夢を盗んでいる。だからあそこへ行って、どういうつもりだと追及した。

ビアージョは否定しなかった。なにひとつ。「妹の人生がかかっているから、やむを得なかった。時間がなかった。父親に連れ戻されたら、妹はあそこで朽ち果てる」そう言った。朽ち果てる、と。それを防ぐ唯一の手段は自分の酵母の特許を取ることだった、と弁解した。

自分の酵母、ときた。

あの酵母は、父の実験室でぼくの提供した器具を使って発見して、ぼくのアパートメントで眠り、ぼくの買った食料を食いながら実用化した。自分の酵母だなんて、図々しい。

ぼくは言葉を失って、あいつを見ていた。そうしたら、つと顔を背けて、何事もなかったかのように数式を確認し始めた。

頭に血が上った。同時に、寒かった。映画の一シーンみたいに、体の外から自分を見ていた。横を向いて棚から小さな像を取る。殴る。もう一度、そしてもう一度。あとはよく覚えていない。

ビアージョを殺してすぐにこっそり脱け出すことができれば、グラツィアはいまも生きていた。彼女はビアージョと同じくらい罪深いけれど、死なずにすんだ。でも、ドアを開けて入ってきた。

さっきあなたたちが、彼女がイヤフォンで音楽を聞きながら、と言ったとき、ぼくは負けを悟った。なんで、それがわかった？　外に防犯カメラがあった？　新聞にはよくそう書いてある。

ぼくは彼女の口を塞いだ。寒くて手がかじかみそうだったから、手袋を嵌めたままだった。そして、声をあげる心配がなくなるまで、首を絞め続けた。それからベッドに寝かせて、何者かが侵入してレイプしたように見せかけた。あの界隈は移民が多いし、彼女はあんなにきれいだから。きれいだったから。

後悔はしていない。あいつは泥棒だった。親友だと思っていたのに、裏切った。卑怯者だ、くそったれの裏切り者だ。ぼくは悪くない。〝偉大な科学者〟に伝えてください。ぼくに罪はない。

でも、あいつに会いたい。試験のあとや論文を書き上げたとき、ぼくたちがなにをしたと思います？　抱き合ったんだ。ぼくはそれまで誰とも抱き合ったことがなかったけれど、ビアージョとは抱き合った。バカ野郎。

ビアージョのバカ野郎。

第五十二章

寒さは曲者だ。いつしか骨を伝わって魂に染み込む。

寒さの染み込んだ魂は、以前とは変わってしまう。笑いの源泉が涸れ、かつては豊かな感情や情緒で満ちていた心のひだが氷で埋め尽くされる。

寒さは曲者だ。

ジョルジョ・ピザネッリは、きょうも徒歩で国立図書館へ向かった。

そして、きょうも遅れていた。レナート・フォルジョーネ逮捕のニュースは、分署ばかりか全市を大混乱に陥れた。ピッツォファルコーネ署には、さいわいにも市民に感銘を与えること間違いなしのニュース種になる捜査の詳細を求めて、新聞記者やテレビ局のクルーが大挙して押しかけてきた。警察は二重殺人事件を五日足らずで解決し、驚くべきことに悪名高きろくでなし刑事たちが、またもや手柄を立てたのだ。

それにもかかわらず、ピザネッリは重荷に打ちひしがれていた。レオナルド神父との会話で、すっかり自信がなくなっていたのだ。神父が正しいのだろうか？　失意のどん底にいる孤独な人を殺す者がいるという仮説は、自分に必要だから生み出したのだろうか。あてどなく流されていくのを阻むために作り上げた幻想だろうか。

白い息を吐きながら、人っ子ひとりいない霜に覆われた花壇についたところで、ピザネッリは客観的に自分を見てみた。病に冒された、先の短い老いた男。自らの狂気と戯れ、亡妻と毎晩話をしている男。亡妻――カルメンは死んだ。だが、この単純な事実を受け入れることができないでいる。

自分もそろそろ、この世からおさらばするときかもしれない。

あたりを見まわした。アンニェーゼの姿はない。

きみも死んだのか、アンニェーゼ？　声に出して言った。子どもの遊ぶ声、子を呼ぶ母親の声、鳥のさえずりの絶えた、月世界のような公園で。春はもう来ないのかもしれない。

がっくりとベンチに腰を落とした。衣服を通して伝わる冷たさも気にならなかった。もう、くたくただ。手を離して静寂のなかに落ちていくのも悪くない。恐怖は感じなかった。毎日ろくでもない演技をしている自分に嫌気が差した。舞台を下りる潮時だ。

小鳥が足元に近寄ってきた。心を覆っている冷たい霧にほんの少し隙間を作って、小鳥を愛した哀れな女友だちに別れを告げた。結んだシーツからぶらさがっているのだろうか。大量の薬を飲んで、ベッドで息絶えているのだろうか。残念だ、アンニェーゼ。かえすがえすも残念だよ。きみを救うことができなかった。それに、自分自身も救えそうにない。

ベンチに横になった。恐ろしく寒かった。青白い太陽までもが、この公園の片隅での闘いを放棄していた。ピザネッリは瞼を閉じた。

さよなら、レオナルド。いまは霊操の準備をしているのかな。わたしが逝くときに居合わせなかったことで、罪悪感を持たないでおくれ。

チャオ、愛しいカルメン。永久にともにいたいと、どれほど望んだことか。再びきみの頰を撫でたいと、どれほど望んだことか。

チャオ、アンニェーゼ。きみは心の安らぎを得ただろうか。わたしも得ることができますように。

「チャオ、ジョルジョ」

あまりにも完璧なタイミングで声がしたものだから、ピザネッリはかえって驚かなかった。やさしく触れる手を感じて、体を起こした。

「場所を取っておいてくれたのね、ありがとう。マンマに忘れられたって、ライモンドが思わないといいけど。ほら、見て。あたしを待っていたのよ」

アンニェーゼがピザネッリの横に座ってパン屑を撒くと、雀は嬉々としてついばんだ。

「あのね、うとうとしてしまったの。そうしたら、夢にライモンドが出てきて言ったの。マンマ、もう遅いよ。ジョルジョがきっと心配している。それで慌てて飛び起きて、来たのよ。調子はどう?」

ピザネッリはしばしアンニェーゼを見つめ、彼女の肩に腕をまわした。

「とてもいいよ、アンニェーゼ。とてもいい」

寒さは曲者だ。人を変えてしまうことがある。

寒さは醜悪な話を耳打ちし、悲劇を語りかけ、心を沈ませる。窓の外の寒々しい光景を眺めているあいだに、夜の闇に紛れて霧と氷の指をゆっくり伸ばし、街路と心を非情に侵略する。

寒さの侵略に対抗できる軍隊はいない。寒さはあたかも死刑の宣告を下すように訪れ、それに対して為《な》す術《すべ》はない。

ひたすら待ち、祈るほかない。もう少し生き延びることを。

寒さが人をあまり変えてしまわないことを。


オッタヴィアが帰り際にパルマのオフィスを覗くと、署長は窓辺に立って外を見ていた。腕を組んで、うなだれている。

「どうかしましたか、署長?」オッタヴィアは小さな声で訊いた。

署長は窓のほうを向いたまま答えた。

「ああ、オッタヴィアか。なんでもない。お疲れさん」

冷ややかで素っ気ない口調にオッタヴィアは驚いた。

「なにか問題があるんですか?」ますます小さな声で言った。「無事に解決したんでしょう?」

パルマは振り向いて強張った笑みを浮かべた。疲れた顔をして、目の下に大きなクマができている。

「うん、もちろん。みんな素晴らしい働きだった。とりわけ、きみはマスコミにうまく対処して余計な情報漏れを防いでくれた。わたしはここでテレビを見ていたが、憶測をよくぞ垂れ流すものだとあきれたよ」

オッタヴィアはまだ心配だった。

「でも署長、どうしたんです? うれしそうに見えませんけど。犯人をつかまえたのだから、分署が閉鎖される心配はなくなったと、みんな言っていますよ。望みが叶ったじゃありませんか」

　パルマは椅子に腰を下ろして、ぐったりと体を預けた。

「うん、たしかに望みが叶った。だが、わたしはまったく貢献できなかった。弁解はできない」

「なにをおっしゃっているんです。署長はわたしたちを統率し、本部を説得して捜査を続けられるようにして犯人逮捕にこぎつけたじゃありませんか。署長がいなかったら、ここはとっくになくなっています」

「そう言ってくれるのはありがたい。だがね、オッタヴィア、そういうことではないのだ。わたしは閉鎖派との不毛な闘いで勝ち点を上げることに夢中になって、無実の男を刑務所に送るところだった。彼は父親として自責の念に苦しみ、怒りを抑えられなかったために高い代償を払いもした。わたしは勝ちたい、分署を存続させたいという一心で、安易な解決策に飛びついた」

「でも、署長はヴァリッキオが犯人だと信じていた。わたしたち全員が信じていました」

「ロヤコーノは反対した。そして、正しかった。わたしは真実を求めて警察官を志したのに、それを忘れていた。この地位にはふさわしくない気がしてね。辞任しようかと考えている」

　オッタヴィアは胸が痛くなった。デスクをまわって署長のそばに行った。

「冗談でもそんなことは言わないでください。署長がいなかったら、わたしたちは無に等しい。ひとりではなにもできないから、全員をひとつにして導いてくれる人が必要なんです。どこの分署もわたしたちを欲しがらなかったのは、当然の理由があったからです。署長のもとで、わたしたちは失ったと思っていた力をまた見つけることができた」

パルマは顔を上げた。ふたりの距離はこれまでになく近かった。

「きっと、ほかの人のほうがうまくいく。警察官の心得を忘れずに、何事も確証を得てから──」

オッタヴィアは署長の口を塞いだ。

「もう言わないで。やめてください。聞きたくありません。わたしたちには署長が必要なんです。わたしには署長が必要です」

パルマの目に涙が浮かんだ。デスクからゆっくり手を上げて、オッタヴィアの手を撫でる。オッタヴィアはパルマの表情がやわらいでいくのを感じた。思わず指先をパルマの頬に走らせた。

そして、足早に立ち去った。

寒さは危険だ。

最初の刺激に肌が慣れると寒さが過ぎ去ったように感じるが、それは錯覚だ。

寒さは卑怯で腹黒く、ただの眠気のように見せかけて、死へ導いていく術を心得ている。

寒さは悪辣で、防具の隙間に入り込む術を知っている。いったん入り込まれると、追い出すのは難しい。

寒さは沈黙という武器を使って殺す術を知っている。

ロヤコーノは鍵を回転させ、一度深呼吸をして家に入った。マリネッラが食卓の前で椅子に座って、待っていた。

マリネッラはロヤコーノを見たとたん、泣き出した。

「パパ、ごめんなさい。パパをがっかりさせたくなかったの」

ロヤコーノは身動きひとつしないで、氷の像のように突っ立っていた。

「信じて、パパ。ちょっと遊びたかっただけで……だって学校の友だちはみんなボーイフレンドと出かけているし……彼は……とてもいい人で、このアパートに住んでいて、階段で偶然知り合ったの。大学生よ」

ロヤコーノは無言だ。呼吸さえしていないように見えた。

「レティツィアは悪くないわ。あたしが、どうしてもって頼んだの。レティツィアはやさしくて親切だし、あたしを娘みたいにかわいがってくれる。どうしても出かけたかったから、何度もお願いしたの。そうしたら、レストランの閉店前に戻るという約束で承知してくれたのよ」

冷ややかな沈黙。

「パパ、なにか言って、お願い！　あたしは悪いことはなにもしていない。誓うわ。映画を見たあとにホットドッグを食べて、笑っておしゃべりしただけよ。悪いことはしていない」

涙が頬を伝い落ち、すすり泣きで言葉が途切れ途切れになった。

「お願いだから、追い返さないで。ここが楽しいの。ママのところに帰りたくない。パパと一緒にいたい。もう嘘はつかないって、約束する。だから追い返さないで。また、ひとりにしないで」

ロヤコーノは表情を変えずに自分の部屋へ向かった。戸口で背を向けたまま、言った。

「きょうは大変な一日だった。腹ぺこなんだ。なにか作ってくれないか」

寒さに気づかないときもある。

日常の些細なあれこれにかまけていると、寒さに気づかないときがある。

じっくり考えないから、外界から来るシグナルをとらえることができないのだ。

自分が世界の中心だと考えているから、周囲が冷えきっていることがわからないのだ。

すると、いつの間にか寒さにやすやすとからめとられてしまう。

寒さの勝利だ。

「もしもし？　アレックス？　わたしよ。スーパースターになったわね、おめでとう」

「やだ、冗談でしょ。わたしはなにもしていない――」

「そんなことないわ。大評判よ、ろくでなし刑事たちはたいしたものだって。あなたたちがいなかったら、兄妹の父親は――」

「捜査はまだ完全には終わっていないのよ、ロザリア。然るべき証拠が全部集まるまでは」

「慎重なあなたって、かわいいわね。すごくセクシー。でも、その慎重さの裏になにがあるか、わたしは知っている」

「やめて！　誰かに聞かれたら困るわ」

「別にかまわないでしょ。わたしのことが恥ずかしいの？」

「そんなことはないけど、いまはなにかと難しい時期だから、用心しないと」

「難しい時期だろうが、なんだろうが、どうでもいい。このあいだ話したように、今回はこれまでとは違うの。遊びではないのよ、アレックス。すぐに会いたい」

「ロザリア……きょうは無理だわ。両親と食事をしなければならないの」

「あしたは？」

「お願い、何日か待って。わたしだってあなたと一緒にいたいけど……でも……」

「どういうこと？　はっきり言って。一緒にいて互いに幸せなら、なんで――」

「そういう問題ではないの。じつは……両親は知らないの……わたしが……つまりわたしが……」

「なにをバカなこと言ってるの？　隠し通せるわけがない。あなたは素晴らしい女性なのよ。隠している必要が――」

「違うのよ。あなたにはわからない。わたし……簡単にはいかないの。ほんとうに、どうしたらいいか……」

「そう、わかった。もう、どうでもいいわ」

「そんなこと言わないで、ロザリア。お願い。わたしはただ……」

「自分の真の姿を見る勇気のない女に興味はないの。そんな女に、古臭い考えを無視して真剣に愛する勇気なんてあるわけがない。あなたは——」

「ロザリア、お願いだから——」

「……ささやかな自分の生活にしがみついていればいい。ほんとうの自分になる決心がついたら、電話して。いつまでも待っているとは約束できないけれど」

「そんなの、いやよ。お願い」

「……」

「お願い」


寒さが及ぼす影響にはこんなものがある。

寒さが到来したとたん、そのまま永久に居座るように思える。太陽や微笑、一緒にいたいという希望に決して居場所を譲らない。

殻に閉じこもりたい、誰にも会いたくないという気持ちにさせる。

寒いと、なにもかもが威嚇的に見える。なにもかもが恐ろしく、暗く感じる。

寒さは未来を消す。


フランチェスコ・ロマーノはまたもや車内で座っていた。

指先や鼻、耳がまたもや寒さで感覚を失っていた。

そしてまたもや、ジョルジャの実家の窓を見つめていた。

封を切った封筒を幾度も手のなかでひっくり返した。入っているのは、上半分に字の書かれた紙が一枚。

それは、エアコンよりも強力だった。フル稼働しているエアコンの比ではない。ロマーノをカチカチに凍らせた。

アパートメントに明かりがひとつ灯った。あれはきっと、ジョルジャが使っている客用寝室だ。妻はいまなにをしているのだろう。妻？　そう、妻だ。いまのところは。

書かれた内容の重さを量るかのように、封筒を掲げた。なんとまあ、軽いことよ。

もぞもぞと動いて眠気を振り払った。出てくるかな。いつかは出てくるだろう。

そうしたら、話をしよう。ここに書いてあることを、向かい合ってきちんと話せ。おれの納得がいくまで、説明しろ。

結婚は重大なことだ。そのくらい、きみも承知だろう。

誓いを交わさずに同棲した場合は、意見の相違を最小限に留めてそれぞれの道を行けばいい。将来についてなにも約束を交わしていないのだから。同じ家に住んでいただけのことだ。スーツケースを持って出ていけば、それでおしまいだ。それに引き換え、結婚は人々、あるいは神の前で心と心を結びつける。たった一度の平手打ちで解消はできない。

ジョルジャ、おれは信じない。弁護士同席で別居の条件を決める場合以外は、会いたくない？　嘘だろう？

おれは別居したくない。だめだ。きみなしで生きていくことは、できない。

明かりの灯った窓に、再び目をやった。

遅かれ早かれ、出てくるだろう。そして、おれに会う。クソいまいましい弁護士なしで。

おれの目を見て言ってみろ。もう愛していないと。

アラゴーナは〈メディテラネオ・ホテル〉のルーフガーデンで、冬季の冷たい北風を防いでいるガラス戸を透かして外を見るふりをしていた。

長い時間をかけて練習した。まなざしは、はるかな地で体験した世にもまれな冒険を振り返って思いにふける男のそれ。同時に、水平線に新たな冒険と明るい未来を探す表情も加えた。現実の境界と時を超越する男、市井の人々を救済する責務を背負った男のまなざしだ。

残念なことに、誰もそのまなざしを見ていなかった。

ほかのテーブルは出張中や会議に出席したビジネスマンで占められ、書類や新聞をせっせと読むか、携帯電話でメールをするかしていた。もっとも、アラゴーナは彼らのために練習したのではない。

見せたい人はただひとり。

アラゴーナが熱を上げているここのウェイトレス、イリーナだ。テーブルからテーブルへ軽やかに動いて忙しげな客たちに控えめに給仕している。彼女がカプチーノを盆に載せて厨房から出てくるときに、どうして誰も立ち上がって拍手喝采《かっさい》しないのかと、アラゴーナは不思議でならない。白いキャップの下で束ねた金髪、生き生きした青い瞳、均整の取れたしなやかな体つき、チャーミングな外国語訛り。とにかく、世にもまれな美人なのだ。

イリーナはさっきテーブルに来た。そこでアラゴーナは、甘い声で意味ありげに――それを聞き取ってくれることを祈って――お定まりの言葉を口にした。「濃いダブルエスプレッソをマグカップで」毎朝、同じ注文をしているのだが、彼女は忘れたふりをしているのだろうか。きっと、好きな音楽のレコードを何度もかけるように、この甘い声を繰り返し聞きたいのだろう。アラゴーナもまた、イリーナの一挙一動を目で追っているにもかかわらず、「ほかになにか温かい飲み物を持ってきましょうか?」のひと言を聞きたくて、近づいてくる彼女に気づかないふりをした。

そして、青のサングラス越しに水平線に視線を据えて待った。

ついにカップと皿の触れ合う音、デリケートな声。

「どうぞ」

物思いから醒めたとばかりに、うわの空でありながら魅力いっぱいの微笑を浮かべて言った。いつものように。

「ありがとう」

あーあ、これでおしまい。心をとらえて離さないイリーナと再度親密な会話を交わすのは、あすの朝まで待たねばならない。一日とは、この「ありがとう」と「どうぞ」とのあいだに挟まれた幕間でしかない、とアラゴーナはしみじみ思うのだった。

ところが奇跡が起きた。アラゴーナがビスコッティを頬張ったちょうどそのとき、イリーナが足を止めて向きを変え、テーブルに戻ってきた。彼女は夏の太陽のように輝いていた。

「きょう、テレビに出ましたよね？」

見たのか！　アラゴーナは、本部との共同声明を発表するオッタヴィアのうしろで、締まりのない顔をして笑っていた。ほかには誇らしげなピザネッリ副署長、仏頂面できょろきょろしているハルク、逃げ出したそうなアレックス、例によって無表情なロヤコーノ警部。イリーナはおれに気づいた！

「むふっ」答えると同時に、ビスコッティの欠片がテーブル一面に飛び散った。

イリーナはうなずいて、立ち去った。

アラゴーナは水でビスコッティを流し込んで、生命の危機を脱した。

呼吸が落ち着いたところで、涙の滲んだ目を水平線に戻す。

ようやく天気がよくなってきた。

解説

三橋暁

熱心な映画ファンならずとも、〝マカロニ・ウェスタン〟という言葉をご存じだろう。イタリア製の西部劇映画を最初にそう呼んだのは、映画解説者の故・淀川長治氏だそうだが、ヨーロッパでは〝スパゲッティ・ウェスタン〟という呼び方もあるらしい。

その語感どおりに当初は紛い物の扱いだったが、当時下火だったハリウッド西部劇の本歌取りにより、イタリア映画界は大きな成功を収めた。立役者はローマ出身の監督セルジオ・レオーネで、代表作の「荒野の用心棒」や「夕陽のガンマン」がなければ、マカロニ・ウェスタンの世界的ブームはなかったろう。

その奥義は、単なるモノマネに終わらない他国文化を換骨奪胎する技術とセンスにあって、映像の様式美や哀愁漂う音楽、人間味豊かな脚本など、あくまでイタリア流を貫いた職人芸の勝利でもあった。そして、そんなイタリア流の好例が、もう一つここにある。マウリツィオ・デ・ジョバンニの〈P分署捜査班〉シリーズである。

持ち前の暴力描写やケレン味あるガンプレイの創案などにより、娯楽性の高いエンタテインメントを目指したマカロニ・ウェスタンに対し、この警察小説シリーズの特長は、イタリア人の気質や国民性とも深い関わりがある家族主義の色濃さにある。登場人物間の感情のやりとりや、人としての思いやりの細やかさに重きを置いたシリーズのヒューマンな味わいも、そこに由来する。マカロニやスパゲッティと同様に食卓に並ぶ料理に喩えるなら、温かく風味豊かな野菜スープ《ミネストローネ》ではないだろうか？

さて、ここにご紹介する『P分署捜査班 寒波』は、マウリツィオ・デ・ジョバンニによる『集結』、『誘拐』に続く〈P分署捜査班〉シリーズの第三作である。原題を*Gelo per i bastardi di Pizzofalcone*（「ピッツォファルコーネのろくでなしたちに凍てつく寒さを」の意）といい、本国イタリアでは二〇一四年、大手出版社のエイナウディ社から刊行された。二〇一九年には英語版も出ているが、本書を含めこのシリーズの翻訳はすべて原著のイタリア語版を底本としているそうだ。

ところでこの作品を手にされるのは、必ずしも順を追ってシリーズを読んでこられた方ばかりではないだろう。もちろん、本作からいきなり入られても、P分署ことピッツォファルコーネ署の面々は読者を温かく迎えてくれる筈だが、実は署長をはじめとする七人がこの分署に籍を置いているのには、いささかワケがある。まずはそのあたりを軽く紹介してみよう。

シリーズの舞台であるナポリにピッツォファルコーネという市警の分署は存在しないが、ピッツォファルコーネという地名は実在する。シリーズ第一作『集結』の謝辞でも筆頭に挙がっていた先達の作家エド・マクベインは、アイソラというニューヨークを模した架空の町に

〈87分署〉を置き、刑事たちの活躍の舞台とした。一方、ピッツォファルコーネ署が管轄するこの市街地は、サンタ・ルチアの港を目の前に、彼方にヴェスヴィオ火山を望む風光明媚な土地で、教会などの名所旧跡もあるが、ナポリでもっとも治安の悪い地区だと読者に紹介される。

発端は、少し前にこの地区で起きた麻薬取締事件をめぐり、深刻な不正が発覚したことだ。ギャングから押収した大量のコカインを四人の捜査官が闇市場で捌き、私腹を肥やしていたのである。やむにやまれぬ事情のあった者もいたが全員が逮捕され、監督責任を問われた署長も辞職に追い込まれた。P分署も存続の危機に立たされるが、国家警察《ポリツィア》のお偉方は、四十代とまだ年若いパルマを新署長に抜擢し、捜査体制の立て直しを図ることにした。

しかし、老練で署の生き字引きのような副署長のピザネッリや、情報収集が得意で一児の母親でもあるカラブレーゼらの残留組はともかく、張り切り屋のパルマを除けば、新たに補充された人員は他分署の鼻つまみ者ばかり。そんな七人の〝ピッツォファルコーネのろくでなしたち〟が挑んだのが、『集結』と『誘拐』の両事件だった。

前途多難を思わせる新P分署の新たな船出だったが、チーフ格のロヤコーノは捜査班を牽引し、資産家の女性殺し（『集結』）を解決に導き、美術館から少年が消えた事件（『誘拐』）の真相も解き明かしてみせた。そして、この『寒波』では、季節がめぐり冬となっている。歩道が凍るほどの寒さに見舞われたある朝のこと、いつものように遅刻すれすれに滑り込んできたアラゴーナが仲間の前で軽口を叩いていると、いきなり机の電話が鳴った。新たな重大事件の始まりである。

本部経由の通報を受け、ロヤコーノ警部とディ・ナルド巡査長補が駆けつけたのは、古い集合住宅《アパートメント》の三階で起きた二重殺人事件の現場だった。被害者は生化学の若手研究者ビアージョとその妹グラツィアで、それぞれが別々の部屋で事切れていた。第一発見者でビアージョの友人レナートや、同じフロアに住む男性同士のカップルの証言から、事件の日の昼間、玄関ホールでビアージョが男と言い争っていたとの情報が得られる。

その頃P分署では、巡査長のロマーノと若手のアラゴーナも、厄介ごとに頭を悩ませていた。父親からの性的虐待が疑われる十二歳の生徒について、近隣の中学校のベテラン教師が相談に訪れていたのだ。最初こそドラマを見過ぎた少女の悪ふざけか女教師の妄想だろうと真剣に取り合わなかったが、校長室に呼び出された当人との面談が、そんな二人の先入観をあっさりと打ち砕いてしまう。

二重殺人と虐待疑惑の二つの事件を同時並行で語っていくというシリーズでおなじみのスタイルは、警察小説には珍しくないモジュラー型だが、実はもう一つ、物語の水面下で語られていく事件がある。『集結』と『誘拐』の二作の中でも触れられた、P分署管内で進行中の自殺を偽装した連続殺人である。

面白いのは、その事件が一種の倒叙ミステリになっており、警察側でそれを察知しているのは、副署長のピザネッリただひとりという点だ。しかも、その彼とて殺人犯の正体に気づいておらず、犯人が誰かを知るのは読者だけという設定なのである。複数の作品にまたがる犯罪者といえば、〈87分署〉シリーズのデフ・マンが連想されたりもするが、その似て非なる犯人像もきわめてユニークだ。

一方、前任者の不始末で世間や仲間から〝ろくでなしたち〟と貶められ、何をするにしても捨て鉢だったピッツォファルコーネ署の刑事たちにも、変化の兆しがある。マフィアの内通者とレッテルを貼られたロヤコーノはじめ、行きすぎた暴力を問題視されるロマーノや、署内で発砲事件を起こしたディ・ナルドも、捜査官としての自信を取り戻しつつあり、お調子者のアラゴーナまでもが、鋭い直感を発揮する機会が増えていく。袋小路に陥った虐待の件を、厳しい局面から打開するのも彼の機転がきっかけとなる。

物語は、そんな刑事たちの横顔を浮き彫りにしながら、彼らが捜査のプロフェッショナルとして事件に取り組む姿を追っていく。仲睦まじい兄妹を殺め、姿を消した人物は誰か？　その正体をめぐり事態が混沌としていく中、時折り挟まれていく謎めいた独白の章が、フーダニットの興味で読者を挑発する効果をあげている。

やがて容疑者は、被害者たちと縁浅からぬ三人の人物に絞りこまれていくものの、決定的な証拠は得られない。真価を問われる〝ろくでなしたち〟だが、市警上層部の命じる捜査権返上のタイムリミットが迫ってくる。しかしそれと時を同じくして、私生活においても、それぞれの人生を左右しかねない運命の一夜が彼らに訪れようとしていた。

〝ろくでなし〟と呼ばれた刑事たちの再生の物語であるこのシリーズで、彼らにとってのピッツォファルコーネ署は、吹き溜まりであり、冷や飯を食うことになる場所の筈だった。しかし新たな職場は、期せずして彼らの心の拠りどころとなっていく。スキャンダルにまみれた分署とわけありの刑事たちという負と負の組み合わせが、なんともファンタスティックな化学反応を巻き起こしたのである。

家族とは、生まれ育った家族と、婚姻で築かれる家族の二種類があると言われる。しかし捜査班の刑事たちのほぼ全員が、親子や夫婦という家族関係と縁がないか、それにまつわる喪失感や軋轢《あつれき》に苛まれている。シリーズでは、公の捜査活動と彼らの個々が私生活で抱える孤独や苦悩が交互に描かれるが、難事件の捜査はチームワークやファミリーの結束をもたらし、捜査班という職場が脛《すね》に傷を持つ彼らにとって大切な居場所となっていく。

水を得た魚という比喩もあるとおり、刑事たちはP分署の一員となったことで、自分らしさ、すなわち優れた捜査官の才能を取り戻していく。そういう意味でこの〈P分署捜査班〉シリーズは、本来の家族においてその磁場を失った者たちが、正義という共通目的で結びつきながら、もう一つの家族を模索していく物語だともいえるだろう。

なお、この〈P分署捜査班〉シリーズの関連作として、ロヤコーノがP分署へ配属される以前の過去が語られるという未紹介の *Il metodo del coccodrillo*（「クロコダイルのメソッド」）という作品がある。その内容については、作者の略歴等と併せて、『集結』や『誘拐』の巻末解説に詳しく紹介されている。興味のある方は、そちらをご覧いただければと思う。

また、気になる次回作だが、*Cuccioli per i bastardi di Pizzofalcone*（「ピッツォファルコーネのろくでなしたちに仔犬を」）と題し、P分署の面々は、ゴミ箱に捨てられた赤ん坊と死んだウクライナ人メイドの死をめぐる事件に遭遇し、街角から小動物たちが消えていく謎にも頭を悩ませるらしい。春を迎えたナポリで活躍する彼らとの再会が、早くも待ち遠しく思える。

●ジュゼッペ・ロヤコーノ警部登場作品リスト

1 Il metodo del coccodrillo（2012）
2 I bastardi di Pizzofalcone（2013）『P分署捜査班 集結』（創元推理文庫）
3 Buio（2013）『P分署捜査班 誘拐』（創元推理文庫）
4 Gelo（2014）『P分署捜査班 寒波』（創元推理文庫）**本書**
5 Cuccioli（2015）
6 Pane（2016）
7 Souvenir（2017）
8 Vuoto（2018）
9 Nozze（2019）
10 Fiori（2020）
11 Angeli（2021）

検印
廃止

訳者紹介　東京生まれ。お茶の水女子大学理学部卒業。英米文学翻訳家。主な訳書、ローザン「チャイナタウン」「ピアノ・ソナタ」、フレムリン「泣き声は聞こえない」、デ・ジョバンニ「集結」、テイ「ロウソクのために一シリングを」など。

P分署捜査班
寒波

2023年2月17日　初版

著者　マウリツィオ・デ・ジョバンニ
訳者　直《なお》良《ら》和《かず》美《み》

発行所　（株）東京創元社
代表者　渋谷健太郎

162-0814/東京都新宿区新小川町1-5
電話　03・3268・8231-営業部
03・3268・8204-編集部
URL　http://www.tsogen.co.jp

DTP　萩原印刷
晩印刷・本間製本

乱丁・落丁本は、ご面倒ですが小社までご送付ください。送料小社負担にてお取替えいたします。

ISBN978-4-488-29606-3　C0197

創元推理文庫

別れを告げるということは、ほんの少し死ぬことだ。

THE LONG GOOD-BYE◆Raymond Chandler

長い別れ

レイモンド・チャンドラー　田口俊樹 訳

◆

酔っぱらい男テリー・レノックスと友人になった私立探偵フィリップ・マーロウは、テリーに頼まれ彼をメキシコに送り届けて戻ると警察に拘留されてしまう。テリーに妻殺しの嫌疑がかかっていたのだ。その後自殺した彼から、ギムレットを飲んですべて忘れてほしいという手紙が届く……。男の友情を描くチャンドラー畢生の大作を名手渾身の翻訳で贈る新訳決定版。（解説・杉江松恋）

創元推理文庫

フランスミステリ批評家賞、813協会賞など、23賞受賞!

LE DERNIER LAPON◆Olivier Truc

影のない四十日間
上下

オリヴィエ・トリュック 久山葉子 訳

◆

クレメットとニーナは、北欧三カ国にまたがり活動する特殊警察所属の警察官コンビ。二人が配置されたノルウェーの町で、トナカイ所有者が殺された。クレメットたちが、隣人からの苦情を受けて彼を訪ねた直後のことだった。トナカイの放牧を巡るトラブルが事件の原因なのか？　CWAインターナショナル・ダガー賞最終候補作で、ミステリ批評家賞など、23の賞を受賞した傑作ミステリ。